Die Verschwundenen
von Paris

D1697740

ISBN 978-3-9822752-1-5

Originalausgabe
©Mendoza Verlag 2023

Redaktion: Sascha Gutzeit
Fotos: Ulrike Dömkes
Rezepte: Gina Greifenstein
Umschlaggestaltung: Marc Seebode
Übersetzung (Seite 211): Wolf von Kalkreuth
Satz: Brigitte Bischoff
Druck: CPI books GmbH

www.Mendoza-Verlag.de

Inhalt

Die Verschwundenen von Paris   7

Nachwort   252

Glossar   254

Wenn ein Patissier Tango tanzt … / Rezepte   257

Ulrike Dömkes

Die Verschwundenen von Paris

Roman

1. Kapitel

Wenn man den Zustand seiner Leber bedachte, blieben Johnny gute sechs Monate. Doch er starb früher und stilvoller, sofern man das über einen Weg in den Tod sagen konnte.

Hätte er nicht als einziger Fahrgast, außer der Studentin Sadie, im letzten Métrowaggon gesessen, sondern wäre aus dem ersten ausgestiegen, die Tüte wäre ihm nicht aufgefallen. Sie stand unter einem Plakat, das in grellen Farben für Äpfel aus der Normandie warb, dicht an der Wand, auf dem Métrobahnsteig des Gare d'Austerlitz. Hier war die Endstation der M10, die er immer mittwochs nahm, damit er sich am Donnerstagmorgen in die Schlange der Bedürftigen einreihen konnte, die auf der ›Reine Antoinette‹ die Duschen und das Schwimmbad benutzen durften.

Das Schiff war am nahen Quai vertäut, ein ausrangiertes Badeboot, das die Verwaltung des 5. Arrondissements den Obdachlosen zur Verfügung stellte. Sie konnten sich hier waschen oder ein paar Runden im Pool drehen. Ließen sie sich auf dem Rücken treiben, die Augen in den Himmel über Paris gerichtet, konnten sie sich auf einem Luxusdampfer wähnen.

Aber das Angebot zu schwimmen nahm kaum einer wahr, obwohl das kleine Bassin in der Mitte des Decks auf 26°C geheizt war. Dafür gab es zwei Gründe. Der eine war schlichtes Desinteresse, und der zweite bezog sich ausschließlich auf den Nachmittag, wenn das Schiff den weiblichen Gästen vorbehalten war. Sie hatten nichts anzuziehen. Als den Betreibern des Bootes das Dilemma klar geworden war, stellten sie Kartons voll abgelegter Badeanzüge zur Verfügung. Die Damen verteilten die Beute und gaben sie nicht wieder her. Sie verschwand in den Tiefen ihrer unergründlichen Säcke, und das Bassin plätscherte weiter einsam vor sich hin. Vielleicht wäre es anders gewesen, wenn sich das Becken im Inneren des Rumpfes befunden hätte. So aber hielt sie ein letzter Rest weiblicher Eitelkeit und Scham davon ab, sich den Blicken der Welt auszusetzen.

Wenn Johnny aus dem ersten Wagen gekommen wäre, hätte er sofort den Tunnel betreten, der zum Ausgang führte. So ging er den ganzen Zug entlang, vorbei an den weiß gekachelten Wänden, den riesigen Werbefeldern und der Flaschentüte. Es bestand keine Gefahr, dass Sadie sie an sich nahm – auf Sadie wartete das Schicksal auf der Treppe nach oben. Hier warf ihr eine Windbö Edouards Heft vor die Füße, das sie ohne Zögern aufhob. Johnny wiederum hätte es eher mit einem Fußtritt die Stufen hinunterbefördert.

Als er die Tüte anhob, bemerkte er sofort das vielversprechende Gewicht. Ein kurzer Blick ließ ihn lächeln: ein Single Malt mit einem unaussprechlichen Namen, verschlossen und versiegelt. Johnny ließ ihn schnell wieder in das Papier gleiten und verließ den Bahnhof. Er verzog sich an den Quai d'Austerlitz und schlurfte hinunter bis ans Ufer. Hier gab es einen schmalen Grünstreifen, wo er seine Ruhe hatte. Seine Kumpel schliefen meistens unter den Brücken und inzwischen sogar mit kleinen Zelten auf den Bürgersteigen der Quais. Aber auf die konnte er verzichten, er wollte diese Köstlichkeit für sich allein.

Es dauerte zehn Minuten, bis er endlich den richtigen Platz gefunden hatte. Er holte die Flasche aus der Tüte, die er sorgsam zusammenfaltete. Langsam zog er den Korken und schnupperte. Ein intensiver Duft von Rauch, Torf und Malz stieg in seine Nase. Bevor er den ersten Schluck nahm, sah er das Etikett an, dann setzte er die Flasche an den Mund und trank.

Das war nicht dieses Schlabberwasser, das in den Bars als Whisky angeboten wurde, das hier war echt. Nicht dass Johnny in letzter Zeit in einer Bar gewesen wäre. Er schloss die Augen und stellte sich ein Leben vor, das er nie geführt hatte. Bilder tauchten auf, so real, dass er fast daran glaubte. Von seiner Mutter, die längst tot war, seinem Bruder, seiner Firma. Er erinnerte sich, wie er am Kamin gesessen hatte, zusammen mit seiner Frau, und Whisky trank. Er roch das Holzfeuer und das nasse Fell von Bill, der zu seinen Füßen lag. Damals waren sie jung gewesen und alles schien möglich.

Er schüttelte den Kopf über seine Fantasien. Johnny hatte weder Frau noch Hund vorzuweisen, von einem Kamin ganz zu schweigen, nicht in der Vergangenheit, und jetzt erst recht nicht. Tröstliche Gedanken, aber von kurzer Dauer.

Die wahren Erinnerungen blieben nicht in ihrer Höhle verborgen. Sie krochen hervor wie Schlangen aus einem Nest, schillernd, schön und tödlich. Mit jedem Schluck füllte ihn das Erlebte mehr aus, er wehrte es nicht mehr ab. Er sehnte es herbei, hieß es willkommen und überließ sich dem unausweichlichen Sog.

Am nächsten Morgen fand ihn eine Joggerin und rief die Polizei. Johnny war ins Koma gefallen und von da aus in den Tod. Auf seinen Lippen lag ein Lächeln.

Sadie ahnte nichts von den unglückseligen Ereignissen, die sich hinter ihr anbahnten. Sie stürmte die Treppe hinauf – froh, endlich nach Hause zu kommen. Sie hatte gerade noch die letzte Métro erwischt und sich mit einem brummelnden Obdachlosen den Wagen geteilt. Sie hatte ihn misstrauisch beobachtet aber bald gemerkt, dass er nicht an ihrer Gesellschaft interessiert war. An der Endstation war sie schon längst vom Bahnsteig verschwunden, als er noch auf die Flasche zuschlurfte.

Heftige Böen wirbelten Papierknäuel und Gespenster aus weißen Plastiktüten durch die Gänge. Als Sadie fast oben war, landete ein dickes Heft vor ihren Füßen und raschelte kokettierend mit den Blättern. Sie zögerte nicht eine Sekunde. Sie hob das Heft auf, sah, dass es staubig aber unbeschädigt war, wischte es an der Hose ab und steckte es in ihre Tasche.

Hätte Sadie den Whisky genommen, wäre ihr Leben anders verlaufen. Sie hätte sich nicht unrettbar in Geheimnisse verstrickt, die sie kaum lösen konnte. Das Heft hätte sich ein anderes Ziel gesucht, und Johnny wäre einige Monate länger Besucher der ›Reine Antoinette‹ gewesen.

2. Kapitel

Sadie war in den vergangenen Stunden so oft mit den Händen durch ihr Haar gefahren, dass es zu allen Seiten abstand. Sie mühte sich mit einer lästigen Hausarbeit in Kunstgeschichte ab. Das Ende war in Sicht, sie wurde ungeduldig. Sie tippte schneller und setzte schließlich den Schlusspunkt mit so viel Energie, dass ihr Nagel abbrach. Sie klappte mit einem Seufzer ihren Laptop zu. Die letzte Hausarbeit vor den Semesterferien war geschafft.

Sie stand auf und streckte ihre schlaksige Gestalt. Im Bad fuhr sie mit der Bürste durch die Haare und band sie zusammen. Sie zog ein Sommerkleid an und schminkte ihre Lippen. Jetzt hatte sie das Gefühl, die Arbeit hinter sich zu lassen.

Sie fischte eine Flasche Weißwein aus dem Kühlschrank, dazu die Reste eines Kartoffelsalats und stellte ihr Abendessen auf die Weinkiste, die als Balkontisch diente. Der Tag war heiß gewesen, die Steine hatten sich aufgewärmt und würden den kleinen Außensitz noch ein paar Stunden angenehm temperieren. Sadie bewohnte eine Mansarde in der Rue Monge, nahe dem

Jardin des Plantes. Das Zimmer ging zur Straße hin, durch die Höhe war sie allerdings vor dem größten Verkehrslärm geschützt. Der winzige Balkon war ein Luxus, der die Miete um 200 Euro in die Höhe getrieben hatte. Ohne die Unterstützung ihres Vaters hätte sie bestenfalls in den ›Banlieues‹ leben können.

Sie legte die Füße auf das schmiedeeiserne Geländer und nahm einen Schluck kalten Auxerrois. Ihr Blick fiel auf die großen Balkone gegenüber. Ein älterer Herr goss Zitronenbäumchen und zupfte an den Blättern herum. Als er sich aufrichtete und an seinen Rücken fasste, sah er zu ihr herüber. Sie hob grüßend das Glas, er lächelte und erwiderte den Gruß mit der Gießkanne. Sadie aß ihren Salat und begann sich zu langweilen. Sie war momentan so eingespannt in die Arbeiten vor Semesterende, dass sie mit freier Zeit kaum etwas anfangen konnte.

Der Gärtner hatte sein Tagwerk beendet und sich mit einem Buch zwischen die Zitronen gesetzt. Sadie fiel das Heft ein, das sie vor ein paar Tagen eingesteckt hatte. Sie holte ihren Leinenbeutel und fand es noch in dem Seitenfach. Sie schlug es auf, es war ein Tagebuch. Es erschien ihr nicht richtig, einen privaten Text zu lesen, aber die ersten Sätze auf dem Innendeckel änderten ihre Meinung.

22. Juni 2011
Mir geschehen seltsame Dinge. Ich will, dass sie festgehalten werden, ich will, dass jemand sie erfährt, ich habe Angst, verrückt zu werden.

Aber ich kann nicht aufhören.

Ich heiße Edouard und bin Patissier. Ich arbeite im

Geschäft meines Bruders. Die Konditorei ist seit hundert Jahren im Familienbesitz. Mein Talent liegt nicht in der Geschäftsführung, ich bin für die feine Patisserie zuständig. Ich liebe Hörnchen und Schnecken und die kleinen Törtchen. In meinen Händen werden sie zu Kunstwerken. Ich bin stolz auf mein Können.

Davon werde ich natürlich nicht verrückt, aber man muss wissen, dass ich einen scharfen Blick habe, mir entgeht so schnell nichts. Die Liebe zum Detail ist für meinen Beruf so wichtig wie das Tor für den Fußballspieler. Sonst wäre mir der Ring nicht aufgefallen und ich wäre weiterhin ahnungslos und zufrieden.

Der Eintrag war vom vorherigen Jahr, die Sätze dahingekritzelt, wie in Eile oder in der schwankenden Métro geschrieben. Offenbar gab der Schreiber seine Einwilligung, ja, es war sein Wunsch, dass seine Aufzeichnungen gelesen wurden. Das eigentliche Tagebuch begann zwei weitere Jahre zuvor.

28. August 2009
Als Patissier läuft man Gefahr, dick zu werden. Logisch. Mir geht's nicht anders, und deshalb treibe ich Sport. Einmal in der Woche Fußball, und jetzt tanze ich noch. Tango.

Ich hab den Tango entdeckt, d.h., entdeckt habe ich ihn eigentlich gar nicht. Ich hab ihn geschenkt bekommen, von meinen Kollegen, die finden, dass ich zu viel alleine bin. Sie sagen das nicht, das würden sie sich niemals trauen, aber ich weiß es. An meinem Geburtstag, dem 11. Mai, haben sie mir feierlich und grinsend einen Umschlag überreicht. Ich wollte ihn ungeöffnet einstecken, aber sie haben darauf bestanden, dass ich sofort hineinsehe. Sie waren neugierig auf meinen Gesichtsausdruck. Ich wusste sofort, dass das kein Gutschein für einen Kinobesuch war, so wie sie sich mit den Ellbogen anstießen und gleichzeitig ein wenig ängstlich aussahen. Sie fürchten sich vor meinem Jähzorn, auch das weiß ich, obwohl sie es niemals zugeben würden.

Ich hab den Umschlag geöffnet, sie hatten sogar eine rote Schleife darum gebunden. Das war sicher auf Claudines Mist gewachsen. Sie ist unser einziger weiblicher Lehrling und setzt sich gegen die Burschen besser durch, als ich dachte. Ich zog ein Schwarz-Weiß-Foto heraus. Es zeigte ein tanzendes Paar aus den Zwanzigerjahren, sie mit einer Feder am Stirnband und er mit pomadisierten Haaren. Danke für das schöne Foto, sagte ich um die anderen ein bisschen zu ärgern. Claudine rollte mit den Augen – dreh's um. Ich zog das Spiel noch etwas in die Länge und tat so, als würde ich nichts kapieren. Aber dann wurde ich selber so neugierig, dass ich es nicht mehr aushielt. Auf der Rückseite stand ›Gutschein für einen Tangokurs. Beginn Montag 19 Uhr.‹ Jetzt hatten sie mich wirklich verblüfft, ich brauchte gar kein Theater mehr zu spielen. Tango? »Ja, ein Tanzkurs«, sagte Claudine. Die Jungs kicherten, machten den Mund aber nicht auf. Wahrscheinlich kam die ganze Idee von Claudine. »Wie kommt ihr da drauf?« »Na, du klagst doch dauernd über deine Koordination, oder? Tanzen ist dafür genau das Richtige.« Sie hatte sich das bestimmt gerade ausgedacht, obwohl es stimmte, ich bin der Linksaußen in unserer Mannschaft und krieg das manchmal nicht hin mit dem Rennen und gleichzeitigen

Schießen, das find ich schwierig. »Ja, dann danke.« Mehr fiel mir nicht ein. Als wir Feierabend machten, es war Samstag, erinnerten sie mich an den Montagabend. »Geh hin, verabrede nichts anderes.«

So war das. Ich hab den Gutschein und meinen Mut zusammengepackt und den Kurs besucht. Das ist jetzt vier Monate her. Die Karte steckt hinter dem Badezimmerspiegel, wenn ich sie morgens sehe, denke ich, gut, der Tag kann werden, wie er will, ich kann immer noch abends tanzen gehen. Das ist der Vorteil einer großen Stadt, ständig gibt es irgendeine Milonga.

Meine Kollegen sind platt, dass ihr Geschenk so eingeschlagen hat, auch wenn es nicht die erhoffte Freundin gebracht hat.

Und man soll es glauben oder nicht – seitdem spiele ich besser Fußball. Und ich sehe die Frauen mit anderen Augen.

Als Sadie am Morgen aufwachte, schwirrten noch die Fetzen eines Traumes durch ihren Kopf. Sie hörte Musik und sah geschniegelte Männer mit dünnen Oberlippenbärtchen. Sie schloss die Augen, um die Fragmente zusammenzusetzen, aber es gelang ihr nicht. Langsam kam ihr das Heft in den Sinn, das ihr in den Schlaf gefolgt war.

Sadies Job bei der Agentur ›Lit & Bateau‹ stand heute als Erstes auf dem Plan. Sie hatten ihr Büro am Quai d'Austerlitz, nur ein paar Minuten von ihrem Appartement entfernt.

Heute war Freitag, der Tag, an dem sie ihre Aufträge für das Wochenende abholte. ›LiBa‹ vermietete Hausboote, die jeweils samstags bezogen beziehungsweise verlassen wurden. Sadies Aufgabe bestand darin, die Gäste zu empfangen, einzuweisen und am Ende des Aufenthalts die Unterkunft abzunehmen. Wenn sich in der Zwischenzeit Fragen ergaben, konnten sie sich bei ihr melden, aber das geschah nicht allzu häufig. Der Job ließ sich gut mit ihrem Studium vereinbaren.

Sie zog sich an, während der Kaffee durchlief. Dann schminkte sie sich, band ihre blonden Haare zu einem Zopf, trank dabei das schwarze Gebräu und aß ein Croissant vom Vortag. Sie suchte ihre Sachen zusammen und hob Edouards Heft vom Boden auf. Nach kurzem Zögern legte sie es auf den Tisch. Sie hatte vorgehabt, es zum Fundamt zu bringen, aber vorher wollte sie doch wissen, wie es weiterging.

Die Luft war klar, ein perfekter Maimorgen in Paris, es war noch kühl, aber mit der Ahnung des Sommers. Sie nahm das Fahrrad. An der Seine saßen schon die ersten Angler. Sie spähte im Vorbeifahren in die noch leeren Eimer. Im Büro holte sie ihren Wochenplan ab. Auf vier Hausbooten sollten neue Gäste eintreffen. Sadie nahm die Schlüssel vom Haken und machte sich auf den Weg. Zwei der Boote lagen in der Nähe, sie sah sich kurz in ihnen um, ob alles in Ordnung war. Dann fuhr sie am Ufer entlang bis zur Ile de la Cité, hier bog sie links ab und erreichte kurz darauf die Sorbonne IV, die Sadies Fachbereich, Kunstgeschichte, beherbergte.

Nach vier Stunden Vorlesung über den Einfluss der romantischen Dichtung auf die Farbpalette der Malerei des frühen 19. Jahrhunderts kehrte sie erschöpft in ihre Wohnung zurück. Sie fand das Thema albern und überflüssig, brauchte aber den Teilnahmenachweis, um für das nächste Jahr zugelassen zu werden.

Sie stellte sich eine halbe Stunde unter die Dusche. Später fuhr sie in die Rue Larrey um sich von ihrer Freundin Claire zu verabschieden. Sie würden sich das letzte Mal für einige Monate sehen. Claire wollte die nächsten zwei Semester in Kanada studieren.

Sie aßen zusammen Omelett und Käse und gönnten sich eine Flasche weißen Burgunder. Als sie später mit hochgezogenen Beinen auf der Couch saßen, erzählte Sadie ihr von dem Heft.

»Und du hast keine Adresse gefunden?«

»Nein, nichts. Für mich ist er nur Edouard. Vielleicht finde ich während des Lesens noch was zur Bäckerei oder zur Tanzschule.«

»Eins von beidem wird in der Nähe des Austerlitz sein, oder seine Wohnung, dann wird es allerdings schwierig.«

»Wahrscheinlich. Ich hab im Moment so wenig Zeit. Die Prüfungen!« Sadie seufzte.

Die Unterhaltung wandte sich der Uni zu, mit viel Stöhnen auf der einen und beruhigenden Kommentaren auf der anderen Seite. Gegen elf fuhr Sadie nach Hause, so müde, dass sie keine Seite mehr lesen konnte.

Die Woche wurde stressig, einer der Mieter hatte in seinem Hausboot das Abflussrohr der Spüle verstopft und rief mehrmals bei ihr an. Der hauseigene Reparaturdienst lag mit einem gebrochenen Fuß im Krankenhaus, alle anderen Handwerker, um die sie sich bemühte, waren beschäftigt, sodass sie schließlich selbst einen Nachmittag unter dem Becken verbrachte und den Siphon reinigte. Der Mieter stand daneben und rührte keinen Finger. Musste er auch nicht, aber man konnte ja mal seine Hilfe anbieten, fand Sadie. Sie war sauer. Gab's nicht mal so was wie Gentlemen? Aber auch dieses Missgeschick löste sich mithilfe einer Rohrzange, die der selbstgefällige Mieter schließlich aus seinem Auto holte.

Die restliche Zeit verbrachte sie an der Uni. Die Prüfungen begannen, und als sie endlich wieder Luft holen konnte, standen die Ferien vor der Tür. Sie hatte die notwendigen Voraussetzungen für das nächste Studienjahr geschafft. Sie überlegte, ob und wie viel Urlaub sie sich leisten konnte.

Am ersten Ferientag machte sie Hausputz, dabei fiel ihr das Tagebuch des Patissiers wieder in die Hände. Die Sonne schien auf ihren Balkon, sie machte sich einen Kaffee, setzte sich so, dass sie die Füße auf das Gitter legen konnte, und begann zu lesen.

30. September 2009
Tango ist so eine Sache. Als ich anfing, bildete ich mir ein, ein guter Tänzer zu sein. Zur einen Hälfte stimmt das auch, aber die andere Hälfte besteht aus der Partnerin, die von sich aus tanzt.

Also, das ist so. Beim Tango tanzt eine Frau nicht von sich aus, zumindest sollte sie nicht dazu gezwungen sein. Sie sollte das tanzen, was der Mann ihr vorschlägt. Das ist ja einfach, flachsen meine Kollegen, du brauchst nur zu sagen, wo's langgeht und schon macht sie's. Du pfeifst, sie springt. Ha, ha, schnaubt Claudine und rollt die Augen (das tut sie dauernd).

Wenn das mal so einfach wäre! Erstens muss dir immer was einfallen, und wenn du dann eine Idee für einen

Schritt oder eine Figur hast, dann musst du es so zeigen, dass sie dich versteht. Weil sie sonst nichts oder was anderes macht. Das ist der springende Punkt. Claude, mein Tanzlehrer, sagt, sei klar und eindeutig, ohne zu zwingen. Mach das mal! Aber zum Glück sind wir alle Anfänger und irgendwie reizt es mich, den Dreh rauszukriegen.

In der Backstube wollen sie immer ganz genau wissen, was ich lerne. Zuerst gefiel mir das nicht, aber inzwischen mache ich Dienstagmorgens nach der ersten Fuhre Baguette und Croissants, bevor ich die Creme für die Èclaires rühre, eine kleine Tanzeinlage mit Claudine. Sie macht das gut, nachdem sie anfangs ziemlich schüchtern war, ihre große Klappe war wie weggeblasen. Jetzt hat sie Spaß daran, und wir verzieren regelmäßig den mehligen Boden mit einem schönen Muster. Einmal habe ich zwei der Burschen beim Üben der Grundschritte erwischt. Der große Alain hatte die Führung übernommen, sie hatten ganz ernsthafte Gesichter und sahen ab und zu nach unten, ob denn die Füße auch das taten, was sie sollten.

Ich bin leise zurück in den Knetraum geschlichen und hab die Tür laut ins Schloss fallen lassen. Als ich dann wieder reinkam, waren die zwei eifrig beim Portionieren des Brotteigs.

5. Oktober 2009
Heute war ich so erschöpft, dass ich mir keinen der Schritte merken konnte. Ich stolperte über meine Füße und zog meine Partnerin über das Parkett wie einen Wischmopp. Sie guckte mich giftig an. Schließlich hat sich Marie, meine Tanzlehrerin, erbarmt. Sie stellte sich vor mich, wir sind

in etwa gleich groß. Dann sagte sie, mach die Augen zu, und griff nach meinen Oberarmen. Sie drehte sich langsam mit mir, ging seitwärts und vorwärts. Als ich blinzelte, sagte sie: Augen zu! Erst war es mir unangenehm, doch nach einer Weile lullte die Musik mich ein, ich fiel wie in Trance, die Welt bestand nur noch aus Musik und Bewegung, die von ihr zu mir floss. Ich bewegte mich wie von selbst. Das Stück endete, und ich landete wieder auf der Erde. Sie lächelte mich an – da wirst du hinkommen.

6. Oktober 2009
Gleich muss ich zur Arbeit. Ich bin in der Nacht ein paar Mal wach geworden. Jedes Mal hab ich die Minuten in der Tanzschule wieder durchlebt. Mir wurde zum ersten Mal klar, dass Schrittfolgen nicht das Wichtigste sind. Es war so, mir fehlt das richtige Wort, wunderbar, einzigartig, neu, anders, ich wollte nicht aufstehen, weil ich mich nicht trennen konnte, deshalb bin ich jetzt so spät.

Der Tag hat mir die Flausen schnell ausgetrieben. Eine Hochzeitstorte musste fertig werden, wir hatten nicht mal Zeit für unsere Schritte.

Mein Bruder hat Geldsorgen. In der Mittagszeit haben wir zusammen im Innenhof gesessen und Pastete mit Salat gegessen. Maud, meine Schwägerin, gibt ihm was mit, meistens für mich auch eine Portion. Sie war mal in mich verliebt, als wir 18 waren, das ist 30 Jahre her, aber sie sorgt sich immer noch um mich. Ich mag sie, sie kocht gut.

Fred drickste rum und ließ sich jeden Wurm aus der Nase ziehen. Schließlich kam er damit raus, dass die

Bank ihm keinen Kredit für eine Renovierung geben will. Warum, habe ich gefragt, unser Laden ist doch renommiert und läuft gut. »Ja, aber die neue Riege in der Bank setzt auf In-no-va-tion.« »Haben die nicht die Schnauze voll von dem Lehman-Desaster letztes Jahr?« »Die Leitung ist komplett ausgetauscht worden. Alles Jüngelchen mit Gel im Haar, die keine Kredite mehr vergeben, wenn nicht eine gewinnbringende neue Idee dahintersteckt.« Die Gänsefüßchen in Freds Stimme hatten einen Oskar verdient. »Glauben Sie, nur weil Ihre Wände frisch gestrichen sind, kriegen Sie mehr Kunden? Das hat der Typ wörtlich gesagt.« Fred ist rot geworden vor Ärger. Ich kann ihm nichts leihen, das bisschen, das ich auf der hohen Kante habe, reicht gerade mal, um die nächste Autoreparatur zu bezahlen.

Als ich vorhin in der Métro saß kam mir eine Idee, vielleicht ist das die Lösung für Fred.

3. Kapitel

Sadie ließ das Heft sinken. Es war bereits früher Abend, aber jetzt im Juli stand die Sonne noch hell am Himmel. Von der Straße hallten Hupen und Geschepper zu ihr, ein Wagen der Müllabfuhr hielt alle paar Meter den Verkehr auf. Sie beobachtete einen Motorradfahrer, der sich durch die Lücken quetschte und aufheulend davonjagte. Sie überlegte, wo die Konditorei ihres Edouard wohl sein mochte. Immerhin war sein letzter Eintrag auf dem Deckblatt vom vorigen Jahr, die Chancen standen gut, dass sie noch existierte. Bisher hatte sie keinen Hinweis auf den Standort gefunden und auch die Tanzschule blieb heimatlos.

Sie holte ihren Stadtplan hervor und zog rund um den Gare d'Austerlitz einen Kreis von zwei Kilometer Durchmesser. Das war für einen Fußgänger ungefähr ein Kilometer oder zehn Minuten in jede Richtung. Ein Teil davon lag auf der anderen Seineseite, vielleicht hatte er die Brücke genommen oder war in die M5 umgestiegen. Ein weiterer Teil wurde vom Hospitalkomplex und dem Jardin des Plantes eingenommen. Die M5 strich sie erst mal aus ihren Überlegungen. Sie ging quer durch das Marais bis in den Nordosten und weitete das Gebiet zu sehr aus. Blieb ein überschaubares Stück um den Boulevard Saint-Marcel bis zur Pont de Sully. Wenn die Bäckerei oder die Tanzschule in diesem Umkreis waren, bestand eine reelle Möglichkeit, sie zu finden. Wenn der Konditor in dieser Gegend wohnte, tendierten die Aussichten, ihn zu finden, gegen Null. Die Bäckereien waren noch gut zwei Stunden geöffnet, Sadie griff nach Tasche und Jacke und verließ ihre Wohnung. Mit dem Rad konnte sie einen großen Teil des Gebiets noch heute absuchen.

Sie begann am Boulevard Saint-Marcel und wollte sich systematisch bis zur Brücke vorarbeiten. Allein auf dem belebten Boulevard entdeckte sie drei Bäckereien, feines Gebäck boten sie alle an. Sadie fuhr weiter in die kleinen Straßen um die Moschee herum, auch hier wenigstens fünf Läden. Sie hielt an einem Park an und setzte sich auf eine Bank. An der Ecke ragten die rosafarbenen Markisen einer Patisserie über den Gehweg. Sollte sie in jedem Geschäft nach einem Tango tanzenden Konditor fragen?

Sadie verließ der Mut. Was, wenn sie ihn fand? – Hier, bitte, ich habe Ihr Tagebuch gefunden. Sind Sie jetzt verrückt geworden oder nicht?

Sie ging dennoch hinein. Im Inneren des Ladens herrschte rege Betriebsamkeit, die Baguettes für das Abendessen wurden gekauft. Sadie wartete und inspizierte die kleinen Törtchen in der Auslage. Zum Anbeißen, jedes für sich, so hübsch anzusehen, dass ihr das Wasser im Mund zusammenlief. Als sie an der Reihe war, kaufte sie zwei mit Beeren und Crème, oben verziert mit einem Schleier aus gesponnenem Zucker.

»Machen Sie die selbst, Madame?«

»Aber sicher. Mein Mann, sehen Sie.« Die füllige Dame zeigte auf eine Wand voller Auszeichnungen für die besonderen Talente ihres Gatten.

»Toll. Und sein Bruder, ist der auch noch dabei?«

Die Bäckersfrau zog die Augenbrauen hoch. »Welcher Bruder?«

»Oh, Pardon, ist das hier nicht ›Frères Legrands‹?« Sadie erfand schnell einen Namen.

»Nein, Mademoiselle, wir heißen nur Grand.«

Sadie verabschiedete sich, den Laden konnte sie schon mal streichen. Nach fünf weiteren hatte sie eine süße Auswahl an Leckereien beisammen und beschloss, die Suche zu beenden.

Am Abend telefonierte sie mit ihrem Freund Max. Er war Koch und arbeitete für ein Jahr in einem Londoner Luxushotel. Die Hälfte der Zeit war vorbei und seine Anrufe wurden spärlicher.

»Viel Arbeit«, stöhnte er, »abends falle ich tot ins Bett.«

Sadie erzählte ihm von dem Tagebuch, er lachte und nannte sie »meine kleine Miss Marple«. An seinem Ton erkannte sie, dass er sie nicht ernst nahm, und wechselte das Thema. Sie verabschiedeten sich wie immer mit Küssen, die durch den Äther schmatzten. Sadies schmatzten leiser als gewöhnlich.

Sie entschloss sich, für ein paar Wochen ihren Vater in der Bretagne zu besuchen. Sie liebte das Meer und für große Reisen fehlte ihr das Geld. Sadie regelte ihre Vertretung bei ›LiBa‹ und fuhr schon am nächsten Tag mit dem Zug nach Lannion, wo ihr Vater sie abholte.

In der Nacht hörte sie durch das offene Fenster das

Meer gegen die Felsen schlagen. Der Wind war aufgefrischt und pfiff gegen den Takt dazwischen. Das Letzte, was sie mitbekam, war das Knarren der Fensterläden.

Ihr Vater, ein pensionierter Abteilungsleiter der Denkmalbehörde, lebte einfach. Er hatte ein altes Fischerhaus gerade so restauriert, dass die notwendigen Bequemlichkeiten vorhanden waren. Der Charme des Hauses bestand in seinen Provisorien. Seine Besucher liebten es oder lehnten es ab – für Sadies Vater inzwischen ein Kriterium, nach dem er seine Freunde aussuchte. Oft saß er mit ihnen auf der Veranda oder in der großen Küche und diskutierte bei einem Glas Muscadet über die besten Fischgründe.

Am Morgen nach Sadies Ankunft hatte er sie nach dem Frühstück gebeten, ihn in die Bucht zu begleiten, um nach den Hummerreusen zu sehen.

»Du bist ein richtiger Fischer geworden«, bemerkte sie, als sie in dem kleinen Bötchen auf den Wellen schaukelten.

»Da weißt du, wo du dran bist. Entweder du hast was gefangen oder nicht, dazwischen gibt es nichts. Kein Rumgegurke, kein spitzfindiges Auslegen von Gesetzen, du glaubst nicht, wie sehr ich das genieße.« Er drosselte den Motor und stoppte an einer Boje. An ihr war das Seil einer Reuse befestigt, die er hochzog. Ein kräftiger Hummer saß darin.

»Sollen wir ihn mitnehmen?«

»Wenn du noch den Elektrokasten hast.«

Ihr Vater nickte. Sie fuhren zurück, der Hummer kam im Garten in ein Bassin, das man unter Strom setzen konnte. Aber bis zum Abend durfte er noch leben.

»Wir laden Yasmin zum Essen ein, der Bursche ist schwer.«

»He.« Sie erinnerte sich an die Besitzerin des kleinen Tabak- und Zeitungsladens.

»Bist du mit ihr zusammen?«

»So, so.« Ihr Vater wedelte mit der Hand und grinste.

»Ah, ja. So, so«, sie grinste zurück. Seit ihre Mutter nach Kalifornien entschwunden war, machte sie sich Sorgen um ihn. Aber er hatte sich gut hier im Norden eingerichtet und schien weder die Hauptstadt noch seine Frau zu vermissen.

»Sag, mal. Geht ihr schon mal tanzen?«

»Wir machen bretonische Tänze. Wir treffen uns einmal in der Woche im Schuppen von Jean-Claude. Komm doch mal mit!«

»Echt? Du bist in einer Volkstanzgruppe? Wenn das Mama wüsste!«

Ihr Vater lachte. »Oh, Gott, sie wär entsetzt, aber mir macht es richtig Spaß.«

»Aber geht ihr auch schon mal so tanzen?«

»Es gibt hier nicht viel Gelegenheit, meine Kleine.«

Später erzählte Sadie von ihrem tanzenden Patissier. Yasmin reagierte begeistert. »Tango ist toll. Ich hab mal einen Kurs gemacht, ist lange her. Steh mal auf, Paul.« Sie zupfte Sadies Vater am Ärmel. Dann stellte sie ihn in die richtige Position und wies ihn an, ein paar Schritte zu machen. »Das ist die Basis, die kenn ich noch. Jetzt mal mit mir zusammen.«

Paul schob Yasmin durch die Küche. »Gar nicht schlecht, Paul. Wir könnten uns in Lannion anmelden.«

4. Kapitel

Sadie hatte die beiden tanzend in der Küche zurückgelassen. Sie ging hoch in ihr Zimmer und machte es sich im Bett gemütlich. Unten wurde Musik aufgelegt, sie hörte Yasmin lachen, dazwischen brummelte ihr Vater. Sie griff nach Edouards Tagebuch.

7. Oktober 2009
Ich habe Fred vorgeschlagen, ein kleines Café aufzumachen. Wir haben noch einen ungenutzten Raum, der gut geeignet wäre. »Café macht jeder«, meinte er. »Ja, aber nicht mit Tangomusik im Hintergrund.« »Und womöglich noch eine Tanzfläche?« »Genau«, sagte ich, »das wär der Clou.« Fred sah mich ziemlich komisch an. Ihm ist meine Tanzerei nicht geheuer. Ich glaube, er findet das albern. Aber Fred hatte noch nie viel Fantasie, deshalb mache ich ja auch die Torten und er die Buchführung.

»Lass mich mal drüber schlafen.« Heute Abend wird er mit Maud sprechen, und die findet die Idee gut, das weiß ich.

12. Oktober 2009

Heute haben wir die Ochos gelernt. Die unendliche Acht. Manche der Frauen drehen sich so weich in der Taille. Andere tanzen die Acht mit soldatischer Präzision. Überhaupt habe ich bemerkt: Die Figuren präzise zu tanzen, reicht nicht. Es fehlt das gewisse Etwas um einen Tango daraus zu machen. Aber wie man das hinkriegt, ist mir schleierhaft.

9. November 2009

Fred ist mit dem Café einverstanden. Wir haben einen ganzen Abend darüber diskutiert, Maud ist Feuer und Flamme, besonders als ich ein paar Mal mit ihr um die Teigmaschine getanzt bin. »Oh, du kannst das ja.« Sie sah mich an, wie das letzte Mal mit achtzehn. Ich war stolz wie Oskar, obwohl ich nichts Großes gemacht hatte.

Mir kommen immer mehr Ideen. Ich will eine neue Gebäckserie herstellen, eine Tangokollektion.

Die Ochos sind einfach. Eine Brezel mit Aprikosenfüllung, Ocho vorwärts. Mit Kirschfüllung, Ocho rückwärts. Die Ganchos sind eckig wie ein Blitz mit Nüssen und Krokant, eine Spur Chili sorgt für Überraschung. Die Boleos, leicht und luftig wie eine Brise, ich denke ein Meringuekringel mit Himbeerguss an einer Seite. Die Molinete ist ein Kranz von Kokoshütchen, die Spitzen in zartbittere Schokolade getaucht. Dann die Schraube. Ich weiß nicht, wie sie wirklich heißt. Die Schraube kann mit der richtigen Partnerin ein Genuss sein, mit der falschen ist sie bestenfalls Akrobatik. Ich glaube, Blätterteig ist das richtige Material. Die Butter steht für den Genuss, die delikate Zerbrechlichkeit für das fragile Gleichgewicht. Alles in eine Spiralform gebracht und in grobem Zucker gewälzt – das ist das Prickeln. Und dann noch das Sahnehäubchen eines Tangos, die Adornos, eine Handvoll Pralinen in Pastellfarben mit Schokoverzierungen. Adornos gibt es in einem Zellophanbeutel mit einer Schleife. Das alles sehe ich schon in der Theke liegen, verführerisch und duftend. Der Name des Cafés fehlt uns noch, aber da wird uns noch etwas einfallen.

21. November 2009
Der Weihnachtsstress ist im vollen Gange. Wir stehen ohne Pause in der Backstube und stellen unsere vergänglichen Kunstwerke her.

Aber Claudine und ich drehen nach wie vor unsere Runden auf dem vom Mehl glatten Boden. Sie überrascht mich mit einfachen Tanzschuhen, die sie sich gekauft hat.

»Kann ich besser mit drehen«, sagt sie. Stimmt, die Zeiten, in denen wir nur brav gegangen sind, wenn auch mit Kreuzen und Schlenkern, sind vorbei. Sie ist richtig gut geworden. »Komm doch mit in den Kurs.« »Nein, du kannst mir hier alles zeigen.« Ich glaube, sie hat Angst, dass ich mir sonst was einbilde. Da könnte ich sie beruhigen, sie ist mir zu jung. Ich habe festgestellt, dass man für den Tango Lebenserfahrung braucht, sonst sieht er nur perfekt aus. Aber langweilig. Wenn ich den älteren Paaren zusehe, weiß ich, wo ich hin will.

26. Dezember 2009
Gott sei Dank! Jetzt wird es wieder ruhiger.

Weihnachten traf sich die ganze Familie bei Fred. Alle hechelten unsere Caféplane durch, jeder musste seinen Senf dazugeben. Ich wünschte, wir hätten nichts verraten. Muss ich mich denn vor der greisen Sippschaft rechtfertigen?

Und Tante Germaine, dieses frömmelnde Skelett. Sie findet ja schon ein Sahnebaiser frivol – als sie das Wort Tango hörte, ist sie fast in Ohnmacht gefallen. Ich bin rausgegangen, wenn ich mich auf eine Diskussion eingelassen hätte, wär ich ausfallend geworden. Fred versuchte, sie zu beruhigen, das hörte ich aus dem Nachbarzimmer. War aber nichts zu machen, sie steigerte sich immer mehr rein und fing dann auch noch von ihrem verstorbenen Bruder an. Der war Abt eines kleinen Klosters im Süden gewesen und wird für alle moralischen Fragen aus dem Grab gezerrt. Das einzige Mal im Leben, das ich ihn gesehen habe, ist 20 Jahre her, und ich erinnere mich, dass der ganze Cognac unseres Vaters bei dem Besuch draufgegangen ist – und der hat nur einen Nachmittag gedauert! Ich wurde hinter der Tür so sauer, dass ich runter in die Backstube ging und Claudine hochholte, die sich bereiterklärt hatte, den Vorteig für den nächsten Tag anzusetzen. »Nimm deine Schuhe, unsere Tante Germaine will was sehen«, sagte ich zu ihr. »Oh, la, la.« Von Tante Germaine hatte sie schon gehört. Oben führte ich sie schnurstracks ins Esszimmer, legte eine CD auf und zog sie eng an mich. Sie hob erstaunt die Augenbrauen, machte aber mit, als ich sie Schrauben und Ganchos tanzen ließ. Bei den Ochos wackelte sie mehr mit den Hüften als üblich, sie hatte kapiert, worum es ging. Tante Germaine röchelte, ha!!!

»Musste das sein?«, meinte Maud später. Fred hatte die

*Tante ins Auto verfrachtet und brachte sie nach Hause.
»Ich war das letzte Mal hier«, hatte sie gedroht. Wer's
glaubt.*

5. Kapitel

Yasmin hatte nicht lange gezaudert und sich und Paul zu einem Tangokurs in Lannion angemeldet. Sadie hörte sie entweder begeistert oder genervt, beides schien eng zusammenzuhängen, über Schrittfolgen, Führung und Haltung diskutieren. Einiges erinnerte sie an die Ausführungen Edouards. Sie las ihnen aus dem Tagebuch vor, sie gaben bestätigende Laute von sich, um gleich darauf das Für und Wider eines Gedankens zu erörtern. Sie verspürte eine leise Eifersucht, so als würden sie ihr etwas wegnehmen, das sie bisher nicht zu teilen brauchte, oder schlimmer noch, das sie nicht so gut verstand wie sie.

In ihrer letzten Ferienwoche veranstaltete die Tanzschule eine Milonga, zu der sie mitgeschleift wurde. »Ich habe nichts anzuziehen und kann auch nicht tanzen« wurde von Yasmin unter einem Koffer voll flatternder Gewänder begraben.

Als sie schließlich in einem grünen Kleid mit zipfeligem Rock und tiefem Ausschnitt an einem der Tische saß, kam sie sich gleichzeitig frivol und verzagt vor. Ihr Vater und seine Freundin kreisten gedankenverloren auf dem Parkett, und die Chancen standen gut, dass Sadie in ihrer Ecke vergessen wurde. Langsam begann sie, sich zu entspannen. Sie streckte die Beine aus und rutschte tiefer in den Sessel, als auf einmal ein kleiner Mann vor ihr stand und sie anlächelte. Sie lächelte zurück, dann verstand sie, dass sie aufgefordert wurde. Unsicher erhob sie sich und folgte ihm auf die Tanzfläche. Er nickte ihr aufmunternd zu und nahm sie in den Arm. »Ich kann nicht Tango tanzen«, sagte sie. Der Mann nickte wieder und meinte: »Zeit, damit anzufangen.«

2. Januar 2010

Schon wieder ein neues Jahr! Die Tanzschule hatte zum Silvesterball geladen. Jeder brachte etwas mit, ich probierte an den Gästen meine neuen Kreationen aus. Der Erfolg war umwerfend!!!!

»Genauso würde ein Gancho schmecken!« Meine Tanzlehrerin war hin und weg und ich hatte das Vergnügen, dass sie mir ein paar Tänze gönnte. Inzwischen werde ich besser, vor allem bin ich nicht mehr so aufgeregt, sodass ich auf meine Partnerin achten kann. »Wenn du auf deine Partnerin achtest, wenn sie für dich das Wichtigste auf der Welt ist, wird jede Frau mit dir tanzen wollen«, sagte sie zu mir. So langsam komme ich dahinter, was sie meint. »Die meisten Männer sind Gockel, auch wenn sie das Gegenteil glauben. Sie wollen glänzen, und die Frau ist das Putzmittel«, sie lachte, als sie das sagte, aber ich glaube, sie hat es ernst gemeint. Ich bin nicht besser, muss ich mir eingestehen, auch mir fehlt die Demut des wahren Tangotänzers, aber ich versuche, es zu ändern.

Als ich in der Nacht, eigentlich war es früher Morgen,

mit der Métro nach Hause fuhr, klangen mir immer noch die Tangomelodien in den Ohren. Sie webten sich in das Rauschen des Zugs, und die Bremsen quietschten wie ein Bandoneon. Ich schlief wie ein Baby und stand erst gegen Mittag auf. Ich fühlte mich benommen, mir kam die Métrofahrt wieder in den Sinn. Die Melodien hatten zum Zug gehört, als hätte ein Orchester in ihm gespielt. Die Sinnestäuschung war selbst im Nachhinein noch so eindringlich, dass ich schwören könnte, Musiker im Zug gesehen zu haben. Was natürlich Unsinn ist.

Die Sonne schien, ich machte einen weiten Spaziergang entlang der Seine. Gestern Abend dann fühlte ich mich einsam und hab das ganze Fernsehprogramm hoch und runter geguckt. Fred rief an und wollte, dass ich zum Essen komme, aber ich war keine gute Gesellschaft und habe abgesagt.

Heute Morgen war meine trübe Laune wie weggeblasen, ich bin guter Dinge und habe Claudine ein paar neue Schritte gezeigt. »Machst du noch was anderes, außer tanzen?« »Na, vielleicht backen«, hab ich gesagt, »reicht doch!« Sie hat geschnaubt. Ich weiß nicht, was Claudine will, seit wir in der Backstube tanzen, ist die Stimmung viel besser.

5. Januar 2010

Fred macht Dampf. Er will unbedingt im Frühjahr das Café eröffnen. Wir haben heute mal alles durchgerechnet. Wenn wir es geschickt anstellen, kommen wir mit einem kleinen Kredit aus. Wir können die Einrichtung auf einem Flohmarkt kaufen, die Kunden lieben das. Eine anstän-

dige Musikanlage muss her, die wird das meiste kosten. Die Innenarbeiten machen wir selber, ein paar der Jungs helfen uns sicher. Claudine näht die Vorhänge. Das hat sie selber vorgeschlagen, ich wusste nicht, dass sie überhaupt nähen kann. »Doch, doch, das hab ich in der Schule gelernt! Ich bringe ein paar Stoffmuster mit.« Sie überschlägt sich fast vor Hilfsbereitschaft. Vielleicht hat sie ein schlechtes Gewissen, weil sie mich letztens so angepflaumt hat. Danach habe ich zwei Tage nicht mit ihr getanzt. Die Jungs haben gemault, sie wollen was sehen, bevor sie sich in Teig und Creme stürzen. Also sind wir heute Morgen wieder um die Knetmaschine gewirbelt. Jetzt hat sie mir den Ölzweig gereicht, sie will also weitertanzen, so versteh ich das jedenfalls.

6. Januar 2010
Fred und ich haben den Raum für das Café entrümpelt. Der Plunder von über zwanzig Jahren hatte sich hier angesammelt. Unter hundert leeren Kartons fanden wir die alte Theke der Vorbesitzer. Fred hatte sie völlig vergessen, ich kannte sie gar nicht. Wir holten den großen Alain dazu, das Ding wiegt fünf Zentner. Der Glasaufbau ist zum Teil kaputt, Alain sagt, sein Schwager kann das reparieren. Etwas Farbe drauf und schon sind ein paar tausend Euro gespart. Die Tangokollektion wird gut hinter den Scheiben des Ungetüms zur Geltung kommen.

11. Januar 2010
Ich bin heute später von der Tanzschule zurückgefahren.

Wir waren mit ein paar Leuten in einem Bistro und haben eine Kleinigkeit gegessen. Der Laden war voll, wir haben gerade noch einen Tisch ergattert. Der Besitzer ist ein Algerier, der den besten Couscous macht, den ich kenne. Er mariniert das Lammfleisch, dass es auf der Zunge zergeht. Ich habe zu viel gegessen, in der Métro bin ich eingeschlafen.

Durch das Rauschen der Bahn hörte ich wieder die Tangomelodie von Silvester, der Abend hat sich unauslöschlich in meinem Kopf festgesetzt. Ich ließ die Augen zu und stellte mir einen Tanz vor. Gut, dass ich erst an der Endstation aussteigen muss, sonst hätte ich glatt meine Haltestelle verpasst.

Die Milonga in Lannion hatte einen nachhaltigen Eindruck auf Sadie gemacht. Sie begleitete Yasmin und ihren Vater auf jeden Tangosalon im Umkreis, immer in der Hoffnung, den kleinen Tänzer wiederzutreffen, der ihr in aller Ruhe die Angst genommen hatte. Jedes Mal trug sie das grüne Kleid, aber sie traf ihn nicht mehr.

Nach drei Wochen fehlte ihr die Geschäftigkeit der Stadt. Sie wünschte sich zum Abschied noch einmal Pauls berühmten Hummer und verbrachte den letzten Abend mit ihm und seiner Freundin auf der Terrasse.

Zurück in Paris, versuchte sie Edouards Tanzschule zu finden. Das neue Semester begann erst in ein paar Wochen. Sie nahm sich fest vor, die Zeit zu nutzen und einen Tangokurs zu belegen und zwar in der Tanzschule ihres Patissiers. Das Tagebuch verriet, dass die Schule einige Stationen vom Gare d'Austerlitz entfernt war, denn er fuhr von dort mit der Métro bis zur Endstation.

Die M10 endete hier, und hier hatte sie das Heft gefunden. Es lag nahe, dass seine Wohnung im Umkreis des Austerlitz lag. Die Wohnung würde sie nie finden, bei einer Tanzschule sah das bestimmt besser aus. Leider gab es keine näheren Angaben. Ihre Nachforschungen im Internet ergaben sechs Schulen in der Umgebung der nächsten sechs Métroausgänge. Auch die Suche nach der Bäckerei hatte sie wieder aufgenommen. Sie vermutete jetzt, dass auch sie hier zu finden sei, weil der Kurs ein Geschenk seiner Kollegen gewesen war.

Eines Abends besuchte sie die Tanzschule ›Marie et Claude Bertrand‹ in der Rue de Poissy. Der Tanzsaal lag genau gegenüber dem Collège des Bernadins. Die Nachbarschaft von christlichen Grundsätzen und Tango schien sich zu vertragen. Musik drang durch die geöffneten Fenster, zusammen mit dem leicht schleifenden Geräusch von Schuhen. Sie hatte in jeder Schule eine Weile zugesehen und bemerkt, dass die guten Tänzer in Bodenkontakt blieben, während die Anfänger die Füße manchmal so hoch nahmen als stolzierten sie durch ein Minenfeld. Für den ein oder anderen wahrscheinlich durchaus vergleichbar.

Bertrand war ihr vierter Versuch. Bei der ersten hatte sie irgendwelche haarsträubenden Geschichten erzählt, um herauszufinden, ob Edouard dort Schüler sei. Inzwischen sagte sie ganz einfach die Wahrheit, sie suche einen tanzenden Patissier, der sein Tagebuch verloren habe. »Quel malheur!«, hatten die Tanzlehrer bedauert und nein, hier sei er nicht.

Der Tanzsaal lag in der ersten Etage eines Haussmanngebäudes mit enorm hohen Decken und tanzfreundlichen Parkettböden im Fischgrätenmuster. Es war schon halb zehn und die letzte Stunde in vollem Gange. Das Lehrerpaar, beide um die Vierzig, schlank und quirlig, zeigte gerade eine komplizierte Drehfigur. Sadie sah gebannt zu und fragte sich, ob sie jemals so weit kommen würde. Die Beine der Frau, geleitet von unsichtbaren Impulsen, vollführten luftige Schwünge und gordische Verknotungen. Mit einer leichten Bewegung löste sich die Figur in eine elegante Promenade. Die Schüler, offensichtlich im fortgeschrittenen Stadium, puzzelten so lange herum, bis die Folge gelang.

Sadie fragte die Tanzlehrerin, die sofort aufmerksam wurde.

»Mais, oui, Edouard Barron. Aber ich habe ihn schon ewig nicht gesehen. Er ist bestimmt seit einem Jahr nicht hier gewesen.«

»Er hat aufgehört, hier zu tanzen?«

Sie schnalzte mit der Zunge. »So könnte man sagen. Er kommt nicht mehr. Edouard ist einer unserer eifrigsten und auch besten Tänzer gewesen. Es sieht ihm nicht ähnlich, einfach so wegzubleiben. Wir machen uns große Sorgen um ihn. Sie können sein Tagebuch hierlassen, Mademoiselle. Oder besser, Sie bringen es seinem Bruder in die Bäckerei.« Sie ging zu einem Tischchen und schrieb auf einen Zettel. »Hier ist die Adresse, grüßen Sie von uns, seine Familie sucht ihn. Sie sind verzweifelt, sie werden sich freuen, wenn Sie kommen.«

»Wollen Sie sagen, er ist verschwunden?«, ungläubig blickte Sadie die Tanzlehrerin an.

»Wir können es selbst nicht glauben. Aber, ja, er ist wie vom Erdboden verschluckt.« Marie Bertrand verzog schmerzlich den Mund.

»Danke für die Auskunft, Madame. Noch etwas. Ich möchte mich für den Anfängerkurs anmelden.« Sadies Herz klopfte plötzlich aufgeregt.

»Haben Sie einen Partner?«

»Partner?«

»Kommen Sie nächsten Montag um 19 Uhr, wir werden dann mal sehen. Es ist sowieso die letzte Stunde vor den Ferien. Wenn es Ihnen gefällt, kommen Sie im September wieder.« Sie lächelte und tätschelte Sadies Arm.

6. Kapitel

14. Januar 2010
Heute hat Alains Schwager mit der Reparatur der alten
Theke begonnen. Er ist klein und dick und hüpft um das
Ungetüm herum. Sie gefällt ihm sichtlich, und ich musste
an den alten Witz von dem kleinen Mann denken, der eine
Zweimeterfrau hat, immer um sie rumrennt und ruft, alles
meins, alles meins. Die Theke wird jetzt erst mal wieder
auf Vordermann gebracht, und dann müssen wir uns noch
für eine Farbe entscheiden. Fred will braun, aber da wei-
gere ich mich, dann kündige ich, hab ich gesagt. Typisch
Fred, Maud hat nur gen Himmel geguckt, Claudine auch,
sah komisch aus. »Ja, was denn sonst?«, hat Fred gefragt.
Claudine hatte ein paar Stoffmuster mit. Eins gefiel Maud
und mir besonders gut. »Na, dann streichen wir doch die
Theke in genau dem Hellblau, das hier in dem Stoff ist.«
Maud hat mit dem Stück herumgewedelt, und Fred war
einverstanden. Es fehlt ihm einfach an Vorstellungskraft.

20. Januar 2010
Der Boden ist fertig! Ich habe darauf bestanden, die Holz-

dielen auf ein Lattengerüst zu legen. Jetzt haben wir einen wunderbaren Tanzboden. Claudine und ich haben ihn heute ausprobiert – einfach fantastisch.

25. Januar 2010
Die Theke steht! Hellblau, die Schnitzereien in Pastellfarben abgesetzt. Am Wochenende werde ich mich um eine Musikanlage kümmern. Heute Abend im Kurs mache ich schon mal ein bisschen Reklame für unsere Eröffnung. Wenn nichts dazwischenkommt, geht's in vier Wochen los.

26. Januar 2010
Als ich gestern zurückfuhr, bin ich wieder eingeschlafen. Mit den anderen war ich nach dem Kurs noch in einem Bistro. Die letzte Métro!

Der Schaffner musste mich wecken, ich wusste im ersten Moment nicht, wo ich war. Ich schlich todmüde durch die Gänge und die ganzen Treppen hoch. Irgendwo musste ein Akkordeonspieler sein, eine traurige Melodie wehte von weit her durch die Unterwelt.

Ein Tango, und ich dachte, wenn ich eine Partnerin hätte, würde ich auf der Stelle tanzen, mich mit ihr hier in der Nacht und Leere einer Métrostation drehen. So unwirklich die Vorstellung war, so klar sah ich sie vor mir. Das braune, lockige Haar, hochgesteckt. An der linken Hand einen Ring mit rotem Stein. Ich blieb stehen und schloss die Augen, ich bildete mir ein, ihre Wärme zu spüren und ihren Duft wahrzunehmen.

Als ich endlich zu Hause ankam, war mir so melancho-

lisch zumute, dass ich eine halbe Flasche Wein getrunken
habe. Das kommt so gut wie nie vor, schließlich muss ich
sehr früh raus. Und dafür hab ich dann heute Morgen auch
gebüßt. Claudine und die Jungs zogen mich auf, aber das
war mir egal. Ich war zwar k.o., aber meine triste Stim-
mung war zum Glück weg, auch wenn mir den ganzen Tag
die Frau durch den Kopf spukte.

27. Januar 2010
Alain hatte eine gute Idee. Er meinte, wir sollen eine Juke-
box in das Café stellen, bestückt mit Tangoplatten. Dann
können sich die Paare aussuchen, wonach sie tanzen wol-
len und das Ding ist witzig und dekorativ. Fred ist mit
allem einverstanden, er hat das Konzept endlich kapiert.
Also wird die Musikanlage kleiner, und ich werde am
Wochenende die Flohmärkte abklappern.

Sadie bereitete sich sorgfältig auf ihre erste Tanzstunde
vor. Sie wählte ein Sommerkleid mit weitem Rock und
ein paar halbhohe Sandalen, die gut am Fuß saßen.
Bertrand war nur zehn Minuten von ihrer Wohnung
entfernt, sie nahm das Fahrrad und betrat pünktlich das
Haus gegenüber dem gotischen Collège.

Marie begrüßte sie und brachte sie zu ihrem Tanzpartner, einem schlanken, dunkelhaarigen Mann, der an
der Wand lehnte.

Sie war aufgeregt. »Ich bin Sadie, ich freue mich so, Sie
kennenzulernen.«

Der Mann sah sie erstaunt an. »Oh, ich auch. Sind Sie
auch das erste Mal hier? Ich heiße Gerard.« Er streckte

ihr seine Hand entgegen.

Sadie wurde heiß, sie hustete, um ihre Verlegenheit zu überspielen.

»Gleich geht's los.« Marie winkte und ließ sie allein.

Sadie hatte sich wieder gefasst, sie hatte entgegen jeder Logik angenommen, Edouard zu treffen.

»Sie haben wohl jemand anderen erwartet?« Gerard betrachtete sie neugierig.

»Ach, nein, das heißt, ja. Ich habe etwas gefunden, das ich dem Besitzer wiedergeben wollte. Ich hatte gehofft, Sie wären das, obwohl das gar nicht sein kann.«

Gerard passte in der Größe perfekt zu ihr, hatte Humor und trat ihr kein einziges Mal auf die Füße. Als sie später nach Hause fuhr, hatte sie sich fest für den Kurs angemeldet.

»Du machst was?« Max Stimme war eine Nuance lauter geworden.

»Na, hör mal. Du verschwindest ein Jahr nach London, rufst ab und zu mal an und mir gönnst du nicht mal einen Tanzkurs.« Sie regte sich auf. Was sollte dieser Unsinn?

»Das ist was ganz anderes! Ich arbeite hier.«

»Und deshalb soll ich nur zu Hause sitzen? Ich kann doch wohl in eine Tanzschule gehen.«

»In eine Tangoschule«, berichtigte er trotzig.

»Wenn du wieder hier bist, kannst du mit mir tanzen.« Die Idee war nicht gut, Sadie merkte es in dem Moment, in dem sie sie aussprach.

»Du weißt ganz genau, dass ich nicht tanze.«

»Ach, und deshalb soll ich es auch nicht?« Sie wurde

immer wütender.

»Dreh mir nicht die Worte im Mund um. Du weißt genau, was ich meine. Warum gehst du nicht wieder zum Jazztanz, das hat dir doch immer Spaß gemacht.«

»Ich will mal was Neues machen. Außerdem ist das die Tanzschule von Edouard, ich will ihm sein Tagebuch zurückgeben.«

»Edouard? Ach, stimmt, der verrückte Bäcker! Da bist du ja in bester Gesellschaft!«

»Weißt du was? Die ist besser als deine!« Sadie knallte das Telefon auf den Tisch. Sie trat mit Wucht vor ein Sitzkissen, das durch das Zimmer sauste und eine Stehlampe zu Fall brachte. Das Telefon klingelte. Max. Sie drückte ihn weg und machte das Gerät aus. Dann schnappte sie sich ihre Tasche und verließ die Wohnung.

Laut Marie befand sich die Bäckerei von Edouards Bruder am Place Paul Painlevé. Eine eingezäunte Grünanlage befand sich auf dem kleinen Platz. Einige Bänke um ein mit Sommerblumen bepflanztes Beet luden zu einer ruhigen Mittagspause ein. Ein paar Studenten saßen hier und blätterten in Büchern, die sie mit Baguette vollkrümelten. In den umliegenden Häusern waren Antiquariate und Buchhandlungen untergebracht. An einer Seite des Platzes lag das Musée de Cluny, das Mittelaltermuseum. Sadie kannte sich hier aus, ihre Uni, die Sorbonne, Paris IV, war um die Ecke. Das Museum beherbergte ihre Lieblingstapisserien, die sechs Wandteppiche ›Die Dame und das Einhorn‹. Sie wusste nicht, wie oft sie schon vor ihnen gestanden hatte. Eine ihrer Hausarbeiten hatte sie zum Thema gehabt. Damals war sie fast jeden Tag hierhergekommen oder sie hatte in der

Grünanlage gesessen und alles, was es dazu gab, gelesen.

Das Antiquariat gegenüber war ein unerschöpflicher Quell, sie hatte stapelweise Literatur herausgeschleppt. Viele ihrer Kommilitonen verließen sich zum größten Teil auf das Internet und auch Sadie wusste diese schnelle und effektive Form der Recherche zu schätzen. Aber das auf Papier geschriebene Wort hatte für sie einen höheren Stellenwert. Als würde die dritte Dimension dem Inhalt mehr Gewicht verleihen. Die Bücher in ihrem Regal vermittelten ihr ein greifbares Gefühl für die Kultur und das Wissen von Jahrhunderten. Das Internet gab ihr Informationen, aber der Eindruck war abstrakter, sie roch und schmeckte ihn nicht, konnte ihn nicht anfassen, eine unsichtbare Wand hinderte sie an einem endgültigen Verständnis. Die meisten ihrer Freunde konnten das nicht nachvollziehen. Wenn sie versuchte, dieses Gefühl zu erklären, erntete sie ungläubige Blicke. Als sie gestand, jeden Artikel auszudrucken, damit sie ihn in die Hand nehmen konnte, legte sie sich mit der Fraktion der Umweltschützer an. Von da an hielt sie den Mund. Nur ihr Vater hatte sie verstanden. Er hatte ihr zugehört und genickt. »Es ist wie mit der Heizung«, hatte er gesagt. »Sie heizt das Zimmer auf 25 C, aber wenn ein Ofen das macht, dann ist dir wärmer, auch wenn sich das nicht messen lässt.«

Sie ging am Museum vorbei und erreichte die dritte Seite des Platzes. Da war sie, die Bäckerei ihres Edouards. Auf die Idee, dass des Rätsels Lösung so nahe liegen könnte, war sie nie gekommen. Grüne Markisen beschatteten die Fenster. Auf einer stand ›Café Lapiz‹. Sadie hatte das nie bewusst wahrgenommen. Sie öffnete die Tür und betrat den Verkaufsraum. Hinter der Theke stand eine schlanke Frau zwischen vierzig und fünfzig. Sie ordnete die feinen Gebäckstücke.

»Pardon, Madame, arbeitet hier Edouard Barron?«

Die Frau sah sie erstaunt an und wurde plötzlich blass. »Haben Sie ihn gesehen? Ist ihm was passiert? Mon Dieu, bitte nicht.«

Sadie schüttelte den Kopf. »Nein, Madame, ich habe nur sein Tagebuch gefunden und möchte es ihm zurückgeben.«

Die Frau seufzte. »Sie haben nichts von ihm gehört?«

»Er ist nicht hier?«

»Nein. Was wollen Sie schon wieder? Sind Sie von seiner Tanzschule?«

Sadie fing noch mal von vorne an. »Ich bin Sadie Laboire. Ich habe ein Tagebuch gefunden. Schon vor einigen Wochen, aber erst jetzt herausgefunden, dass es Edouard Barron gehört. Ich will es ihm zurückgeben.«

»Warten Sie, ich hole meinen Mann.« Die Frau verschwand und kam kurz darauf mit einem rundlichen Mann mit Halbglatze und Nickelbrille zurück.

»Fred Barron«, stellte er sich vor. »Sie haben von Edouard gehört?«

»Nein«, mischte sich seine Frau ein. »Aber sie hat etwas von ihm gefunden. Sein Tagebuch.«

»Kommen Sie.« Fred Barron winkte sie in das Café an einen Tisch, der alleine an einer Seite der hellblauen Theke stand. Sadie erkannte sie sofort, sie war wirklich wunderschön. Das Gebäck hinter den gebogenen Glasscheiben musste die Tangokollektion sein.

»Erzählen Sie! Was ist mit ihm?«, forderte Edouards

Bruder sie auf.

»Ich verstehe nicht. Was soll ich erzählen?«

Fred strich mit einer resignierten Geste über seinen Kopf. »Ja, sicher, Sie können es wahrscheinlich nicht wissen. Wir machen uns solche Sorgen. Edouard ist vermisst, seit einem Jahr.«

»Doch, das hat mir seine Tanzlehrerin erzählt. Sie gab mir Ihre Adresse«, sagte Sadie.

»Edouard ist weg. Er kam eines Morgens nicht zur Arbeit. Er ging nicht ans Telefon, wir dachten, er ist krank. Ich bin zu seiner Wohnung gefahren. Da war er auch nicht. Wir haben uns alles Mögliche gedacht, dass er mit einer Frau die Nacht verbracht hat, und dann…na, ja, da kann man schon mal vergessen zur Arbeit zu gehen.« Er wischte Schweiß von seiner Stirn. »Ich war sauer, natürlich, hab mir aber erst mal keine Sorgen gemacht. Aber als er sich den ganzen Tag nicht meldete und auch am nächsten nicht kam, da wußte ich, da stimmt was nicht. Ich war in der Tangoschule, aber sie wußten auch nichts. Ich verstehe das nicht. Er würde nicht so weggehen, es ist nicht seine Art. Es gab keinen Grund. Wir zermartern uns das Hirn. Wir haben seitdem nichts mehr von ihm gehört. Nichts. Seit dem 5. Juli. Nach einer Woche sind wir zur Polizei gegangen.«

»Nichts?«

»Nichts!« Fred strich sich wieder über seinen Kopf. »Geben Sie mir das Tagebuch, vielleicht steht etwas darin.«

Sadie wurde peinlich bewusst, dass sie hierhergekommen war, um mehr über Edouard zu erfahren. Das Tagebuch hatte sie zu Hause gelassen, sie wollte es zu Ende lesen.

»Eh, ich wollte erst sehen, ob ich hier richtig bin. Ich habe es nicht dabei«, redete sie sich raus. Sie wurde rot. »Ich bringe es Ihnen direkt morgen früh, jetzt habe ich noch ein Seminar an der Uni.«

Fred Barron sah sie ungläubig an. Er musste sie für beschränkt halten, zu Recht, wie sie fand.

»Warum haben Sie es nicht schon früher gebracht?«, fragte er vorwurfsvoll.

»Ich habe es erst vor ein paar Wochen gefunden und es stand nur sein Vorname drin und dass er Tango tanzt. Ich habe alle Tanzschulen abgeklappert. Die richtige habe ich erst vor ein paar Tagen gefunden. Die haben mir diese Adresse gegeben.«

»Tango!«, zischte Fred. »Damit hat doch alles angefangen.«

»Wieso?«

»Sehen Sie das hier?« Er machte eine ausladende Bewegung mit dem Arm. »Das Café war seine Idee, und es war eine gute Idee. Die Leute kommen und tanzen, sie kaufen ein Gebäck, das er erfunden hat, und sie wollen mit Edouard sprechen. Aber der Kerl ist weg. Natürlich machen wir uns Sorgen, dass ihm etwas passiert ist, aber daneben haben wir auch noch ein Geschäft, das einen Patissier wie Edouard braucht. Ich weiß bald nicht mehr, was ich machen soll. Er hat die Leute gut ausgebildet, aber der Meister kann nicht auf Dauer fehlen.«

Sadie wusste nicht, was sie antworten sollte, und nickte nur. Fred stand auf, erinnerte sie noch einmal an das Tagebuch und ließ sie allein. Bei einem Mädchen mit frecher Kurzhaarfrisur bestellte sie eine Tasse Kaffee.

»Möchten Sie von dem Tangogebäck?«

Sadie ging zur Theke und sah hinein. Hübsch präsentiert lagen Ochos, Ganchos und all die anderen Leckereien hinter der gebogenen Scheibe. Kleine Namensschilder standen vor den Schalen, oben auf der Ablage waren Tüten mit Adornos aufgereiht. Sadie wählte einen Vorwärtsocho und einen Boleo.

»Arbeiten Sie schon lange hier?«

Das Mädchen lachte. »Ich helfe hier gerade nur aus. Normalerweise bin ich in der Backstube. Ich lerne Patissière.«

»Ach, dann sind Sie Claudine!«

»Ja, stimmt. Wieso?« Sie sah Sadie erstaunt an.

»Ich habe das Tagebuch Ihres Chefs gefunden. Edouard Barron. Darin schreibt er, dass er mit Ihnen Tango tanzt.«

Claudine lief puterrot an. »Edouards Tagebuch? Oh, nein, da hat er alles aufgeschrieben?« Sie riss die grauen Augen weit auf.

»Aber, haben Sie ihn denn gefunden? Ich meine Edouard.«

»Nein, ich suche ihn.« Sadie wollte sich mit Claudine unterhalten, doch sie wurde an einen anderen Tisch gerufen. »Warten Sie, können wir uns treffen?«

Claudine runzelte die Stirn, dann sagte sie: »Okay, ich habe um 18 Uhr Schluss. Wir können uns drüben bei Jean treffen.« Sie zeigte auf ein Bistro auf der anderen Seite des Place Paul Painlevé.

Während Sadie ihr Gebäck aß, warf ein Mann Münzen in die Jukebox. Ein Tangostück erklang. Er führte seine Partnerin auf die Tanzfläche, das Bandoneon schluchzte herzerweichend, sie bewegten sich völlig versunken. Sadie fühlte sich plötzlich einsam, wie nie zuvor im Leben.

Claudine ließ sich neben Sadie in einen Korbstuhl fallen, sie kam eine halbe Stunde zu spät.

»Tut mir leid, ich musste für morgen noch Teig vorbereiten. Wie heißt du, übrigens?«

»Sadie«, sagte Sadie. Sie zeigte mit einem Strohhalm auf sich.

Sie hatten noch einen Tisch auf der Terrasse erwischt, um sie herum saßen Touristen und Angestellte, die nach der Arbeit eine kurze Pause machten. Claudine bestellte eine Cola, Sadie, die schon genug Koffein intus hatte, nahm einen Kir. Sie erzählte ihr, wie sie an das Tagebuch gekommen war.

»Er hat geschrieben, dass du schon ziemlich gut tanzt und er dich gerne mit in den Kurs nehmen wollte.«

»Wir haben Edouard den Kurs zum Geburtstag geschenkt. Dann wollten wir alle wissen, was er da so macht, und er hat angefangen, mit mir die Schritte zu zeigen. Erst fand ich das komisch, aber dann hat es mir Spaß gemacht. Ich hab mir sogar Tanzschuhe gekauft.«

»Warum bist du nicht mit in die Tanzschule gegangen?«

Claudine schüttelte den Kopf. »Ich wollte nicht, dass er sich was einbildet. Verstehst du?«

»Ich glaube schon.«

»Aber jetzt denke ich oft, wär ich doch dabei gewesen. So als hätte ich was ändern können.« Sie klang bedrückt.

»Wie meinst du das – was ändern?«

»Also, Edouard hat sich wirklich da reingestürzt, das

hätte keiner von uns gedacht. Er ist ein richtig guter Tänzer geworden. Ich hab ja immer lieber so allein getanzt, deshalb fand ich das auch am Anfang so komisch. Aber Edouard kann einen so festhalten, dass es Spaß macht. Weil man auch merkt, dass es ihm Spaß macht. Ich kann das nicht so gut erklären. Auf jeden Fall war er immer ganz begeistert.« Sie zögerte.

»Und dann?«, bohrte Sadie.

»Ja, er war immer noch begeistert, aber er hat sich in den letzten Wochen verändert. Er war in sich gekehrt, und wenn wir getanzt haben, hatte ich oft das Gefühl, er war nicht da, mit den Gedanken woanders.«

»Vielleicht hatte er den Umbau im Kopf. Davon stand auch was in dem Tagebuch.«

»Der war da doch schon längst fertig. Nein. Ich hab ihn mal gefragt, was los sei, da hat er mich angesehen, als käme ich von einem anderen Stern. Ich hab dann Quatsch gemacht, so, hallo, Erde an Edouard! Aber er hat nur weiter geguckt, war richtig unheimlich.«

»Wann war das?«, fragte Sadie.

»Etwa zwei Wochen, bevor er verschwand.«

»Und dann war er plötzlich weg?«

»Ja, dienstags, das weiß ich noch ganz genau. Deshalb denke ich auch, wenn ich dabei gewesen wär, vor allem, wo ich mich dann doch entschlossen hatte, in den Kurs zu gehen … er hatte ja montags immer die Tanzstunde. Ich denke immer, da ist irgendwas passiert. Ein paar Monate vorher war er in Kur gewesen, Stress und Depressionen, vielleicht auch Schwierigkeiten mit einer Freundin, die er damals hatte. Er war dünn geworden und hatte wirre Ideen. Aber er kam so gesund und munter vom

Meer zurück, dass wir alle aufgeatmet haben. Er war guter Dinge und hatte wieder Spaß. Deshalb haben wir uns so erschreckt, als er wieder so merkwürdig wurde. Gleichzeitig aufgedreht und unzufrieden, ich kann es kaum erklären. Als würde er etwas erwarten, etwas herbeisehnen und fürchten. Aber er hat keinem erzählt, was los war. Ich hab ihn gefragt, da hat er mich angesehen wie ein Vogel, der aus dem Nest gefallen ist.« Claudine kämpfte mit den Tränen. »Ich glaub ich werd gerade dramatisch.« Sie versuchte, zu lachen.

»Macht nichts, ich verstehe dich schon.«

»Also, er hat mich so angesehen und nur ›ach, Claudine‹ gesagt. Ich bin sofort aufs Klo gerast, weil ich heulen musste. Jedenfalls haben wir am Dienstagmorgen gewartet und telefoniert, aber er ist nicht drangegangen, Fred ist zu seiner Wohnung gefahren und in die Tanzschule.« Claudine klang immer trauriger. »Ich bin dann am nächsten Montagabend auch zur Tanzschule gegangen. Ich dachte mir, wenn er die Stunde sausen lässt, dann ist wirklich was Schlimmes passiert und er ist nicht nur sauer auf Fred.«

»Sauer auf Fred?«

»Ja, die beiden sind nicht immer einer Meinung, obwohl das nie so tragisch war. Aber ich hab mich eben an jeden Strohhalm geklammert. Na, jedenfalls kam er nicht. Ich hab mit jedem gesprochen. Keiner konnte sich sein Verschwinden erklären, es passt einfach nicht zu Edouard. Aber Marie, das ist seine Tanzlehrerin, ist auch aufgefallen, dass er anders war. Sie meinte, er wäre so aufgedreht gewesen, und hätte immer mit ihr tanzen wollen. Als sie ihn gefragt hat, warum er nicht mit seiner

Partnerin tanzen will, hat er gesagt, das hätte nichts mit der Partnerin zu tun, die wäre schon in Ordnung, aber er müsse unbedingt wissen, ob er alles richtig mache. Marie hat das komisch gefunden, er war wie besessen, hat sie gesagt.« Claudine trank ihre Cola aus. Sie winkte dem Kellner und bestellte sich auch einen Kir. »Und jetzt ist er schon so lange weg. Ich kann das nicht verstehen«, schloss sie resigniert.

Sie saßen schweigend, bis Claudines Getränk kam.

Wortlos hoben sie die Gläser und tranken.

»Dann war das, was du für geistesabwesend gehalten hast, in Maries Augen Besessenheit?«, fragte Sadie.

»Das ist vielleicht etwas übertrieben, mehr Nervosität glaub ich, Überdrehtheit. Ich hätte wahrscheinlich nichts machen können, aber jetzt merke ich, wie gern ich ihn hatte. Er fehlt mir, er war lustig, auch wenn er ab und zu rumbrüllte. Er ist einer von den Männern, die sich entschuldigen können.«

Sadie war bestimmt zehn Jahre älter als Claudine und wusste genau, wovon sie sprach. Was sie wunderte, war, dass das Mädchen diese Weisheit von sich gegeben hatte. Claudine grinste, sie hatte Sadies Gedanken gelesen. »Ich hab eine Familie mit Männerüberschuss, alles Onkel, Cousins und Brüder und in der Bäckerei sieht's nicht anders aus«, erklärte sie. »Und das Tagebuch gibt keinen Hinweis?«

»Ich hab es noch nicht ganz gelesen. Zuerst hatte ich Prüfungen, dann war ich im Urlaub. Ich weiß auch nicht. Ich glaube, ich will nicht, dass es aufhört. Edouard ist mir nahegekommen. Wenn ich die letzte Seite lese, ist er ganz weg. Hört sich blöd an, oder?«

»Find ich nicht.«

»Aber morgen muss ich es seinem Bruder bringen, also lese ich es heute Abend aus. Und ich habe mich in der Tanzschule zum Kurs angemeldet. Geht aber erst im September richtig los.«

»Echt? Bestimmt eine gute Idee.« Claudine zögerte.

»Ich sage dir Bescheid, wenn ich was Neues erfahre, versprochen. Und du mir umgedreht auch.«

Sie tauschten ihre Telefonnummern, beide erleichtert, dass sie eine Verbündete hatten.

7. Kapitel

31. Januar 2010

Mir tun die Füße weh. Ich bin den ganzen Tag über den ›Puces de Vanves‹ gelaufen. Aber ganz zum Schluss hatte ich Glück. Ich habe tatsächlich eine Jukebox gefunden. Am Wechselmechanismus ist etwas kaputt, das kann ich reparieren, hoffe ich wenigstens. Wenn nicht, hat Alain bestimmt irgendeinen Schwager, der es kann. So war die Box aber erschwinglich, außerdem wunderschön mit grünem und rotem Licht und kleinen Säulen. Es passen 80 Platten rein. Das ist das eigentliche Problem, ich muss auf die Suche nach Tangoplatten gehen. Der Verkäufer hat mir ein paar Tipps gegeben. Das nächste Wochenende ist also der Plattensuche gewidmet.

Morgen wird das Teil geliefert, ich bin gespannt, was Fred sagt.

Auf dem Markt habe ich eine Frau angesprochen. die mit dem Rücken zu mir ein Bild betrachtete. Ich tippte leicht an ihren Arm, sie drehte sich um und sah mich mit hochgezogenen Augenbrauen an. Ich entschuldigte mich, ich hatte sie verwechselt.

Sie hatte braune Haare und die Figur meiner Fantasiefrau. Was hab ich mir nur gedacht?

2. Februar 2010

Alle haben die Jukebox bewundert und wollten natürlich sofort Musik hören. Fred hat aus seinen Beständen eine Platte geholt. Ausgerechnet ›Je t'aime‹ von Serge Gainsbourg. »Wo hast du die denn her?«, habe ich ihn gefragt. »Mal auf dem Flohmarkt gefunden«, hat er geantwortet. »Da haben Maud und ich gerne drauf getanzt.« Ich habe ihn ungläubig angesehen. Fred hat mit Maud zu ›Je t'aime‹ getanzt, nicht zu fassen. Mein Bruder ist doch noch für eine Überraschung gut. Wer weiß, was da im Hintergrund alles schlummert.

Jedenfalls haben wir die Platte aufgelegt, und es hat funktioniert. Die Burschen und Claudine haben große Augen gemacht, ich habe Claudine an mich gezogen und den Premierentanz aufs Parkett gelegt. Claudine war's ein bisschen peinlich, das lag vermutlich am Gestöhne, die Jungs haben gekichert. Egal, das Ding läuft und das ist die Hauptsache. Ich habe mir den Wechselmechanismus angesehen, da scheint ein Teil gebrochen zu sein, das ich sicher nachkaufen kann.

Am Montag nach der Tangostunde bin ich wieder in der Métro eingeschlafen und habe von einer braunhaarigen Frau geträumt, die mit mir tanzt. Als ich im Gare d'Austerlitz wach wurde, war ich ganz orientierungslos. Die Musik hallte noch in meinem Kopf wider, am liebsten hätte ich die Augen wieder zugemacht.

9. Februar 2010

Gestern hat Claudine die Vorhänge aufgehängt. Sie sind

sehr schön geworden, Fred hat ihr einen Wellnesstag bei einer Freundin von Maud geschenkt, die einen Kosmetiksalon hat. Claudine ist stolz und das zu Recht.

Am Wochenende habe ich Tangoplatten gekauft und den Wechsler repariert. Die Tische und Stühle sollen in einer Woche kommen. Wir müssen noch Speisekarten drucken lassen. Für die erste Seite will ich eine kleine Einführung schreiben, mal sehen, ob ich am Sonntag dazu komme.

Ich ertappe mich dabei, dass ich nach der braunhaarigen Frau Ausschau halte.

22. Februar 2010

Ich bin gerade von der Tanzschule nach Hause gekommen. Die letzten zwei Wochen waren stressig mit der ganz normalen Arbeit und den Vorbereitungen für das Café. Am Schluss ist doch immer mehr zu tun, als man denkt. Ich dachte, dass wir gut in der Zeit liegen, aber jetzt muss die Spüle neu installiert werden, weil das Becken nicht passt. Schlimmer ist, dass die Karten neu gedruckt werden müssen. Die haben das falsche Papier genommen, viel zu dünn, sie fühlen sich billig an.

Heute war ich so müde, dass ich mich zum Kurs zwingen musste, das ist bisher noch nie vorgekommen. Als ich dann da war, war es gut, ich hatte sogar die Energie, noch ein Glas Wein mit den anderen zu trinken, aber als ich in der Métro saß, bin ich mal wieder eingeschlafen. Komisch, ich träume dann jedes Mal vom Tanzen und höre Musik, dazwischen schwebt diese Frau, die ich nicht kenne und die mir trotzdem fehlt.

1. März 2010

Heute haben wir das Café eröffnet. Die Kunden waren begeistert. Zu tanzen hat sich noch keiner getraut, obwohl ich mit Claudine als gutes Beispiel vorangegangen bin. Aber die Füße haben gezuckt und die Jukebox musste viel arbeiten. Das Tangogebäck ist der Renner. Für die, die keine Tänzer sind, habe ich die Namen in der Karte erklärt. Zum Ocho habe ich geschrieben:

›Der Ocho ist eine liegende Acht – die Unendlichkeit. Traditionell tanzt die Frau ihn, der Mann signalisiert den Anfang und das Ende. Beim Ocho bewegt sich die Tänzerin vorwärts oder rückwärts auf der Unendlichkeit.‹

Ich kenne nichts anderes, wovon man das behaupten könnte.

Eine Kundin saß am Tisch und hat die Karte studiert. Dann hat sie zu Maud gemeint, wenn man das auf das Gebäck bezieht, dann würde sie zuerst einen Ocho vorwärts und dann einen rückwärts essen. Dann wäre sie wieder am Ausgangspunkt und hätte keinen Schnatz zugenommen. Ich suchte gerade Musik aus und hörte ihr zu. Ich musste lachen »Genau richtig, Madame,«, habe ich zu ihr gesagt. »Sie haben den Tango verstanden.«

Claudine und ich haben ihr ein paar Ochos vorgetanzt. Die Dame sah fasziniert zu und bat mich, es einmal mit ihr zu versuchen. Ich drehte sie behutsam ein wenig Hin und Her, sie strahlte mich an und dankte mir. Es würde mich nicht wundern, wenn ich sie demnächst in der Tanzschule sehe.

Am Abend war Kurs, aber da Eröffnung war, hatte ich

die Teilnehmer und Lehrer ins Café eingeladen. So haben wir heute unsere Stunde im Café abgehalten und hinterher noch so viel getanzt, wie wir Lust hatten. Ich habe gerade noch die letzte Métro gekriegt und mal wieder vom Tanzen geträumt. Als ich ausgestiegen bin, meinte ich noch Musik zu hören. Ich bin beschwingt die paar Minuten nach Hause gegangen. Ich bin sehr glücklich, das Café wird ein voller Erfolg, das weiß ich.

4. März

Im Café läuft alles wunderbar, genau wie in der Bäckerei. Wir haben viel zu tun, ich habe keine Zeit herumzuträumen oder faul zu sein. Umso komischer, dass mich ab und zu so ein Stich trifft. Unvermittelt denke ich an die braunhaarige Frau, ein plötzliches, ziehendes Gefühl überkommt mich, wie Heimweh oder Sehnsucht. Kann man sich denn nach einer Traumgestalt sehnen? Wahrscheinlich bin ich überarbeitet.

8. Kapitel

Sadie legte eine Postkarte in das Tagebuch und klappte es zu. Sie war hungrig und bekam Kopfschmerzen. Im Kühlschrank fand sie genug für eine improvisierte Gemüsepfanne. Während des Kochens dachte sie über Edouard nach, sie dachte nur noch über Edouard nach, fiel ihr auf. Gott sei Dank waren Semesterferien, sonst würde sie gar nichts mehr auf die Reihe kriegen. Das Gespräch mit Claudine und der Besuch der Bäckerei hatten das Tagebuch noch lebendiger werden lassen. Sadie las es mit dem Gefühl, in ein anderes Leben einzutauchen, es hatte etwas Voyeuristisches, den Patissier zu begleiten. Sie konnte sich nicht davon lösen, sie wollte wissen, was mit Edouard geschehen war.

»Wo steckst du, Edouard? Und wer ist die braunhaarige Frau?«, fragte sie ihren Nachbarn gegenüber, der seine Pflanzen goss. Er nickte ihr zu. Sie saß mit dem Teller auf dem Balkon und versuchte, sich zu entspannen, aß in Ruhe und dachte bewusst an ihren Vater und die Bretagne. Lange hielt sie nicht durch, dann waren ihre Gedanken wieder mit Edouard beschäftigt, und sie starrte durch das Balkongitter. Ihr Handy klingelte – Max. Sie schaltete es aus. Das Essen war kalt geworden, sie gab es zurück in die Pfanne und nahm sich ein Stück Käse und einen Apfel und legte sich aufs Bett.

Am nächsten Morgen um sechs weckte sie ein Müllwagen. Sie fror trotz der Wärme und fühlte sich zerschlagen. Sadie duschte lange und heiß, zog sich an und machte Kaffee.

Wenn sie um elf zur Bäckerei fahren würde, wäre das früh genug.

11. Mai 2010
Ich habe Geburtstag. Claudine und die Jungs haben sich wieder was einfallen lassen. Sie haben eine Milonga im Café organisiert, mit einer kleinen Band, die aus der unerschöpflichen Verwandtschaft Alains besteht. Ich bin gespannt, am Samstagabend ist der große Tag.

Sie wollen alle dabei sein und den Tango wollen sie auch versuchen: »Du zeigst uns noch mal die Grundschritte, wir bringen unsere Freundinnen mit.« Da standen sie um mich rum und zappelten aufgeregt. »Für wen ist das Geschenk?«, hab ich sie gefragt. »Für dich und für uns alle«, hat Claudine gelacht. Das gefiel mir.

Maud stieß Fred in die Seite, »und wir machen auch mit, verstanden?« Fred brummelte rum, aber wer ›Je t'aime‹ auf dem Flohmarkt kauft, braucht mir nichts vorzumachen.

Das Café hat voll eingeschlagen. Die Leute kommen, trinken Kaffee, essen Gebäck und tanzen. Am Anfang haben sie sich nicht recht getraut, aber inzwischen ist es selbstverständlich, egal zu welcher Tageszeit. Es kommen Leute, die wir noch nie gesehen haben. Und wenn sie zum

Tanzen kommen, dann nehmen sie auch ihr Brot bei uns mit. Genauso, wie ich es mir vorgestellt habe. Wir kommen kaum nach mit den Adornos. Die kleinen Tüten sind Mitbringsel unter Tangofreunden. Manche Kunden schenken uns Platten. Wenn sie irgendwo eine entdecken, nehmen sie sie mit. Wir haben inzwischen eine große Auswahl, auch wenn ich die ein oder andere aussortieren muss. Wenn es zu sehr rauscht und kratzt, macht es keinen Spaß mehr.

Spione gibt es auch, man erkennt sie an dem verkniffenen Blick und den heruntergezogenen Mundwinkeln. Das sagt Claudine.

Ob's stimmt? Ist egal. Wenn demnächst noch so ein Café aufmacht, dann nehmen wir das als Kompliment. Die Tangokollektion jedenfalls habe ich schon in »Edouards Original Tangokollektion« umbenannt. Sicher ist sicher, falls mal jemand die Idee klaut. Fred meint, wir sollen sie uns patentieren lassen, aber mir ist das zu viel Aufwand. Wenn er Lust hat, soll er sich drum kümmern.

16. Mai 2010

Gestern war meine Geburtstagsmilonga. Die Band kam um 16 Uhr. Drei Mann, ein Bandoneon, ein Bass und ein Keyboard. Ich hatte nicht allzu viel erwartet, und was dann kam, hat mich umgehauen. Alain stellte sie mir vor, einer natürlich ein Schwager, dessen Bruder und dessen Freund. Der Schwager, Bass, ist aus Paraguay, der Bruder, Bandoneon, natürlich auch und der Freund, Keyboard, Koreaner. Sie spielten unglaublich. Wir waren 38 Leute und haben praktisch nur getanzt. Unsere Tanzlehrer waren nicht dabei, sie hatten eine eigene Veranstaltung, und so habe ich mit Claudine die Grundschritte gezeigt. Die Jungs und ihre Freundinnen waren so bei der Sache, dass sie glatt vergessen haben zu trinken. Maud und Fred hatten Spaß und wollten später am Abend unbedingt ›Je t'aime‹ auflegen.

Die Band hat protestiert und das Stück selber gespielt. Außer dem Refrain hab ich vom Text nichts verstanden, den konnten sie wahrscheinlich selber nicht. Dafür haben sie umso besser gestöhnt, was dann alle machten. Sie haben das Stück wiederholt, weil keiner mit dem Stöhnen aufhören wollte. Maud liefen vor Lachen die Tränen über das Gesicht und zum Schluss hörte sich das Ganze an wie Schweine auf Speed.

Wir waren um 4 Uhr im Bett, ich habe bei Fred geschlafen, die Métro war längst geschlossen.

17. Mai 2010

Heute war die Milonga das Tagesgespräch im Laden und auch in der Tanzschule. Ich glaube, Marie und Claude tat es leid, dass sie nicht dabei sein konnten.

Wir haben eine komplizierte Schrittfolge gelernt, die man länger üben muss, um sie hinzukriegen. Aber wenn sie gelingt, ist sie schön anzusehen und noch schöner zu tanzen. Da wird Claudine herhalten müssen, schade, dass sie nicht mitkommen mag, wir sind ein gutes Tanzpaar.

Seit einigen Wochen bin ich das erste Mal wieder im Zug eingeschlafen. Prompt habe ich im Traum mit der braunhaarigen Frau getanzt. Sie fügte sich in meinen Arm, als würde sie nirgendwo anders hingehören. Ich versuche mich zu erinnern, woher ich sie kennen könnte, aber mir fällt nichts ein.

18. Mai 2010
Diese Frau geht mir nicht aus dem Sinn.

19. Mai 2010
Im Nachbarwaggon fuhr ein Bandoneonspieler mit. Ich habe es erst gehört, als ich ausstieg. Mir kam die Melodie bekannt vor, dann fiel mir ein, dass es dieselbe ist, die ich immer träume. Er blieb im Waggon, obwohl am Auster- litz Endstation ist, er wird den Zugführer kennen und fährt die Strecke wieder mit zurück.

24. Mai 2010
Heute das gleiche, wie letzte Woche. Auf dem Weg nach Hause schlafe ich in der Métro ein und höre Tangomusik, diesmal ohne die braunhaarige Frau, was mich verwirrt, obwohl das Unsinn ist.

Wie kann es mich verwirren, wenn ich etwas Bestimm- tes nicht träume?

25. Mai 2010
Mir lassen diese Träume keine Ruhe. Ich träume nur, wenn ich in der letzten Métro sitze. Nie, wenn ich eine andere nehme. Jetzt ist die letzte natürlich die späteste, sie kommt gegen 0.50 Uhr am Austerlitz an. Dass ich müde

bin, ist logisch, aber trotzdem.

21. Juni 2010
Claudine hat ihr zweites Lehrjahr hinter sich. Alle Prüfungen besteht sie mit Bravour. Ich bin stolz auf sie, sie
wird eine gute Patissière, eine sehr gute. Neulich fragte
sie mich, wie sie tanzen würde. »Du tanzt schon genauso
gut, wie du Eclairs machst«, habe ich sie gelobt. Sie wusste
nicht so recht, was sie davon halten sollte. Da polterte
Alain von hinten: »Deine Eclairs sind Spitzenklasse, Mädchen.« Claudine verschwand augenblicklich ins Café. Sie
kann das nicht gut haben, wenn man sie lobt. Ich mag sie
gerne, schade, dass ich keinen Sohn habe.

22. Juni 2010
Bis jetzt bin ich nach der Montagsstunde immer mit einer
früheren Métro nach Hause gefahren, die späten Träume
beunruhigen mich. Ich bin kein einziges Mal eingeschlafen. Aber nächste Woche hat Marie zu einem Umtrunk
nach der Stunde geladen, ich bin gespannt.

29. Juni 2010
Es ist schon wieder passiert. Letzte Métro, und die braunhaarige Frau taucht in meinen Träumen auf. Wenn ich
wach werde, verweht Musik in den Gängen. Diesmal war
es besonders intensiv, wahrscheinlich, weil ich so darauf
gewartet habe. Ich weiß auch nicht, warum ich das ein
bisschen unheimlich finde, schließlich tanze ich mit einer

schönen Frau wie ein Gott durch … keine Ahnung durch was. Auf einem Boden natürlich, aber die Wände kann ich nicht erkennen, auch die Decke ist diffus, so wie der ganze Raum ohne Nebel im Nebel liegt.

Als ich mich ins Bett gelegt habe, hatte ich Angst, dass es weitergeht, aber ich habe traumlos bis zum Morgen geschlafen.

6. Juli 2010

Fred und Maud wollen mich überreden, mit ihnen an den Atlantik zu fahren. Mauds Tante hat da ein Haus, das sie billig mieten können. Aber ich weiß nicht, ob ich auch noch in den Ferien mit ihnen zusammen sein will, wo wir doch schon den ganzen Tag miteinander verbringen.

In der Tanzschule gestern lagen Flyer aus. ›Tangourlaub im Limousin‹. Zwar nur eine Woche, aber die Gegend ist schön, ich könnte dann noch zwei Wochen wandern oder Kanufahren.

7. Juli 2010

Vom Gare d'Austerlitz geht ein direkter Zug nach Limoges. Gute drei Stunden, dann bin ich da. Damit ist für mich die Entscheidung gefallen. Tango im Limousin. Ich habe mich schon angemeldet und gerade noch einen Platz bekommen. Für den restlichen Urlaub werde ich mir vor Ort etwas suchen. Noch drei Wochen bis zu den Ferien. Ich bin froh, wenn ich Paris hinter mir lassen kann. In der letzten Zeit bin ich unruhig, so als würde ich auf etwas warten, nur weiß ich nicht worauf.

26. Juli 2010

Es ist selbst jetzt um zwei Uhr nachts noch schwül. Kein Lüftchen regt sich, obwohl ich alle Fenster aufgerissen habe.

Heute war die letzte Kursstunde, im September geht es weiter. Wir haben den Abend vor einem Bistro ausklingen lassen. Ich nahm die Zwölfuhr-Métro, aber diesmal war der Traum anders. Ich träumte, dass ich in der Bahn saß. Genauso wie immer, die M10 rumpelte von Maubert-Mutualité Richtung Endstation. Ich wurde hin- und hergeworfen und hielt mich am Sitz fest. Es roch nach Staub, Gummi, Schmieröl und Erde, ein spröder, typischer Geruch.

Die neuen Züge sind steril, sie könnten überall fahren, aber die alten, wie die M10, sind noch unverwechselbar. Wenn man mich mit verbundenen Augen hineinsetzen würde, wüsste ich sofort – Métro. Ich liebe das Gerumpel und den Geruch, das ist für mich Paris.

Also es war ein Traum mit Geruch, das hatte ich noch nie. Im Waggon saßen Menschen. Unter anderem ein paar Musiker, die plötzlich zu spielen anfingen. Bandoneon, Gitarre, Bass und Geige waren dabei. Die Leute bewegten ihre Oberkörper auf den Sitzen oder schlugen mit den Füßen den Takt.

Ich tanzte auch im Sitzen und merkte, wie ich breit grinste. Ich suchte Augenkontakt mit den Frauen, aber sie sahen alle weg. Dann entdeckte ich ganz hinten eine, die mit dem Rücken zu mir saß. Sie hob ihre linke Hand, um ihren Haarknoten festzustecken. Sie trug einen Ring mit einem großen, dunkelroten Stein. Ein Tangoring, dachte ich sofort. Die Tangueras tragen oft einen, weil man die Hand auf dem Rücken des Mannes gut sehen kann. Ich stand auf und wollte zu ihr, um sie aufzufordern. In dem Moment hielt der Zug an der Station Cardinal Lemoine und die Band stieg aus. Die Frau drehte sich zu mir um und sah mich an, dann folgte sie den Musikern. Ich versuchte, ihr nachzusehen, aber sie war im Getümmel des Bahnsteigs untergetaucht. Es war die braunhaarige Frau aus meinen Träumen.

Minuten später erreichten wir den Gare d'Austerlitz, ich wachte auf und lief wie in Trance nach Hause. Es wird Zeit, dass ich hier wegkomme.

Sadie sah auf die Uhr. Sie blätterte die restlichen Seiten durch. Sie war sehr gespannt, wie es weiterging, hatte aber keine Lust, in Eile durch die Aufzeichnungen zu hetzen. Edouard hatte mit der Hand geschrieben, sie merkte seiner Schrift an, wenn er müde oder unkonzentriert gewesen war, dann brauchte sie länger, um sie zu entziffern.

In der Nähe der Bäckerei war ein Copyshop. Sie hielt an und kopierte das Heft. Sie heftete die losen Blätter mit einer Schiene zusammen und fuhr weiter zur ›Boulangerie Barron‹.

Sie gab das Tagebuch ungern her, auch wenn sie keinerlei Recht hatte, es zu behalten. Die Kopie schien ihr weniger Seele zu besitzen, durch das Original fühlte sie sich Edouard näher. Als sie weder Fred noch Maud im Laden antraf, gab sie Claudine, die wieder im Café aushalf, die Kopie.

Claudine, die das Heft nicht kannte, guckte erstaunt, nahm die Blätter aber kommentarlos an. Sadie verabschiedete sich schnell wieder, sie hatte Angst, dass die Barrons auftauchen würden. Als sie nach Hause radelte, hatte sie ein Kribbeln im Bauch und ein schlechtes Gewissen. In der nächsten Woche machte der Laden für einen Monat zu, wenn im September wieder geöffnet wurde, war sie mit ihrer Lektüre längst durch und konnte das Heft mit einer Entschuldigung abgeben. Sie beruhigte sich, das war ein guter Kompromiss.

Am Abend sprach sie mit ihrem Vater. Als sie von ihrem kleinen Betrug erzählte, lachte er. »Du hast eben meine Gene. Du bist die Tochter eines Denkmalschützers, du weißt, dass das Original durch nichts zu ersetzen ist. Nenn es Seele, Aura, Ausstrahlung, egal. Nimm die Pferde von San Marco, täuschend echt, perfekt hergestellt, aber eine Kopie, die echten stehen im Museo Marciano. Die wenigsten Besucher wissen das, oder besser, nehmen es zur Kenntnis. Aber wenn du einmal die Hand auf die Flanke der echten Pferde gelegt hast, dann spürst du die Kraft und das Temperament.« Ihr Vater war in seinem Element, Original und Kopie war eines seiner Lieblingsthemen. Er hatte ein Buch darüber geschrieben, das in der Fachwelt Beachtung gefunden hatte.

»Und was fühlst du bei den falschen?«, fragte Sadie, die die Antwort schon kannte.

»Ha, ein Ackergaul, bestenfalls ein Maulesel.«

»Also findest du es richtig, was ich gemacht habe?«

»Auf jeden Fall, Sadie. Gib dich nie mit dem Abklatsch zufrieden, wenn du das Original haben kannst. Das gilt übrigens auch für Menschen.«

Bevor ihr Vater weiter ausholen konnte, und das wollte er, wechselte sie das Thema. »Eigentlich wollte ich dich nach den unterirdischen Gängen fragen. Die Endstation im Austerlitz, weißt du, wie es da weitergeht?«

»Keine Ahnung. Warum willst du das wissen?«

»Die Endstation kommt immer wieder vor, ich weiß auch nicht, ich will einfach wissen, was dahinter ist.«

Paul Laboire überlegte. »Ich hatte einen Kollegen, Pierre Ramon, dessen Sohn einer Gruppe zum Schutz der unterirdischen Gänge angehörte. Der könnte etwas wissen. Ansonsten musst du bei der Métroverwaltung nachfragen. Aber die geben keine Auskunft, wenn du keinen guten Grund hast«, schränkte er ein.

»Soll ich Ramon einmal anrufen?«

»Das wäre super, Papa. Und diese Gruppe, ist das denn legal, was die machen?«, fragte Sadie.

»Natürlich nicht, aber du willst doch weiterkommen, oder?«

Während jeder andere Vater Zeter und Mordio geschrien hätte, hatte Paul seine Tochter immer und gerade bei zweifelhaften Unternehmungen unterstützt, solange sie keine Gefahr für Leib und Leben darstellten. Bei der Auslegung von Gesetzen zeigte er sich flexibel. In ihrer Kindheit war das mehr als einmal ein Streitpunkt zwischen ihren Eltern gewesen.

»Na, gut, dann mach mal«, sagte sie.

»Ich melde mich.« Der abenteuerlustige Unterton war nicht zu überhören. Sadie konnte sich gut vorstellen, wie er sich gleich ein Glas Muscadet eingießen würde, um dann genüsslich die Nummer von Pierre Ramon zu wählen.

9. Kapitel

12. August 2010

Ich habe in der Nähe von Limoges ein Zimmer auf einem Bauernhof gefunden. Freundliche Leute, die an ein paar Feriengäste vermieten, die hier wandern oder einfach nur ihre Ruhe haben wollen.

Die Woche im Tangocamp war schön, aber anstrengend. Wir hatten eine argentinische Lehrerin, die uns keinen Fehler durchgehen ließ, und von denen hatte ich mehr, als ich dachte. Die Haltung, die Haltung, die Haltung. Ich hatte keine Ahnung, dass ich immer die Schultern hochziehe. Jetzt versuche ich dran zu denken und tatsächlich, das ist viel entspannter. Aber eine schlechte Angewohnheit zu korrigieren, dauert seine Zeit.

Wir waren eine nette Truppe, 10 Paare und vier einsame Herzen. Zum Glück wird beim Tango viel gewechselt. Die Atmosphäre war locker, man kam leicht miteinander ins Gespräch, und das gute Essen tat ein Übriges.

Beim Kaffee im Garten hat mir eine Tanguera aus Brest etwas Seltsames erzählt. Ariane war alleine gekommen, aber hier mit einem Tänzer aus Lille verabredet, der jedes Jahr, genau wie sie, an dieser Woche teilnimmt. Vor vier Jahren hatten sie sich hier kennengelernt und haben von da an die Woche immer zusammen verbracht. Nur als Tanzpaar, wie sie sagte, sonst lief da wohl nichts. Sie standen auch in der Zwischenzeit nie miteinander in Verbindung, das war nicht nötig, es war klar, dass sie sich im Schloss treffen würden. Dieses Jahr kam er nicht. Sie hat einen Tag gewartet und ihn dann angerufen. Eine Frau ging ans Telefon, seine Schwester, die aus Amiens angereist war, ganz aufgelöst, weil ihr Bruder seit drei Wochen verschwunden sei. Sie berichtete Ariane, er habe ihr von einer merkwürdigen Frau in der Pariser Métro erzählt, die er unbedingt wiedersehen wollte, um mit ihr zu tanzen. Die Schilderung war ziemlich konfus, die Schwester hatte nicht ganz verstanden, was er meinte, das Telefonat hatte spät in der Nacht stattgefunden, sie war sehr müde gewesen.

Ariane gab es so wieder, wie sie es gehört hatte, und konnte überhaupt nichts damit anfangen. Sie fand das Verhalten dieses Mannes unbegreiflich, sie sagte, sie kenne ihn als seriös und zuverlässig.

Ich hörte mir die Geschichte mit wachsendem Unwohlsein an. Es wird Unsinn sein, aber ich fühle mich an die braunhaarige Traumtänzerin erinnert und an meine Erleichterung, als ich aus Paris wegkam. Wenn ich jetzt so darüber nachdenke, bin ich fast geflohen, auch wenn ich nicht weiß wovor. Wohl kaum vor einem Traumgespinst?

Zum Glück bleiben mir noch zwei oder drei Wochen, ich werde sehen, wie es mir gefällt. Für morgen habe ich mir eine große Wanderung im Naturschutzgebiet vorgenommen.

14. August 2010

Die Wanderung war ganz schön, aber ich beginne jetzt schon, mich zu langweilen. Es gibt keine anderen Gäste hier auf dem Hof und meine netten Vermieter müssen den ganzen Tag arbeiten.

15. August 2010

Heute Morgen saß ein neuer Gast am Frühstückstisch – mein Gejammer wurde erhört. Eine Fotografin, die an einem Bildband über Fledermäuse arbeitet. Im Naturpark soll die seltene Mopsfledermaus heimisch sein, auf die sie es abgesehen hat. Ich hatte im Leben nicht von einer Mopsfledermaus gehört und musste über den Namen lachen. Zum Glück versteht die Dame Spaß, sie hat mich eingeladen, sie demnächst zu begleiten. Ich bin mir nicht sicher, ob mich das Tierchen so interessiert, aber das muss ich heute nicht entscheiden. Nachdem Jeanne, so heißt sie, weg war, machte ich mich nach Rochechouart auf, eine hübsche, mittelalterliche Stadt in der Nähe. Ich setzte mich auf die Terrasse des Hotels ›Ètoiles‹ und aß vorzüglich zu Mittag.

Beim Café dachte ich an den verschwundenen Tanzpartner von Ariane. Das ging mir bisher jeden Tag so, im Untergrund brodelt immer der Gedanke an diesen Mann. Ich kann ihn einfach nicht vergessen, ich werde unruhig, wenn ich an ihn denke, und das gefällt mir nicht. Also habe ich beschlossen, ein paar Nachforschungen anzustellen. Sobald ich wieder auf dem Bauernhof bin, frage ich, ob ich den Computer benutzen kann.

16. August 2010

Ich darf den Laptop meiner Wirtin benutzen, sie hat einen zweiten und nimmt das alte Ding kaum noch, weil es ziemlich lahm ist. Sie hat mir versichert, dass sie alle peinlichen Dateien gelöscht hat und mich gebeten, als Dankeschön einen Kuchen zu backen. Wenn's weiter nichts ist!

Nach dem Abendessen habe ich mich an die Arbeit gemacht. Ich brauchte etwas Zeit, weil ich nur den Vornamen des Tänzers wusste – Michel. Meine Erfahrungen als Privatdetektiv beschränken sich auf Kriminalfilme. Die klassische Methode, das Durchsuchen des Zeitungsarchivs, kam mir als Erstes in den Sinn. Ich sah die Ausgaben des ›Voix du Nord‹ vom Juli durch. Wenn überhaupt etwas darinstand, dann in diesem Zeitraum. Nicht jeder Vermisste landet in der Zeitung, aber vielleicht war Michel bekannt oder die Umstände merkwürdig.

Schließlich fand ich einen Michel S. aus Lille, der vermisst wurde. In der ›Voix‹ vom 28. Juli stand ein Artikel über einen Mann, der seit einer Woche sein Geschäft nicht betreten hatte. Nicht weiter schlimm, wenn er Mitarbeiter gehabt hätte oder einen anderen Beruf. Er war Bestatter und hatte noch ein paar Leichen im Keller. Der Satz stammt original vom ›Voix‹. Der Reporter hat sich wahrscheinlich die Finger geleckt.

Die trauernden Verwandten, die vergeblich zur Beerdigung kamen, benachrichtigten die Polizei, die das Bestattungsinstitut aufbrach und die Toten im Kühlraum fand. Ein Berufskollege kümmerte sich um alles Weitere. Ich wette, das ist Arianes Tangopartner. Die Geschichte lässt mich ratlos zurück, obwohl ich glaube, dass sie für mich von Bedeutung ist. Ich habe den Laptop zugeklappt und ihn meiner Wirtin zurückgegeben.

Jeanne saß draußen und trank Rotwein, sie winkte mich zu sich. »Ich habe eine Population gefunden, wenn Sie wollen, können Sie morgen mit.« Zuerst wusste ich nicht, wovon sie sprach, dann fielen mir die Fledermäuse wieder ein. Ich habe zugesagt, morgen früh um 7 Uhr geht es los, dann komme ich wenigstens nicht auf dumme Gedanken.

18. August 2010

Dass der Weg ins Bett einer Frau über die Mopsfledermaus führt, hätte ich nie gedacht.

Gestern war ich den ganzen Tag mit Jeanne im Wald. Wir hatten Proviant und diverses Zubehör für ihre Kamera dabei. Es gibt in der Nähe eine Höhle, die gerne von den Tieren als Schlafplatz benutzt wird. Jeanne hat ihre Kamera aufgebaut und gewartet. Die paar, die an der Decke hingen, bewegten sich nicht, die Bilder waren schnell gemacht. Aber Jeanne wollte fliegende, also mussten wir warten. Ich habe mich auf den Boden auf eine Decke gesetzt und bin nach kurzer Zeit eingeschlafen. Ich wurde wach vom Klicken des Auslösers. Jeanne stand konzentriert da und fotografierte die Fledermäuse im Flug. Vier, fünf Exemplare waren hereingeflogen und suchten nach einer Schlafstelle. Zu Jeannes Glück waren sie mit der Auswahl unzufrieden und wechselten öfter die Plätze. Die Tierchen sind klein, wenn sie hängen vielleicht 5 cm, mit ausgebreiteten Flügeln 10 oder 12 cm. Jeanne hatte die Kamera in die Hand genommen und hielt sie an dem

schweren Objektiv, den Kopf im Nacken, in die Höhe. Als
sie genug Aufnahmen gemacht hatte, sank sie stöhnend
neben mich auf die Decke. Sie legte den Apparat in die
Tasche und bewegte ihren Kopf hin und her. Ich setzte
mich auf und massierte ihren Nacken. Ich kam nicht
auf die Idee, dass ihr das missfallen könnte. Wir hatten
Stunden in dieser dämmrigen Höhle in Gesellschaft von
Mopsfledermäusen verbracht, wenn ich wach war, hatten
wir uns leise unterhalten oder aus der Thermoskanne
Kaffee getrunken. Jeanne an mich zu ziehen und sie zu
küssen, erschien mir das Normalste auf der Welt. Da sie
mitmachte, sah sie es wohl genauso.

29. August 2010

Jeanne ist gestern abgereist. Sie fährt weiter an die Küste und von da aus hoch bis zur Bretagne. Für ihr Projekt
muss sie noch einige Tage in Höhlen verbringen. »Nimm
aber nicht immer jemand mit«, meinte ich im Spaß und
merkte, dass es mir ernst war. Sie strich mir über die Wange und versprach, mich in Paris zu besuchen, wenn sie
mit ihrer Arbeit fertig ist. Sie wohnt in Amiens, wie die
Schwester des Bestatters, das ist nicht schrecklich weit weg.

Ich habe ihr erzählt, dass ich tanze, aber nicht von der
braunhaarigen Frau in meinen Träumen und dem verschwundenen Michel. Ich war nah dran, aber eine unbestimmte Angst hielt mich ab. Gleichzeitig hatte ich das
Gefühl, dass sie mir helfen könnte. Sie steht mit beiden
Beinen auf dem Boden und hat einen so erfrischenden
Humor, dass alles Unheimliche Reißaus nimmt.

10. Kapitel

Es regnete seit drei Tagen. Die Hitze war geblieben, Paris war zu einer überdimensionalen Sauna geworden. Der Asphalt dampfte, die kühlen Foyers der alten Häuser rochen muffig, Kondenswasser lief an den Scheiben herab. Die Bewohner der Hausboote hatten genug von all dem Wasser. Die Handtücher wurden in den Schränken klamm, und das Baguette blieb keine zehn Minuten knusprig. Wenn sie aus den Fenstern ihrer schaukelnden Wohnzimmer sahen, wünschten sie, sie hätten ein Zimmer mit Aussicht auf einen Park.

Bei Sadie klingelte öfter als sonst das Telefon. Statt des erhofften Anrufs ihres Vaters waren es die Mieter mit Fragen, die ihnen bei schönem Wetter nicht eingefallen wären. Sie vermutete, dass sie sich langweilten, und kam meist mit einem kleinen Plausch davon.

Eines Nachmittags meldete sich dann Claudine aus der Bäckerei. Sie hatte wenig Zeit, das Geschäft wurde für den August eingemottet, und es gab noch einiges zu tun. Sie wollte Sadie treffen, und sie verabredeten sich im gleichen Bistro wie das letzte Mal. Bevor Sadie mit ihrem Velo losfuhr, eingehüllt in einen orangefarbenen

Regenumhang, sodass sie aussah wie eine Karotte auf Rädern, versuchte sie ihren Vater zu erreichen. Sie bat den Anrufbeantworter, ihre Nachricht weiterzugeben, und machte sich auf den Weg.

Claudine saß schon auf der Terrasse. Die Markise hielt den Regen ab, aber die Feuchtigkeit machte den Platz ungemütlich, und sie zogen nach innen um. Sadie ließ ihr nasses Cape neben diversen Regenschirmen am Eingang auf dem Boden liegen.

»Ich bestelle mir einen heißen Tee.« Sie fröstelte, trotz der Wärme.

Claudine nahm eine Cola. Sie legte die Tagebuchblätter auf den Tisch. »Ich hab sie mir auch fotokopiert. Ich wollte unbedingt wissen, was Edouard geschrieben hat.« Sie zuckte entschuldigend mit den Schultern.

»Weiß das sein Bruder?«, fragte Sadie.

»Ich hab's Fred gesagt, ja. Ihm ist alles recht, was Licht in die Sache bringt«, fügte sie hinzu. Wieder zuckte sie mit den Schultern. »Ich hab was gefunden!«

Sadie, die mit ihrem Tee beschäftigt war, hielt inne.

»Du hast es noch nicht zu Ende gelesen, oder?« Claudine tippte auf die Blätter.

Sadie schüttelte den Kopf. »Irgendwie war immer was anderes. Was hast du denn gefunden?«

»Edouard hat Urlaub im Limousin gemacht. Und von einem verschwundenen Tangotänzer geschrieben.«

»Ja, das weiß ich, der Bestatter.«

»Genau. Mit Edouard sind das schon zwei, die weg sind.«

»Wenn der andere nicht inzwischen wieder aufgetaucht ist«, warf Sadie ein.

Claudine nickte. »Das dachte ich auch. Fred ist wieder zur Vermisstenstelle gegangen und hat sie darauf aufmerksam gemacht. Aber die halten das für Zufall. Ich habe einen Cousin in der Sûreté, keine Ahnung, was der da genau macht. Ich verstehe mich gut mit Jacques, er ist immer für einen Spaß zu haben. Ohne ihn würde ich sterben auf den langweiligen Verwandtentreffen. Also, ich hab ihn angerufen. Wir sind morgen verabredet, du kannst dazukommen, wenn du willst. Morgen um 20 Uhr im ›Pomme rouge‹.«

»Ja, da kann ich.« Sadie wollte noch etwas sagen, aber Claudine unterbrach sie. »Lies den Rest, bevor du kommst.«

1. September 2010

Ich bin k.o. Nach einem Monat Urlaub wieder in die Tretmühle. Der erste Tag nach den Ferien ist immer der schlimmste. Meine Gedanken waren noch im Limousin, bei Jeanne und den Nächten, die ich seit ewigen Zeiten mal nicht alleine verbracht habe. Ich sitze am Küchentisch und habe eine Flasche Bergerac geöffnet, wenn ich ihn trinke, höre ich Jeannes Lachen und schmecke ihre Küsse. Ich hatte so lange keine Freundin, die letzte, die den Namen verdiente, war Cathy. Sechs Monate hat es gehalten, dann sind wir auseinandergegangen. Sie kam schlecht mit meinen Arbeitszeiten zurecht. Damals bin ich um 4.30 Uhr aufgestanden und spätestens um zehn ins Bett gegangen. Heute ist das zum Glück anders, ich fange erst um sieben an, Alain oder Pierre machen die Frühschicht.

Ich hoffe, dass Jeanne sich wieder meldet. Sie ist auf der Crozon-Halbinsel und sucht ihre Fledermäuse in den Höhlen der Steilküste.

2. September 2010

Claudine hat heute erst angefangen und mich direkt mit Fragen nach der Tangowoche gelöchert. Sie war ganz verrückt, ich muss ihr jede neue Figur zeigen und mit ihr üben, bis sie sie kann. Das dauert, wir haben schließlich nicht jeden Tag stundenlang Zeit.

»Komm doch mit in den Kurs«, habe ich ihr wieder vorgeschlagen, aber sie will nicht. Wenn Jeanne kommt, werde ich sie mit in den Laden nehmen, dann ist Claudine hoffentlich klar, dass ich mit ihr nichts im Sinn habe.

Wir tanzen immer noch morgens um die Teigmaschine, aber nach Feierabend drehen wir auch eine Runde im Café. Claudine sucht die Musik aus, sie hat eine Vorliebe für Julia Sandoval und liebt es, die Jukebox zu bedienen.

6. September 2010

Die erste Tangostunde nach der Sommerpause. Ich war der Einzige, der einen Tangourlaub gemacht hat, und musste viel erzählen, (Claudine mal zehn). Ich fuhr mit der Métro, aber nicht mit der letzten. Alles war normal.

14. September 2010

Gestern im Kurs haben wir die Colgada gelernt, eine schwierige Figur, bei der die Partner mit den Füßen eng zusammenstehen und nach außen hängen. Wir haben rumgehampelt, einige verloren die Geduld und weigerten sich weiter zu probieren. Nach der Stunde waren wir unzufrieden und sind zusammen noch etwas trinken gegan-

gen. Elli und Joseph haben noch in der Bar das ›Hängen‹ geübt und dabei einen Hocker umgestoßen. Zum Schluss haben wir nur noch gelacht, ich habe völlig die Zeit vergessen und musste die letzte Métro nehmen. Ich bin mit einem mulmigen Gefühl eingestiegen, aber es ist nichts passiert, eine Fahrt wie jede andere.

16. September 2010
Jeanne rief heute an. Sie kommt gut vorwärts mit ihrer Arbeit und will Ende September nach Paris kommen. Ich freue mich!!!

6. Oktober 2010
Gerade bin ich aus Camaret zurück. Ich habe Jeanne besucht, sie brauchte länger als vorgesehen und schlug vor, dass ich zu ihr komme. Wir haben uns genauso gut verstanden wie im Sommer. Ich hatte Angst, dass es anders sein würde. Ihre Arbeit wird sich bis zum Kältebeginn hinziehen, dann halten die Fledermäuse Winterschlaf. Jeanne will die Fotoarbeit bis dahin abgeschlossen haben.

Wir sind guter Dinge und wollen mal sehen, wie sich unsere Beziehung entwickelt. Wir sind beide an mehr als einer unverbindlichen Affäre interessiert. Vor Weihnachten werden wir uns kaum sehen können. Sie sitzt in Camaret fest, und für mich geht die Saison los.

12. Oktober 2010
Gestern in der Tangostunde war ich etwas abwesend.

Ich musste dauernd an Jeanne denken. Wir telefonieren fast täglich. Meine Tanzpartnerin zupfte an meinem Ärmel und meinte, ich solle mich konzentrieren. Sie hatte Recht, nichts ist schlimmer, als mit der Aufmerksamkeit irgendwo anders zu sein. Aber was soll ich machen, wenn eine andere Frau mir im Kopf herumschwirrt, mit der ich viel lieber tanzen würde. Die Jungs ziehen mich auf, sie merken, dass ich verliebt bin. Claudine ist skeptisch, – die ist ja nie da, war ihr einziger Kommentar. Man könnte fast glauben, sie wäre eifersüchtig.

23. November 2010

Jeanne hat sich seit Freitag nicht gemeldet und ich kann sie nicht erreichen. Vier Tage habe ich nichts von ihr gehört, langsam mache ich mir Sorgen.

24. November 2010

Gott sei Dank! Heute hat sie angerufen. Sie hatte einen Ausflug auf eine Insel gemacht und dort gab es keinen Empfang.

2. Dezember 2010

Jeanne schickte mir eine Nachricht, dass sie sich in der nächsten Woche nicht melden kann. Sie muss wieder auf diese Insel. Offensichtlich gibt es da eine außerordentlich große Menge einer seltenen Art, die sie unbedingt fotografieren muss.

7. Dezember 2010

Gestern in der Tanzstunde zog Marie mich zur Seite. Sie plant eine Weihnachtsfeier mit unserem Kurs und bat mich, für die süßen Sachen zu sorgen. Die Feier soll am Zwanzigsten stattfinden, ich habe ihr das Café vorgeschlagen. Sie ist direkt darauf eingegangen, wahrscheinlich hatte sie schon darauf gehofft.

Ich werde Jeanne fragen, ob sie dann schon Camaret verlassen kann. Es wäre schön, wenn sie dabei sein könnte. Alle sind schon ganz neugierig auf sie.

13. Dezember 2010

Jeanne ist von der Insel zurück. Schon seit letztem Samstag, aber heute hat sie sich erst gemeldet, weil sie so erschöpft war und sich eine Erkältung in den zugigen Höhlen eingefangen hat.

14. Dezember 2010

Gestern Abend war ich nach dem Tanzen noch mit ein paar Leuten im Bistro. Seit langer Zeit mal wieder. Es hat mich abgelenkt, und ich habe nicht auf die Uhr gesehen. Ich musste mit der letzten Métro fahren, das ist mir aber erst bewusst geworden, als ich im Austerlitz aufwachte. Das erste Mal seit Monaten habe ich wieder von der braunhaarigen Frau geträumt. Sie saß wie schon einmal, mit dem Rücken zu mir, und steckte ihren Haarknoten fest. Der rote Stein an ihrem Ringfinger leuchtete im grellen Métrolicht. Das war alles.

16. Dezember 2010

Als ich heute Morgen unter der Dusche stand, dachte ich an die Frau. Mir scheint mein Unterbewusstsein einen Streich zu spielen. Ich werde mal Fred fragen, ob wir vielleicht als Kinder eine Tante hatten, die so aussah, oder eine Nachbarin, Lehrerin, irgendeine Frau, die mich so beeindruckt hat, dass sie sich in meinem Hirn festgesetzt hat.

17. Dezember 2010

Jeanne schafft es nicht am Zwanzigsten.

18. Dezember 2010

Sie will sich mit mir treffen. Sie muss Anfang Januar nach Paris zu ihrem Verleger. Ich müsste mich freuen. In der letzten Zeit habe ich sie meistens angerufen, ein paar Mal dachte ich, ich störe. Vielleicht ist sie aber nur gestresst, weil sie mit ihrem Bildband im Endspurt ist, und ich denke zu viel.

22. Dezember 2010

Unsere Weihnachtsfeier war fantastisch. Fred und Maud, Claudine und die Jungs und ihre Freundinnen waren dabei. Alle tanzten, die Jungs hatten geübt und zeigten stolz die Basisschritte. Fred ist entspannter, er macht sich nicht mehr so viele Sorgen, und ich bin froh, dass ich ihm mit meiner Idee helfen konnte. Durch das Café ist auch der Umsatz im Laden gestiegen, wir werden noch einen Bäcker einstellen müssen.

25. Dezember 2010

Weihnachten hätte ich mit Jeanne verbringen sollen, stattdessen blase ich Trübsal. Ich zwinge mich, die üblichen Familienfeiern zu besuchen, weil ich Angst vor der Einsamkeit habe. Als ich noch allein war, ist mir das nicht aufgefallen, ich war daran gewöhnt. Aber was heißt, als ich noch allein war? Bin ich es denn jetzt nicht mehr?

Morgen ist eine Milonga in dem Bistro gegenüber der Bäckerei. Jean, der Besitzer, ist seit Jahren ein Kunde von uns und fragte vorsichtig, ob wir etwas dagegen hätten. Fred und ich sind im Gegenteil froh. Er legt Karten unseres Tangocafés aus, wir werden bekannter, und er will nur an Feiertagen eine Veranstaltung machen. Da haben wir sowieso zu, und so ist uns allen geholfen.

Für mich ein Glück, ich kann mich auf morgen freuen.

27. Dezember 2010

Es scheint mehr Menschen zu geben, die dem Weihnachtstrübsinn entkommen wollen, als ich dachte. Jean hatte einen DJ engagiert, der eine schöne Musikmischung aufgelegt hat. Sogar Claudine war da. Wir haben viel miteinander getanzt, sie hat mich nach meiner Freundin gefragt, wann ich sie denn endlich mal mitbringen würde. »Sie kommt im Januar«, habe ich gesagt. »Na, hoffentlich. Sonst glaub ich noch, du hast sie erfunden.« Dabei sah sie mich so von der Seite an. »Hast du doch nicht, oder?« »Ich weiß nicht genau«, habe ich geantwortet.

Als ich später nach Hause fuhr, bin ich im Zug einge-schlafen und habe von Tangomusik geträumt, die noch in den Gängen nachhallte, als ich die Treppen hochstieg. Durch den Ausgang sah ich eine braunhaarige Frau ver-schwinden. Ich glaube, meine Fantasie spielt mir Streiche, ich sehe irgendeine Frau, die passt, und schon denke ich, es ist die Tänzerin.

Verrückt. Ich hatte wieder die letzte Métro genommen.

4. Januar 2011

Jeanne ist da!!! Es ist, als hätten wir uns erst gestern ge-sehen. Sie war mit im Geschäft, Claudine hat große Augen gemacht und mir heimlich einen hochgestreckten Dau-men gezeigt. Seitdem wir miteinander tanzen, scheint sie sich noch mehr um mein Wohlergehen zu sorgen. Sie ist mein Lehrling, benimmt sich aber eher wie eine Schwester, die froh ist, ihren Bruder endlich an die Frau gebracht zu haben. Mich amüsiert das, wenn es ihr Spaß macht, soll sie es tun, unsere Arbeit leidet nicht darunter, da ist völlig klar, dass ich der Chef bin.

Jeanne hat mein Wohnzimmer mit ihren Fotos gepflas-tert und mein Leben innerhalb von zwei Tagen auf den Kopf gestellt. Sie steht morgens mit mir auf, sie ist Früh-aufsteherin, selten genug, und macht zum Frühstück Obstsalat und Rührei, wo es bei mir sonst nur einen Kaffee gibt. Sie lacht mich an, wenn ich im Bett den Kopf drehe und sie ansehe – und das morgens um sechs! Sie hat Termine mit ihrem Verleger und wird wahrscheinlich eine

Woche bleiben. Dann will sie zurück nach Amiens. Sie hat ihre Wohnung seit Wochen nicht betreten und ist das Leben aus dem Koffer leid.

7. Januar 2011
Ich habe Jeanne von der braunhaarigen Frau erzählt. Ich hatte Angst, dass sie mich für seltsam hält, aber sie war sehr interessiert. Am Montag will sie mit in die Tangostunde und danach mit mir die letzte Métro nehmen. Sie nimmt einen kleinen Fotoapparat mit, der auch Tonaufnahmen machen kann.

11. Januar 2011
Jeanne hat eine Stunde beim Tanzen zugesehen und andauernd geknipst. Es sind tolle Fotos geworden. Sie wird sie in schwarz-weiß vergrößern. Marie will sie in einer langen Reihe an die Wand des Tanzsaals hängen. Auf einigen sind Marie und ich, Jeanne hat den Moment höchster Konzentration erwischt, ich habe die Brauen hochgezogen, auf meiner Stirn sind Falten, Maries Augen sind geschlossen, sie sieht aus, als würde sie schlafen.

Die letzte Métro fuhr ganz normal, Jeanne war enttäuscht. »Das liegt an dir«, habe ich gesagt und wusste, dass es stimmt. »Du hinderst die Geister, mich heimzusuchen.« Jeanne meinte nur: »Mach darüber keine Scherze.«

13. Januar 2011
Gestern ist sie gefahren. Ich vermisse sie.

14. Januar 2011
Bin mit einem Freund, den ich nach Feierabend getroffen habe, in einem Bistro hängen geblieben. Zu viel Wein, zu wenig Jeanne. Heute Morgen ging es mir schlecht.

18. Januar 2011
Ich habe mit Jeanne telefoniert. Sie hat einen Auftrag für eine Werbebroschüre angenommen. Sie muss Hundefutter fotografieren – aber der Hund sei nett, sagte sie zum Schluss.

29. Januar 2011
Jeanne ist nach England unterwegs. Die Hundefutterfirma ist an einer Pferdezucht beteiligt. Und weil sie mit ihr so zufrieden sind, soll sie jetzt das Gestüt fotografieren. »Toll«, sagte ich. »Wann kommst du wieder?« »Keine Ahnung, danach will ich noch nach Schottland hoch, ich hab da eine Cousine.« Ich weiß ehrlich so langsam nicht mehr, was ich von ihr halten soll. Sie kann natürlich machen, was sie will, aber wir waren so vertraut, und wenn sie dann weg ist, meldet sie sich kaum. In den vergangenen zehn Tagen hat sie zweimal angerufen, und ich will sie nicht bedrängen. Ich wette, wenn sie zurückkommt, ist es, als wäre sie nie fort gewesen. Ich will mehr, als ab und zu eine Geliebte im Bett, und ich hatte den Eindruck sie auch. »Du willst zu schnell zu viel«, sagte Maud zu mir. Vielleicht hat sie Recht.

7. Februar 2011
Heute Abend war ich im letzten Zug und die braunhaarige
Frau auch.

8. Februar 2011
Ich nehme heute wieder den letzten, ich will jetzt wissen,
was das ist.

9. Februar 2011
Sie hat sich wieder den Knoten aufgesteckt. Sie hatte den
roten Ring am Finger.

10. Februar 2011
Ich versuchte, Jeanne zu erreichen. Am Nachmittag hat es
endlich geklappt, sie hat sich gefreut.
Ich habe ihr von der Frau erzählt. Jeanne will am Wochenende kommen, sie sagte, sie liebt mich, ich soll die Nerven behalten.

11. Februar 2011
Habe mit Claudine getanzt. Sie hat gesagt, ich sei nicht bei
der Sache. Ich habe mich zusammengerissen, musste aber
immer an die Frau denken. Ich will nicht mehr mit dem
letzten Zug fahren.

12. Februar 2011

Gestern nach Feierabend bin ich aufgehalten worden. Fred musste ein paar Sachen mit mir besprechen und hat mich zum Essen eingeladen.

Es war dann doch der späte Zug und Musik und die Frau. Soll ich zum Arzt gehen, zum Psychiater?

Heute kommt Jeanne.

13. Februar 2011

Seit gestern ist sie da, Gott sei Dank.

14. Februar 2011

Jeanne ist schon zurück nach England, ihre Arbeit ist noch nicht beendet.

Nach dem Kurs heute habe ich so lange im Bistro herumgehangen, bis ich die letzte Métro nehmen konnte.

Alle waren da, die Musik ist mir bis zur Oberfläche gefolgt.

15. Februar 2011

Jeanne fragte, wie es mir geht. Gut.

16. Februar 2011

Claudine beobachtete mich und wollte wissen, warum ich so abwesend sei. Ich weiß nicht, ich warte auf etwas.

17. Februar 2011

Jeanne meldet sich jeden Tag, ich habe wenig Zeit, mit ihr zu reden, wir haben viel zu tun.

Ich habe einen bestimmten Platz in der Bahn, von dem aus ich den ganzen Waggon übersehen kann. Heute ist keiner da, ich spüre eine Enge in der Brust.

19. Februar 2011

Ein Tanzabend bei Marie und Claude. Tango ist das Einzige, was den Schmerz lindert, obwohl ich nicht weiß, welchen. Ich schlafe im Café.

21. Februar 2011

Marie nahm mich zur Seite. Hast du Liebeskummer, fragte sie mich. Ich konnte ihr keine Antwort geben. Es zieht hier, sagte ich und hielt die Hand auf mein Herz. Sie sah mich merkwürdig an. Fahr ans Meer, riet sie mir.

Als ich in der Métro sitze, werde ich ruhiger. Die kleine Band spielt, der Geiger zwinkert mir zu.

22. Februar 2011

Jeanne will am Samstag kommen, aber ich habe wenig Zeit. Ist egal, sagte sie, ich muss sowieso nach Paris. Wir können noch mal mit der Métro fahren, schlug sie vor, aber ich wehrte ab.

23. Februar 2011

Claudine fragte, wann denn Jeanne wiederkäme. Am Wochenende, sagte ich. Oh, prima, Claudine schien erleichtert.

Die braunhaarige Frau hat ihren Knoten gerichtet und sich nach mir umgedreht. Sie sieht mir in die Augen, steht auf und steigt aus, die Band folgt, ich werde an der Tür von einem stinkenden Obdachlosen aufgehalten und drängele an ihm vorbei, aber als ich endlich draußen bin, sind alle weg.

Ich liege im Bett, mir knurrt der Magen.

28. Februar 2011

Jeanne war da. Wir hatten ein ruhiges Wochenende. Sie wollte unbedingt den Zug nehmen, aber in mir sträubte sich alles. Hast du Angst, fragte sie. Ich habe keine Antwort gegeben – ich will sie nicht dabei haben. Sie ist Sonntag nach Hause gefahren.

Im Waggon sitzt die braunhaarige Frau, sie steht auf und kommt zu mir. Sie gibt mir die Hand, wir tanzen zu der Musik des Bandoneonspielers. Er ist heute alleine da. Obwohl der alte Zug schwankt und sich in die Kurven legt, setzen wir exakt unsere Schritte. Es kann nichts passieren, wir sind in der Achse, wie die Räder der Métro. Wir sind in Sicherheit.

1. März 2011

Claudine hat meine Pasteten gerettet, ich hatte die Temperatur falsch eingestellt. Ich tanzte mit ihr die Schrittfol-

ge von gestern Nacht.

Sie war erstaunt: »Wir haben die Figuren noch nie gemacht.« Sie fragte mich, wie sie heißen. »Keine Ahnung«, sagte ich. »Ich kenne sie auch kaum.« Sie lachte, aber es ist die Wahrheit.

Die Métro ist leer.

1. April 2011

Ich habe zehn Pfund abgenommen. Mein Appetit interessiert mich nicht mehr. Ich tanze und arbeite.

Einmal in der Woche kommt die braunhaarige Frau. Ich versuche, sie öfter zu sehen, aber es klappt nicht.

Jeanne habe ich abgesagt, sie wollte schon wieder kommen.

5. April 2011

Alain hat mich heute vor der Knetmaschine aufgefangen. Mir sind die Knie weggeknickt. Als ich wieder zu mir kam, lag ich auf dem Boden, und Claudine drückte mir ein Stück Zucker in den Mund. Später kamen Fred und Maud und haben mich zu unserem Hausarzt verfrachtet. Ich wollte nicht, hatte aber nicht die Kraft, mich zu wehren.

Docteur Sillon ist seit Jahren unser Arzt, er wohnt direkt nebenan. Er kennt mich, seit ich ein Junge war. Er hat mich kurz untersucht und den Kopf geschüttelt. Dann hat er mir ins Gewissen geredet, ich muss essen. Wenn er morgens sein Brot holt, will er nach mir sehen. Er hat leise mit Fred gesprochen und dabei mit den Händen gefuchtelt.

6. April 2011
Fred hat mich gestern nach Hause gebracht und gewartet, bis ich ein Sandwich und einen Teller Suppe gegessen hatte. Docteur Sillon hat mir Tropfen gegeben, die ich abends einnehmen soll.

7. April 2011
Die Tropfen haben mich beruhigt und schlafen lassen. Aber ich mag sie nicht mehr nehmen, ich habe Angst, das ziehende Gefühl zu betäuben, das mich gleichermaßen schmerzt wie leben lässt.

8. April 2011
Jeden Abend bringt Fred mich nach Hause.

Er will verhindern, dass ich die Métro nehme. Er spricht von einer fixen Idee. Hätte ich ihm doch nichts erzählt, aber ich muss über meine Erlebnisse reden, und Jeanne gegenüber habe ich Hemmungen, weil sie dann sofort wieder kommen will.

Zweimal bin ich später zurückgefahren, um dann den letzten Zug zu nehmen, aber es war nichts. Ich fühle mich matt und unglücklich.

9. April 2011
Docteur Sillon gab mir heute ein Prospekt von einem Hotel an der Atlantikküste. Er will, dass ich vier Wochen

dort Urlaub mache und an einem Mastprogramm teilnehme. Er nennt es natürlich anders, Gesundheit für Leib und Seele oder so.

Claudine tanzte mit mir und meinte ich könne sie nicht mehr richtig halten, weil ich so schlapp sei. Kann sein, dass das wieder ein Trick von ihr ist, um mich in das Sanatorium zu kriegen.

11. April 2011
Ich tanzte mit Marie, und mir wurde schwindlig. Marie ist fast gefallen. Ich werde über Sillons Vorschlag nachdenken.

Die Métro ist leer, aber ich höre leise Musik.

12. April 2011
Die Métro ist leer. Ich kriege keine Luft.

14. April 2011
Sillon kam wieder mit dem Hotel. Ich habe ihm gesagt, er kann den Aufenthalt für mich buchen. Ich bin müde. Fred nickte, ich mach das schon.

19. April 2011
Jede Nacht ist die Métro leer. Am 23. April fahre ich nach Arcachon. Ostern am Meer.

22. April 2011

Maud hilft mir Koffer packen. Ich will das nicht, aber sie denkt, ich vergesse die Hälfte. Sie ist mit einem ganzen Sack Kleidung abgezogen. Die bring ich in die Reinigung, hat sie gesagt und die Nase gerümpft.

13. Mai 2011

Vor zwei Tagen war mein Geburtstag. Der Fünfzigste, mein Gott.

Die Feier hatte ich mir anders vorgestellt. Es war Mittwoch, der Tag, an dem die Damen hier zur Thalassotherapie gehen. Alles, was das Meer zu bieten hat, wird aufbereitet, in Bäder geschüttet, in Cremes gemischt und auf Körper und Gesicht verteilt. Danach kommen sie frisch wie der junge Morgen aus den Behandlungsräumen. Bevor ich hierherkam, hatte ich noch nie davon gehört.

Mein Geburtstagsgeschenk vom Hotel bestand aus einem Tag Thalassotherapie. »Das ist doch nur für Frauen«, sagte ich. Die Hausdame lachte. »Sie haben keine Ahnung.« Da hatte sie Recht.

Ich wurde über Stunden eingeweicht, massiert und mit einem scheußlichen Algentee abgefüllt. Die Wahrheit ist, dass ich mich danach wunderbar fühlte. Erschöpft, aber wunderbar.

Es ist schön hier, der Wind bläst mir die wirren Gedanken aus dem Kopf, und das Essen ist so gut, dass ich nicht anders kann, als es zu genießen. Docteur Sillon wird zufrieden mit mir sein, ich habe ein paar Pfund mehr auf den Rippen.

Manchmal denke ich an die braunhaarige Frau, aber

immer seltener. Am Sonntag ist Tanztee im Foyer, ich dachte, der wäre in den Sechzigern ausgestorben. Ich gehe mal hin, den Tango vermisse ich.

15. Mai 2011

Der Tanztee war ein Witz. Ich hatte eine Partnerin, die eine Aufforderung zum Tango als Aufforderung ins Schlafzimmer ansah. Es war peinlich, ich habe mich nach drei Tänzen verdrückt und bin in die Stadt zum Abendessen gegangen. Anschließend in einen Jazzclub, um den unangenehmen Geschmack des Nachmittags zu vertreiben.

21. Mai 2011

Docteur Sillon klopfte mir auf die Schulter, als hätte ich eine Prüfung bestanden. »Aber jetzt passt du auf dich auf, Edouard«, meinte er. »Nicht, dass ich dich noch einmal wie eine Vogelscheuche sehe.« Er wackelte mit dem Zeigefinger wie ein Grundschullehrer. Er duzt uns, Fred und mich, wie in der Kinderzeit. Und wir sagen brav Docteur Sillon, manche Dinge ändern sich nicht, das ist beruhigend.

22. Mai 2011

Jeanne hat mir drei Briefe geschrieben. Sie lagen im Briefkasten. Der letzte ist eine Woche alt.

›Das ist mein letzter Brief, entscheide Du, wie es weitergeht.‹

Ich weiß noch nicht, ich gebe mir noch ein paar Tage Zeit.

23. Mai 2011

Die erste Tangostunde seit Wochen. Ich habe getanzt wie ein Verdurstender. Die Kollegen haben mir Komplimente gemacht, ich merke jetzt erst, wie sehr sie sich um mich gesorgt haben.

Ein vorübergehender Verwirrungszustand durch Stress, meinte Sillon. Wenn ich es langsamer angehen lasse, wäre alles okay. Das werde ich machen – im Geschäft. Fred hat einen neuen Bäcker und einen Lehrling eingestellt, und ich nehme einen Tag in der Woche frei. Beim Tango kann ich keinen Kompromiss machen, das habe ich heute wieder gemerkt. Was mir so viel Spaß macht, kann doch nicht schädlich sein?

Ich fuhr mit der Métro, ohne nachzudenken. Jetzt im Bett fällt mir auf, dass ich nicht einmal an die Frau gedacht habe.

24. Mai 2011

Claudine hat unsere Tanzeinlagen vermisst. Sie hat sich neue Schuhe gekauft und überlegt tatsächlich, mit in meinen Kurs zu gehen. Mal sehen, was draus wird.

Morgen muss ich daran denken, meine Sachen von der Reinigung zu holen. Maud hat es vergessen.

25. Mai 2011

Heute habe ich die Kleider aus der Reinigung geholt. War ein teures Vergnügen, Maud hatte sich alles geschnappt, was ihr in die Finger kam. *Auch meine graue Hose ist wieder da. Zum Tanzen trage ich sie am liebsten, sie ist bequem und elegant zugleich.*

26. Mai 2011
Ich weiß nicht, was ich tun soll. Ich habe heute Morgen das Säckchen von der Reinigung geöffnet. Die Sammlung von Taschentüchern und Münzen, die in den Hosentaschen waren. Ein Ring ist herausgerollt. Ich wusste sofort, welcher.

Der Tangoring der braunhaarigen Frau. Der Stein leuchtete. Ich habe ihn vor Schreck fallen lassen und dann in die Mülltonne geworfen. Vorhin, als ich von der Arbeit kam, habe ich ihn wieder herausgeholt. Er liegt vor mir, ein rotes Auge, das mich fixiert.

27. Mai 2011
Ich bin unkonzentriert, Alain musste mir sagen, was ich tun sollte.

Ich habe keine Erklärung, ich werde den Ring von der Brücke in die Seine werfen. Er ist mir unheimlich. Wieso hatte ich ihn in der Tasche?

Jeanne rief spät an, ich habe mich mit Kopfschmerzen rausgeredet und nach ein paar Sätzen aufgelegt.

28. Mai 2011
Ich habe wieder und wieder die Brücke überquert.

Ich konnte ihn nicht hinunterwerfen, ich hatte das Ge-

fühl, etwas Unwiderrufliches zu verlieren. Er brennt in meiner Tasche und bindet jeden Gedanken.

Ich darf nicht wieder in den Strudel geraten. Ich meide die Métro und fahre mit dem Rad zur Arbeit.

29. Mai 2011

Heute ist Sonntag, ich dachte an Docteur Sillon und wollte mit dem Rad an der Seine entlang bis zum Bois de Boulogne fahren. Sonne und Wind als Therapie für meine Seele. Dann hatte mein Rad einen Platten, und mein erster Gedanke war, jetzt kann ich mit der Métro fahren. Aber ich habe das Flickzeug genommen und es repariert, Sillon wäre stolz auf mich.

30. Mai 2011

Heute ist Kurs. Ich fahre mit dem Rad.

31. Mai 2011

Ich fühle mich wie ein Junkie, dem man eine Spritze vor die Nase hält. Gestern hatte ich schon die Treppe zum Bahnsteig betreten, da rief Pierre aus meinem Kurs mir nach, dass ich meine Jacke vergessen hätte. Als ich dann endlich wieder aus dem Bistro raus war, war die letzte Métro weg. Das Rad stand noch an der Tanzschule.

1. Juni 2011

Ich habe wieder versucht, den Ring loszuwerden. Ich kann

es nicht.

Ich sollte mit jemandem reden. Aber mit wem? Fred kapiert es nicht, Maud auch nicht, Claudine will ich nicht reinziehen. Die Einzige ist Jeanne, aber die habe ich vergrault. Sie ruft nicht mehr an.

Vielleicht Docteur Sillon?

3. Juni 2011

Ich war bei Sillon. Er fing wieder mit gesunder Ernährung und Entspannung an. Ich habe den Ring erst gar nicht erwähnt. Was soll er mir auch sagen? Dass ich verrückt werde?

Ich fahre immer noch Rad.

4. Juni 2011

Der Métroeingang wirkt wie ein Sog auf mich.

Heute bin ich gefahren. Wenn ich bei den frühen Zügen bleibe, kann nichts geschehen.

6. Juni 2011

Ich fahre wieder morgens und nach Feierabend mit dem Zug. Es regnet, was soll ich nass werden?

Jeanne hat in der Bäckerei angerufen. Fred holte mich, ich habe Schluss mit ihr gemacht.

7. Juni 2011

Fred drängte mich, Pfingstbrezeln zu machen. Ich hatte

keine Lust, aber die Arbeit hat mich abgelenkt. Wir mussten dreimal nachbacken, und das wird bis Samstag so weitergehen, zumindest werde ich am Nachdenken gehindert.

8. Juni 2011

Im Zug – es war nicht der letzte! – war ein Musiker. Er spielte Mundharmonika. Zum Schluss einen Tango. Ich war wie elektrisiert. Der Geruch der Métro, die Geräusche und der Tango. Warum soll ich mich länger wehren?

Ich halte Ausschau nach der braunhaarigen Frau. Aber ich muss den letzten Zug nehmen, sonst sehe ich sie nicht, das weiß ich doch.

9. Juni 2011

Ich benehme mich lächerlich.

Ich habe den Ring in die hinterste Ecke meiner Schreibtischschublade verbannt. Ich umkreise den Tisch und kann mich nicht entscheiden, ihn zu öffnen oder nicht. Ignorieren kann ich ihn genauso wenig. Meine Wohnung ist eine Hülle um eine radioaktive Schublade. Ich finde nur Ruhe, wenn ich sie verlasse.

12. Juni 2011

Ich bin aus der Wohnung geflohen und sitze im Jardin des Plantes. Es ist elf Uhr morgens, keine Gefahr. Ich muss über alles nachdenken, um eine Lösung zu finden. Ich schreibe es auf, systematisch, wie ein Rezept, dann muss ich es kapieren.

Zutaten: Nacht, letzte Métro, eine braunhaarige Frau, Tangomusik, der Geruch der Métro, ein roter Ring, der Tanz mit ihr. Wenn ich das verrühre, muss ich mich nicht wundern, dass meine Fantasie verrückt spielt. Das ist wie eine Teigmischung, die Einzelteile sind harmlos, zusammen gären sie. Manchmal, bis sie überlaufen. Die Dosierung muss stimmen.

Also, was ist die Lösung? Ich muss ein paar Zutaten weglassen!!!

Ich nehme nicht mehr die letzte Bahn!! Ich werfe den Ring in die Seine!! Also ab morgen wieder das Fahrrad, den Ring hole ich sofort und dann, ab in die Fluten!!!

Am Abend.

Als ich in die Wohnung kam, war es so still. Ich öffnete das Fenster und setzte einen Kaffee auf. Von unten hörte ich Autolärm und Stimmen. Dann einen Straßenmusiker. Zum Glück kein Tango.

Im Wohnzimmer stand der Schreibtisch und belauerte mich. Ich starrte zurück, in der Küche zischte die Cafétiere.

Ich fühlte mich gelähmt.

13. Juni 2011

Ich habe einen Entschluss gefasst. Wieder.

Der Ring ist jetzt in meiner Hosentasche. Heute nehme ich die letzte Métro. Ich will wissen, was passiert. Alles ist besser als diese Unsicherheit und die Zweifel.

Nach dem Kurs habe ich mich in unser Café gesetzt und gewartet. Ich hätte die Gesellschaft der anderen nicht ertragen. Ich war nervös und spürte ein hungriges Reißen im Magen. Wahllos stopfte ich Gebäck in mich hinein, was nicht half.

Als ich dann endlich in der Bahn saß, schlief ich fast sofort ein. Ich träumte von der braunhaarigen Frau. Ich sah sie von hinten, sie tanzte mit einem Mann, der seinen Arm eng um sie geschlungen hatte, die Band war auch da.

17. Juni 2011
Ich warte abends im Café, dass es zwölf wird, damit ich den Zug nehmen kann. Fred sage ich, dass ich Ruhe brauche, um neue Ideen auszuprobieren.

Ich bleibe stehen, so kann ich nicht einschlafen. Sie sitzt wieder mit dem Rücken zu mir. Sie hebt die Hände, um ihren Knoten festzustecken. Sie trägt keinen Ring mehr, aber ich fühle sein Verlangen. Sie steigt an der Station Cardinal Lemoine aus und dreht sich zu mir um, bevor sie den Bahnsteig verlässt.

Ich setzte mich und fahre das letzte Stück alleine im Wagen.

18. Juni 2011
Ich schlafe ein, sie tanzt mit mir, die Band ist da. Wir bewegen uns wie auf Eis, völlig leicht, ohne zu taumeln, jeder Schritt entspringt wie selbstverständlich dem vorhergehenden.

19. Juni 2011
Sonntag, aber ich fahre. Ich versuche wach zu bleiben, es

gelingt mir wieder, wenn ich stehe.

Sie streckt mir ihre Hand entgegen und sieht mich an, reglos, dann steigt sie aus. Bis zur Austerlitz höre ich Musik.

20. Juni 2011

Heute sind noch zwei Paare im Zug, die tanzen. Auch die Band besteht aus fünf Musikern, statt der üblichen drei. Eine Geige ist dazugekommen und ein Schlagzeug.

Als ich an der Austerlitz aussteige, sehen sie mir nach. Ich warte, bis der Zug aus der Endstation in den Tunnel fährt. Nach ein paar Minuten muss er auf dem anderen Bahnsteig einlaufen, um die Gegenrichtung zu nehmen.

Ich warte vergebens, nur die Tangomusik hallt aus dem Dunkel.

21. Juni 2011

Die Gesellschaft wird größer. Der ganze Waggon ist voller Tanzpaare. Die Band ist jetzt immer in großer Besetzung. Ich sitze auf meinem Platz und beobachte die braunhaarige Frau.

Nachdem sie ihre Frisur gerichtet hat, bleibt sie ruhig sitzen. In mir kribbelt es vor Ungeduld. Ein Mann stellt sich neben mich, schwarz gekleidet, mit einem Filzhut. »Michel Solange, schön, dass Sie zu uns kommen. Wir können immer gute Tänzer gebrauchen«, er lächelt, dann folgt er meinem Blick. »Ana ist wählerisch, Sie haben Glück.« Ich sehe ihn ratlos an. »Sie müssen ihn ihr zurückgeben.« Er verbeugt sich leicht und fordert eine Frau im Pelzmantel auf. Sie drehen an mir vorbei zum anderen

Ende des Zuges, den Mantel hat sie auf den Boden geworfen, wie ein totes Tier. Was er ist.

Der Mann hat mit mir gesprochen. Ich bin so verwirrt, dass ich an der Austerlitz aussteige, ohne mit Ana (wie ich jetzt weiß) getanzt zu haben. Wieder sehen mir alle nach, Michel Solange winkt, als der Zug den Bahnhof verlässt.

Zu Hause trinke ich eine halbe Flasche Bergerac, um mich zu beruhigen. Meine Gedanken sind kaum zu bändigen, sie springen durch den Schädel wie wild gewordene Katzen. Der Wein holt mich wieder auf den Boden, plötzlich habe ich eine Erinnerung. Mir fällt der verschwundene Bestatter aus Lille ein, Michel S., Tangotänzer. Ich weiß, was aus ihm geworden ist, ich weiß, dass Michel Solange in der letzten Métro M10 mit Endstation Gare d'Austerlitz tanzt und das, seitdem er verschwunden ist.

Ich weiß nicht, ob ich verrückt werde. Ich weiß nicht, ob ich die Kraft habe, nicht verrückt zu werden. Ich weiß nicht, ob ich nicht verrückt werden will.

22. Juni 2011
Ich wache auf und denke sofort an Michel Solange. »Sie müssen ihn ihr zurückgeben.« Er meint den Ring. Ich überlege den ganzen Tag und weiß doch, dass ich genau das tun werde.

Ich tanze fast eine Stunde mit Claudine nach Feierabend. Sie freut sich, sieht mich aber immer wieder forschend an. Sie will mir Fragen stellen, traut sich aber nicht. Besser so. Ich wüsste nicht, was ich sagen sollte.

11. Kapitel

Sadie ließ das Heft sinken. Die Eintragungen endeten abrupt, obwohl noch zwei Seiten frei waren. Sie vermutete, dass Edouard ein neues begonnen hatte, vielleicht war er aber auch nicht mehr dazu gekommen, weiter zu schreiben, oder er hatte es bewusst nicht getan.

Sie hatte den Rest des Tagebuches im Bett gelesen. Jetzt stand sie auf und wünschte, sie hätte Edouards Bergerac im Haus. Im Kühlschrank fand sie einen Rest Johannisbeersaft, den sie mit Wasser verdünnte. Sie stellte sich ans Fenster und starrte in die Nacht, noch ganz gefangen von der verworrenen Geschichte. Ihr Gefühl hatte sie nicht getäuscht, die unterirdischen Gänge spielten eine Rolle. Gleich morgen würde sie ihren Vater fragen, ob er seinen Kollegen erreicht hatte. Wenn es möglich war, mit dessen Sohn die Unterwelt am Austerlitz zu erkunden, würde sie das sofort tun. Sie ertappte sich, dass sie über Edouards Erlebnisse nachdachte, als wären sie Realität, dabei war doch völlig klar, dass es sich um Hirngespinste handeln musste.

Der Patissier schien an einer Art Wahnvorstellung gelitten zu haben. Ein Psychologe würde das sicher erklären können. Vielleicht konnte Claudines Cousin da weiterhelfen, die Polizei verfügte über solche Fachleute. Wer konnte wissen, wo Edouard jetzt umherzog, immer auf der Suche nach der braunhaarigen Frau. Sadie sah ihn vor sich, zunehmend verwirrter, von einer Obsession getrieben, abgemagert und einsam.

Das ›Pomme rouge‹ lag in einer schmalen Gasse des Maraisviertels und war bekannt für seine bretonischen Spezialitäten. Neben den unvermeidlichen Crêpes und Galettes waren das delikate Fischgerichte. Claudine und ihr Cousin Jacques saßen schon in einer bequemen Nische und studierten die Speisekarte, als Sadie eintraf.

Sie liebte die Küche des französischen Nordens und bestellte Sauerkraut mit Meeresfrüchten, ein Gericht, das außerhalb der Bretagne kaum bekannt war.

»Haben Sie das Tagebuch schon gelesen?«, wandte sie sich an Jacques.

»Ich hatte noch keine Zeit, aber Claudine hat mir davon erzählt.«

Jacques war Mitte dreißig, durchtrainiert und gefiel Sadie auf Anhieb. Er hatte Humor und konnte zuhören, Eigenschaften, die nicht nur einem Inspecteur der Sûreté zugutekamen. Bevor das Essen kam, hatte Sadie ihm die Eintragungen über den Bestatter Michel Solange vorgelesen.

»Ich kann mich erkundigen, ob Solange wieder da ist«, sagte Jacques. »Ich lasse Edouard noch mal durch den Computer laufen und fahre die Strecke ab. Und ich kann unsere Psychologin befragen«, wandte er sich an Sadie. »Vielleicht hat sie eine Idee. Mehr ist im Moment nicht zu tun. Wenn ein erwachsener Mensch verschwinden will, hat er das Recht dazu. Solange er nicht in Zusammenhang mit einem Verbrechen steht, sei es als Opfer oder Täter, haben wir keine Handhabe.«

»Mist, Jacques«, nörgelte Claudine. »Ich hab dich hier angepriesen als ›Monsieur Sûreté‹, und jetzt bist du so kleinlich.«

»Warte es erst mal ab, Claudine. Die Sache ist auf jeden Fall seltsam, mich interessiert auch, was passiert ist. Weiß dein Chef übrigens, dass du hier eine Soko zusammengestellt hast?« Er stupste seine Cousine an.

»Ja, Inspecteur, das weiß er und findet es gut. Er will nur wissen, wo Edouard ist, alles andere ist ihm egal.«

Der Kellner brachte die Vorspeise, eine große Schale Austern für alle, dazu einen gekühlten, weißen Bordeaux. Jacques erzählte ein bisschen von seiner Arbeit. Er hatte hauptsächlich mit Hauseinbrüchen zu tun und unterhielt sie mit ein paar kuriosen Geschichten, wie einem Einbruch in eine Wohnung, deren Besitzer in Urlaub waren. Als sie einige Wochen später in ihr Zuhause kamen, fanden sie einen Zettel auf dem Küchentisch. Der Dieb hatte aus den Vorräten ein Potaufeu gekocht und die Reste eingefroren. Er bedankte sich für die Gastfreundschaft, wünschte einen guten Appetit und bemängelte das Fehlen von Lorbeerblättern. Die Wohnung hatte er sauber verlassen und die Tür hinter sich ins Schloss gezogen.

»Und was hat er geklaut?«, fragte Sadie.

»Einen kleinen Degas, der über dem Schreibtisch hing, und die nagelneue KitchenAid inklusive aller Zusatzteile.«

Sie lachten und Claudine hoffte, dass sie ihn nicht erwischt hatten.

»Haben wir nicht.«

Nach dem Essen verabredeten sie sich für den über-
nächsten Tag. Jacques würde bis dahin mehr erfahren
haben.

Sadie kam guter Laune zu Hause an. Der Abend war
entspannt und angenehm gewesen. Ihr Vater hatte sich
noch nicht gemeldet, und jetzt war es zu spät, ihn noch
anzurufen. Sie sank ins Bett und träumte von Potaufeu
in einem riesigen Topf, das Jacques immer wieder um-
rührte.

»Libertango«, schallte ihr ins Ohr und riss sie aus dem
Schlaf, sie tastete nach dem Handy.

»Sadie, hast du was zu schreiben?«, sprühte ihr Vater
vor Energie.

»Wie spät ist es?«

»Halb sieben. Warum?«

»Morgen, Papa, ja, ich hab was zu schreiben.« Sadie
kramte einen Bleistift und einen Briefumschlag mit der
Wasserrechnung vom Nachttisch. Sie gähnte und nahm
ein Buch als Schreibunterlage.

»Sag, mal, schläfst du noch?«

»Natürlich nicht. So, was ist?«

Paul Laboire ratterte eine Telefonnummer herunter.
»Das ist die Nummer von Robert, dem Sohn von Pierre.
Pierre Ramon, du weißt doch?«

»Klar, Papa.«

»Ich habe mich lange mit Pierre unterhalten.«

Während Paul in den Norden gezogen war, hatte es
seinem ehemaligen Kollegen der Süden angetan. Er hatte
ein Haus in der Auvergne gekauft, das er hingebungsvoll
restaurierte. Sadie stand auf und kochte Kaffee. Beim
Holzwurmbefall der Dachbalken bremste sie ihren Vater.

»Prima, Papa, sehr interessant. Aber was ist mit Robert, kann er mich mitnehmen?«

»Ja, deshalb rufe ich ja an. Melde dich bei ihm, sein Vater hat schon mit ihm gesprochen. Die Angelegenheit ist etwas heikel, du musst so was wie Referenzen haben.«

»Weil sie Angst haben, dass sonst die Bullen auf der Matte stehen.«

»Sadie! Aber ja, so wird es wohl sein. Hauptsache du kannst mit rein. Soll ich kommen und dich begleiten?«

»Erst mal nicht, danke, Papa. Ich halte dich auf dem Laufenden, Salut.« Ihr Vater würde den armen Robert ausquetschen wie eine Zitrone. Und wer weiß, vielleicht musste sie mehr als einmal in die Unterwelt.

Sie hinterließ auf Roberts Mailbox eine Nachricht, zog sich an und machte sich auf den Weg zu ›LiBa‹. Am späten Nachmittag hatte sie ihre Arbeit erledigt. Als Robert sie erreichte, war sie auf dem Heimweg. Sie verabredeten sich für Samstagmorgen vor dem naturhistorischen Museum im Jardin des Plantes. Heute war Donnerstag, morgen würde sie Jacques treffen und vielleicht mehr wissen.

»Michel Solange ist nicht mehr aufgetaucht. Er ist seit dem 14. Juli 2010 wie vom Erdboden verschluckt. Seine Schwester hat das Bestattungsinstitut verpachtet und weiß nicht, was sie tun soll. Sie wohnt in Amiens, das Haus in Lille ist ihr Elternhaus. Sie sagte, sie hätte durch die Entfernung nicht viel direkten Kontakt mit ihrem Bruder gehabt. Er war ihr am Telefon ganz normal vorgekommen, außer, dass er von einer Frau gesprochen hätte, die in der Métro mit ihm tanzen würde. Aber das

Gespräch sei konfus gewesen, sie meinte, sie hätte ihn falsch verstanden.«

»Ja«, bemerkte Sadie. »Nur, dass es Edouard genauso gegangen ist.«

Jacques nickte.

Claudine schüttelte sich. »Mir wird das unheimlich.«

Jacques blätterte in seinem Notizbuch. »Unsere Psychologin meint, dass eine Obsession zu solchen Visionen führen kann. Dass dem Bestatter das Gleiche passiert sein soll, kann Zufall sein, auch wenn es merkwürdig ist.«

»Und was heißt das? Dass Edouard und Michel einer Fata Morgana gefolgt sind und jetzt durch die unterirdischen Gänge irren?«, fragte Claudine.

»Oder da leben, oder längst tot sind?«, ergänzte Sadie.

»Vielleicht da, vielleicht sonst wo.« Zu viele Zufälle für Jacques Geschmack, eine andere Lösung hatte er aber nicht zu bieten.

»Und jetzt?«, fragte Claudine. Sie rührte trübsinnig in ihrer Cola. Sie mochte Edouard, er fehlte ihr, sie wollte nicht, dass ihm etwas Schlimmes passiert war.

Sadie zögerte. Sie hatte Robert versprochen, nichts über seine Aktivitäten weiterzugeben. Aber wenn die Vermissten tatsächlich in den Gängen verschollen waren, war das eindeutig eine Sache der Polizei. Schließlich entschloss sie sich, die erste Besichtigung ohne Begleitung zu machen. Jacques konnte sie später immer noch dazuholen.

Robert erwartet Sadie pünktlich am verabredeten Treffpunkt, er hatte als Erkennungszeichen eine Taschenlampe in der Hand. Es war Mittag, laut Robert ein günstiger

Zeitpunkt.

»Du willst also in die Unterwelt«, stellte er fest und sah sie neugierig an. Er hatte rote, widerborstige Haare und einen langen Vollbart, exakt geschnitten, so wie es gerade modern war. Grüne Trekkinghosen und ein enges Sweatshirt, das sich über seinen Bizeps spannte, vervollständigten das Image des harten Burschen.

Dass sie an den Zwerg aus ›Herr der Ringe‹ dachte, verschwieg Sadie. »Ja, wenn du mich mitnimmst.«

Robert sah an ihr herab und nickte. »Du hast feste Schuhe an und hoffentlich keine Angst vor Ratten.«

»Keine Angst vor Ratten, Fledermäusen und Höhlen. Außerdem eine warme Jacke, Wasser und Energieriegel, falls wir verschüttet werden und überleben.« Sie lächelte, aber Robert nahm ihre Ansage ernst.

»Gut, es ist nicht ungefährlich da unten und nichts für jedermann. Ich nehme dich nur mit, weil mein Vater mich darum gebeten hat. Er hat mir versichert, dass du den Mund hältst.« Er wartete, bis Sadie ihm ihre Verschwiegenheit versicherte. »Wenn wir eingestiegen sind, musst du dich immer in meiner Nähe halten. Hör auf alles, was ich sage, und mach dich vor allen Dingen nicht selbstständig. Man kann da unten verloren gehen. Komm jetzt, ich habe nur zwei Stunden Zeit. Bis wir am Einstieg sind, erzähle mir noch mal, was du suchst.« Er ging am Museum vorbei zur Rückseite des Gebäudes. Sie hatte ihm nur von ihrem Interesse an den Tunneln erzählt, ohne Edouard zu erwähnen.

»Es geht mir besonders um den Bereich hinter dem Gare d'Austerlitz. Ich schreibe einen Roman, der in dieser Gegend spielt. Jemand versteckt sich in den Gängen.« Sie hoffte, dass ihr Vater nichts anderes gesagt hatte, aber Robert reagierte nur interessiert, wie beabsichtigt.

Im Park herrschte reges Treiben, viele Angestellte verbrachten ihre Pause auf den Bänken und aßen mitgebrachte Sandwiches, während sie lasen oder sich unterhielten. In der kleinen Straße hinter den Museen befand sich keine Menschenseele. Robert ging zielstrebig auf einen Kanaldeckel zu, er zog zwei Stirntaschenlampen aus der Hosentasche und reichte Sadie eine.

»Mach sie an. Wenn ich den Deckel auf habe, steigen wir schnell ein, und dann schließe ich ihn sofort hinter uns.«

Während sie mit der Lampe beschäftigt war, hob Robert mit einem Haken den Deckel an und schob ihn zur Seite. Er zeigte auf das Loch, Sadie musste als Erste einsteigen. Sie setzte ihre Füße auf die Metallsprossen und verschwand in die Tiefe. Robert folgte sofort und zog den Deckel über ihnen wieder zu. Durch die kleinen Löcher drangen dünne Lichtstrahlen in die Finsternis.

Sadie war unten angekommen, Robert sprang neben ihr auf den Boden, er zeigte nach links in einen schwarzen Gang. »Da lang, ich geh vor.«

Ihre Lampen irrten über helle Steinwände und einen feuchten Boden. Der Gang endete an einer Öffnung, gerade groß genug, um sich hindurchzuzwängen. Schon mit ein paar Kilo mehr ein sinnloses Unterfangen.

»Und da sollen wir jetzt durch?« Sadie zweifelte an der Unternehmung, ihr war nicht wohl bei der Vorstellung, sich in diese Enge zu begeben.

»Das ist nur der Einstieg, dahinter wird es wieder größer. Wir können normal gehen.« Robert leuchtete mit seiner Taschenlampe durch das Loch. Ein Gang, ähnlich dem, in dem sie standen, verlor sich in der Dunkelheit.

»Na, gut.« Sadie ließ sich mit den Füßen zuerst durch das Loch in den tiefer gelegenen Tunnel hinab. Sie ertastete eine Stufe, von der sie auf den Boden springen konnte.

Robert stand kurz danach neben ihr und lief gleich weiter. Er folgte einem nicht erkennbaren Plan, bog hier rechts, da links ab und hielt an der Kreuzung mehrerer Wege an. An den Wänden waren Straßennamen zu sehen.

»Der Standort entspricht ungefähr den Straßen oben. Wir sind also hier an der Ecke von Rue Poliveau und Boulevard de l'Hôpital. Wir gehen durch einen schmalen Gang«, er leuchtete in einen Tunnel, »dann kommen wir hinter dem Austerlitz aus.«

Sie folgten dem Weg einige Minuten. Sadie hörte plötzlich ein Rumpeln und bemerkte eine leichte Erschütterung. Sie sog heftig die Luft ein.

»Keine Angst«, beruhigte sie Robert. »Das ist die Métro, die Züge fahren hier ganz in der Nähe. Da, am Ende des Schachts ist ein Gitter, da kannst du direkt auf die Gleise sehen.« Er zeigte in eine schmale Abzweigung, am Ende war ein schwacher Lichtschimmer zu erkennen.

»Das sind Notausgänge oder Arbeitswege für die Wartungsteams.«

»Was ist, wenn da einer kommt?«

»Wir wissen, wann Arbeiten geplant sind.«

»Ihr scheint gut informiert zu sein. Habt ihr ein paar Insider bei euch?«

»Wir haben alle möglichen Leute bei uns. Und wir wollen dieses Tunnelsystem erhalten. Es ist ein Kulturerbe. Paris wurde aus dem Material der unterirdischen Steinbrüche erbaut. Wir gehen auf historischen Wegen, die sich unter der ganzen Stadt verzweigen. Die ›carrières‹ gibt es seit 2000 Jahren, die Römer haben schon ihre Steine von hier geholt, um ihr Lutetia zu bauen. Die Tunnel unter Paris erstrecken sich über 300 km. Ein Bruchteil ist uns bekannt, wir kennen längst nicht alles.«

»Wie findet ihr euch zurecht?«

»Es gibt einen Unterweltatlas von einem der offiziellen Untergrundforscher. Aber wir sind überzeugt, dass es noch mehr zu entdecken gibt, und arbeiten an eigenen Karten.« Robert war die Begeisterung anzuhören und auch eine gewisse Arroganz, die Sadie langweilte. Für ihre Zwecke allerdings war er genau der Richtige.

»Der Gare d'Austerlitz ist eine Endstation. Kannst du mir zeigen, ob und wie die Métrotunnel von da weiterführen? Da soll sich mein Held verstecken.«

»Komm mit.« Robert bog rechts ab.

Immer wieder war das Rattern der Züge zu hören. Aus den Gittern der Wartungstüren wehte ihnen ein Luftzug mit dem typischen Métrogeruch entgegen. Sadie zog sich den Schal enger um den Hals. Robert schritt zügig weiter, der Gang war geräumig und trocken. Er fiel leicht nach unten ab.

»Wir kommen hier bis auf 40 Meter herunter«, erklärte Robert. »Der Bahnhof Austerlitz liegt jetzt links von uns.« Er zog eine Karte hervor, die den Verlauf der Untergrundwege in diesem Gebiet zeigte. »Die haben wir letztes Jahr gemacht. Siehst du, wir sind hier«, er tippte auf eine Stelle. »Und hier ist der Bereich hinter der End-station.« Rechts von ihnen führte ein Gang zu einem Gitter, durch das sie auf die Schienen blickten.

»Das sind die Gleise hinter der Station.«

»Wohin gehen sie?«, fragte Sadie.

»Dieser Weg läuft parallel zu den Schienen.« Robert bog in eine schmale, niedrige Gasse ab.

Sadie konnte aufrecht gehen, ihr Begleiter musste den Kopf einziehen. Der Stollen war zum Teil so eng, dass sie mit den Händen die Seitenwände streiften. Geradeaus leuchtete Roberts Kopflampe widerstandslos in die Dunkelheit. Der helle Sandstein schimmerte links und rechts auf, war aber weder bemalt noch eingeritzt, wie viele der vorherigen Gänge. Der Weg schien unberührt, auch der Boden zeigte keine Spuren früherer Besucher.

»Warst du schon mal hier?« Sadie stieß den Unterweltler an, der seit einigen Minuten still war.

»Hm, nur einmal. Wir sind nicht oft in diesem Abschnitt.« Robert räusperte sich. »Der Plan ist ziemlich neu, alle Gänge kenne ich auch noch nicht.«

»Aber der Plan stimmt doch?«, hakte Sadie nach.

»Ja, sicher, bald kommt eine große Höhle. Wir nennen sie den Ballsaal.«

Als sich nach weiteren Minuten der Gang in einen runden Raum öffnete, holte sie tief Luft und sah sich um. Die Höhle war spektakulär, groß, sowohl in der Höhe als auch im Durchmesser, im partiellen Licht der Stirnlampen machte sie ein paar Säulen aus.

»Der Ballsaal!« Roberts Taschenlampe huschte hin und her, dann blieb der Lichtstrahl an einem Durchbruch hängen. Robert gab einen überraschten Laut von sich.

»Was ist?«

»Warte hier!« Er verschwand durch das Loch. Sadie folgte ihm, Robert drehte sich unwillig um. »Du sollst doch warten.«

»Ich denk nicht dran.«

Sie traten in einen weiteren Raum, danach folgten noch fünf, alle groß und hoch. Im letzten endete ein Schienenstrang vor der Felswand. Die Gleise kamen aus einem Nebengang direkt in die Höhle. Hier war offensichtlich die Fahrt zu Ende.

»Steht das auch in deinem Plan?«, fragte Sadie.

Robert knurrte gereizt. Er hockte sich auf den Boden und machte Notizen am Rand der Karte, die er neben sich gelegt hatte.

»Warum hat Pierre die nicht eingetragen?«, murmelte er.

»Zeig mal« bat Sadie und beugte sich zu Robert hinunter.

Er faltete den Plan zusammen.

»Herrgott, ich guck dir schon nichts weg.«

»Wahrscheinlich hat er vergessen, mir die Anschlusskarte mitzugeben«, erklärte er knapp.

»Vielleicht hat Pierre den ersten Durchgang übersehen und damit auch die weiteren Räume.«

»Auf keinen Fall«, widersprach Robert. »Wir sind sehr präzise im Kartografieren. Na, ist ja auch erst mal egal und für dich nicht weiter interessant.«

Sadie hatte den Verdacht, dass er sich selbst überzeugen wollte. Ihn schien die Sache weit mehr zu irritieren, als er zugab. Sie empfand keine Angst, eher ein prickelndes Gefühl von Erwartung, wie als Kind in der Geisterbahn, als sie hinter jeder Kurve ein Skelett erwartete. Sie war auf den Schreck gefasst, sehnte ihn herbei und fürchtete ihn gleichzeitig. Eine merkwürdig ambivalente Empfindung.

»Jetzt hast du alles gesehen. Wir müssen zurück, ich habe noch was vor.« Er sammelte sein Notizbuch und die Karte ein und ging zurück durch die Höhlen, offensichtlich wollte er sie schnell loswerden. Sadie hätte gerne in Ruhe die Räume untersucht, aber es blieb ihr nur Zeit kurz über die Wände zu leuchten. Auch hier waren weder Zeichnungen noch andere Spuren zu entdecken. Sie lief hinter Robert her, der schon die letzten fünf Räume durchquert hatte. Sie kam an einer Ecke ins Rutschen und stützte sich an der Wand ab. Als sie auf den Boden leuchtete, glänzte er. Sie fasste mit der Hand nach unten, aber es war keine Nässe, die sie fühlte, sondern seidenweiches Gestein, wie poliert. Danach war sie schon wieder im Ballsaal.

Sie liefen den langen, schmalen Gang neben der Gleisstrecke zurück. Robert legte Tempo vor, Sadie hatte kaum die Möglichkeit, sich die Richtungen zu merken. Kurze Zeit später erreichten sie das enge Loch, sie pressten sich hindurch und waren in dem feuchten Tunnel, der zu ihrem Ausstieg führte. Robert stieg die Metallstufen empor und hob den Gussdeckel mit der Schulter, er rutschte zur Seite. Robert sah sich schnell um und stieg aus, dann winkte er Sadie und schloss direkt nach ihrem Auftauchen das Tor zur Unterwelt. Der grelle Sonnenschein blendete sie.

Robert zog aus den Tiefen seiner Hosentaschen eine Sonnenbrille und setzte sie auf. »So, ich muss gehen.

Kein Wort!«

»Danke, wenn ich mal etwas für dich tun kann, dann melde dich«, meinte sie. Mit einem »Ja, ja« wandte er sich um und ließ Sadie stehen.

12. Kapitel

Sadie saß auf ihrem Balkon und beobachtete ihren gärt-
nernden Nachbarn gegenüber. Während er seine Pflanzen düngte, ließ sie das unterirdische Abenteuer Revue
passieren. Sie holte Papier und Stift und notierte:

Die Unterwelt hinter dem Gare d'Austerlitz:
1. Die Gleise der M10 führen über die Endstation hinaus.
2. Sie enden in der letzten von insgesamt sieben miteinan-
   der verbundenen Höhlen.
3. Der neue Plan der Unterweltler erfasst nur die erste
   Höhle, auch Ballsaal genannt, alle folgenden sind nicht
   kartografiert.
4. Robert schließt aus, dass Pierre (der Kartograf) sie
   übersehen hat.
5. Robert ist irritiert und beunruhigt. (Mein Eindruck)

Sie kaute an ihrem Bleistift herum, eine dumme Angewohnheit, wenn sie nachdachte. Dann fügte sie hinzu:

6. Die Gänge zu den Höhlen sind vom Einstieg Jardin
   des Plantes an gut zu begehen. Der Boden ist anfangs

feucht, dann trocken.

7. *Die Wände sind mit Straßennamen gekennzeichnet und manchmal bemalt oder mit Ritzmustern verziert.*

8. *Dann wird der Gang sehr schmal, er ist sauber und trocken, ebenso wie die folgenden sieben Höhlen.*

9. *Sie sind hoch und groß, wie Säle. Bemerkenswert ist der glattpolierte Boden der neuen Höhlen, die hinter dem Ballsaal liegen.*

Der Nachbar kam mit einem Körbchen nach draußen und erntete ein paar Zitronen. Er sah zu Sadie herüber und hielt lachend eine der gelben Früchte in die Höhe. Sadie hob den Daumen. Er verschwand mit seiner Ernte und tauchte mit einem Besen auf. Nachdem er den Balkon gefegt hatte, lehnte er sich an die Wand und rauchte eine Zigarette, die Asche schnippte er in einen Blumentopf. Dann winkte er ihr zu und verließ seine Zitrusplantage, er schloss die Tür und zog den Vorhang zu. Sadie legte ihre Aufzeichnungen zur Seite und streckte sich, machte ein paar Gymnastikübungen und verließ ebenfalls ihren Balkon.

»Jacques, hier ist Sadie.« Sie erreichte ihn in der Dienststelle und entschuldigte sich für die Störung.

»Nicht doch, was ist los, Sadie?«, erkundigte er sich.

»Ich möchte dir etwas erzählen, können wir uns sehen?«

»Ich habe bis 19 Uhr Dienst. Sollen wir uns danach im Bistro an der Place Paul Painlevé treffen?«

»Ja, gut, bis gleich.« Sadie legte schnell auf, als könnte sie den Anruf damit ungeschehen machen. Sie hatte Robert versprochen nichts zu sagen, aber ohne Hilfe würde sie nicht weiterkommen. Auf Roberts weiteren Einsatz konnte sie nicht zählen, das fühlte sie. Jacques hatte Möglichkeiten, die ihr sonst verschlossen blieben, und sie vertraute ihm. Und wenn es galt, vermisste Personen aufzuspüren, war das wichtiger als das Versteckspiel einer Gruppe versponnener Unterweltler.

Sadie zog sich um. Sorgfältiger als sie es normalerweise getan hätte. Die Gründe ließ sie ebenso unbeachtet, wie sie die Bedenken gegenüber ihrem Wortbruch beiseiteschob. Außerdem konnte sie es sich immer noch anders überlegen.

Jacques hatte einen Ecktisch gewählt, sodass sie weitgehend ungestört waren. Vor ihm stand ein Glas Bier, er las in einer Zeitung. Sadie betrachtete ihn einige Sekunden, er wirkte müde.

»Ah, Sadie! Schön dich zu sehen, komm setz dich, was willst du trinken?«, er faltete raschelnd die Zeitung zusammen.

»Ein Glas Muscadet, bitte. Danke, dass du gekommen bist.«

Nachdem der Wein vor ihr stand, kam sie ohne Umschweife zur Sache. Sie erzählte von ihrem unterirdischen Abenteuer, ließ nichts aus, außer Roberts Namen. Sie hatte mit jeder Menge Vorwürfe gerechnet, aber Jacques verzichtete auf einen Kommentar und stellte gezielte Fragen.

»Was willst du genau wissen?«, fragte er zum Schluss.

»Ich will wissen, warum dieser Pierre die Höhlen nicht erwähnt hat. Ich glaube nicht an einen Anschlussplan. Ich habe gehört, dass es eine Untergrundpolizei gibt, kannst du mir da helfen? Ich kann wieder sagen, dass ich einen Roman schreibe oder für die Uni eine Arbeit machen muss. Kennst du die Leute?«

»Ich kenne die Chefin, ich erkundige mich morgen bei ihr. Du solltest dein Abenteuer aber nicht erwähnen.«

»Dann noch etwas. Ich möchte wissen, was der Bestatter Michel vor seinem Verschwinden gemacht hat.«

»Michel Solange wird in Lille vermisst, nicht in Paris«, gab Jacques zu bedenken.

»Richtig, deshalb möchte ich gerne mit der Schwester persönlich reden. Mit den Nachbarn, den Freunden. Verstehst du? Ich will wissen, ob es zwischen Michel und Edouards Verschwinden einen Zusammenhang gibt. Ich brauche die Adressen und ein paar Tipps.«

»Verhörtechnisch?«, fragte Jacques um einen ernsten Ton bemüht.

»Wenn du so willst.« Sadie blieb ebenso ernst. »Geht das?«

»Das geht alles, Sadie. Wir können das gerne zusammen proben. Aber, ohne Witz jetzt, du kannst mit deiner Zeit machen, was du willst. Nur, wenn du in eine heikle Situation kommst durch meine Informationen, könnte ich mir das nicht verzeihen. Ganz abgesehen davon, dass die ganze Chose von meiner Seite aus illegal ist.«

»Auch, dass du mich der Unterweltpolizei vorstellst?«

»Das nicht, nein. Sprich zuerst mit diesen Leuten, Sadie, danach sehen wir weiter. Ich erkundige mich morgen, dann rufe ich dich an.«

»Jacques, glaubst du, dass man da unten leben kann?«

»Du meinst, dass Edouard sich im Untergrund aufhält? Vielleicht geht das, nur warum? Daran ist nichts logisch, Sadie.«

»Außer, wenn er nicht freiwillig da ist, wenn er festgehalten wird.«

Jacques neigte zweifelnd den Kopf. »Gefangen in den Eingeweiden von Paris? Entführt von geheimnisvollen Tänzern. Erinnert mich an einen Schauerroman oder dieses Musical.«

»»Phantom der Oper.««

»Genau. Spekulationen bringen uns nicht weiter, auch wenn sie noch so reizvoll sind, warte ab, bis du mit der Untergrundpolizei gesprochen hast.« Jacques hielt nichts von Vermutungen – ganz Polizist, brauchte er Fakten, mit denen er arbeiten konnte. Er wechselte das Thema und schlug vor, Essen zu gehen.

Sie aßen auf der Terrasse einer Brasserie an der Rue Monge. Von hier war es nicht mehr weit bis zu Sadies Wohnung. Jacques ging wie selbstverständlich nach dem Essen mit zu ihr. Sadie brachte einen Rest Wein auf den Balkon, sie setzten sich und sahen auf die beleuchteten Straßen hinab.

Sadie wusste nicht, was sie sagen sollte, auch Jacques suchte vergeblich nach einem Gesprächsthema. Sie beugten sich gleichzeitig, um nach ihrem Glas zu greifen und stießen mit den Köpfen aneinander.

Das Scheppern des Müllwagens weckte Jacques. Er war für einen Moment orientierungslos, dann wandte er den Kopf und sah einen goldblonden Haarwust unter dem Laken hervorblitzen, der Rest der Gestalt war eingerollt, sodass für Jacques nur ein Zipfel blieb, der seine Beine halb bedeckte. Sadie gab leise Schnarchgeräusche von sich. Jacques verließ das Bett und begab sich ins Bad. Er versuchte, möglichst leise zu pinkeln, was durch die rasante Wasserspülung wieder zunichtegemacht wurde. Er putzte sich die Zähne mit dem Finger und fuhr sich mit nassen Händen durch die Haare. Im Bett hatte Sadie sich weiter eingerollt, sodass sie einer Mumie glich. Über die Geräuschkulisse hätte er sich keine Gedanken machen müssen. Er zog sich an, schrieb einen Zettel und verließ das Appartement.

Sadie öffnete die Augen, als die Tür ins Schloss fiel. Sie wälzte sich aus dem Laken und strampelte es mit den Beinen von sich. Auf dem Nachttisch lag ein Stück Papier. Sadie las:

›Die Aussicht von deinem Balkon ist wunderschön. Jacques‹.

Eine Stunde später klingelte ihr Telefon. »Bist du schon aufgestanden?«, fragte Jacques

»Ich genieße die Aussicht«, erwiderte Sadie.

»Zu zweit ist sie doppelt so schön.«

»Wo du recht hast.«

»À bientôt.« Er legte auf, Sadie lächelte.

Gegenüber wurden die Vorhänge aufgezogen. Ihr Nachbar trat im Schlafanzug heraus und streckte sich, er zog an der Hose und kratzte sich den Bauch. Sadie tauchte ab, damit er sie nicht entdeckte, wenn er herübersah. Sie linste durch die Verkleidung, bis er den Balkon verließ, dann stand sie auf, ging in die Küche und kochte Kaffee.

Am Nachmittag fuhr sie in das Polizeipräsidium des 5. Arrondissements. Jacques hatte sie bei Madame Prelidor angemeldet, die für den Untergrund zuständig war.

Er selber wollte ebenfalls dazukommen, um Sadies Anliegen mehr Gewicht zu verleihen.

Madame Prelidor war eine zierliche Vierzigerin mit der samtigen Haut einer Karibin, ein dicker, schwarzer Zopf hing über ihren Rücken.

Sie lachte gerne und hörte sich Sadies Anliegen interessiert an. Sadie war bei der Romanversion geblieben und fragte sie nach einer Führung durch das Tunnelsystem. Das erwies sich als erstaunlich einfach.

»Sicher, ich nehme Sie gerne mit. Ende der Woche machen wir unsere Inspektionsrunde, dazu gehört auch der Bereich um den Austerlitz. Seien Sie um 16 Uhr in der Endstation. Ich hole sie da ab.« Sie lachte übermütig und zeigte auf Sadies Sandalen.

»Ziehen Sie feste Schuhe an und warme Sachen. Den Helm bringe ich mit.«

Sadie nickte und bedankte sich.

»Wenn Ihr Roman ein Erfolg wird, kriege ich zehn Prozent.« Madame Prelidor klatschte in die Hände, ihre schwarzen Augen blitzten. »Und ich will in die Danksagung.«

»Alles klar. So machen wir das.« Sadie gab ihr die Hand, in die Madame ohne Zögern einschlug.

Draußen sah Sadie Jacques an und atmete aus. »Was war das?«

»Das war Arabelle Prelidor, die Chefin der Unterwelt, der Schwarm der gesamten Sûreté.«

»Deiner auch?«

»Meiner auch!«, sagte Jacques und küsste sie.

Den Abend verbrachte Sadie allein. Mit einem mulmigen Gefühl rief sie Max an. Das Gespräch war längst überfällig, war es schon vor Jacques gewesen. Ihm am Telefon den Laufpass zu geben, gefiel ihr nicht, aber das war die einzige Möglichkeit.

Seine Reaktion fiel so gleichgültig aus, dass sie sich fragte, ob sie ihm zuvorgekommen war. Sie konnte nicht anders, sie fragte ihn, ob er eine andere hätte. Max lachte und meinte ungerührt, seit er wisse, dass sie alleine tanzen ging, habe er sich auch umgesehen und, voilà, er gehe mit einer hübschen Rothaarigen aus. Sadie ärgerte sich, verbiss sich aber eine Antwort. Sie wünschte ihm höflich viel Glück und beendete das Gespräch. Sie hatte kein Recht, ihm Vorwürfe zu machen, was nichts an ihrem Verdruss änderte.

13. Kapitel

Die Woche verging schnell, die Agentur hatte fünf Boote an eine Großfamilie vermietet, die Sadie mit ihren Wünschen auf Trab hielt.

Als der Freitag kam, inspizierte sie eins nach dem anderen, händigte die Kautionen aus und winkte zum Abschied. Sie hatte drei riesige Tüten Lebensmittelreste geerbt. Die Familie, wohlhabend und kochfreudig, hatte ihr einen Fundus feiner Öle, Essige, Gewürze, eingelegter Antipasti und exotischer Früchte hinterlassen. Zwei Flaschen guten Bordeaux bekam sie als Dankeschön obendrauf. Der Quai Saint-Bernard, an dem die Boote lagen, wirkte ungewohnt still nach der Abreise des Clans. Sadie deponierte die Schlüssel im Büro und trödelte mit ihrer Beute erschöpft nach Hause. Sie hatte gerade noch Zeit zu duschen, dann machte sie sich auf, Madame Prelidor zu treffen.

Ein Trupp von zwei Frauen und zwei Männern erwartete sie auf dem Bahnsteig der M10. Sie saßen auf einer Bank und aßen Äpfel. Blaue Helme lagen auf dem Boden, neben Rucksäcken und Lampen. Arabelle Prelidor stellte sie vor und hielt ihr die Obsttüte hin. Sadie griff zu und steckte einen Apfel in die Tasche für später. Kurz danach brachen sie auf. Sie verließen den Bahnsteig durch ein Gittertor am Tunnelanfang, mit dem ein schmaler, etwa fünf Meter langer Betonsteg verschlossen war, der an der Tunnelwand neben den Gleisen entlang bis zu einer Tür in der Seitenwand führte. Der Zugang war durch ein Geländer gesichert. Als sie sich auf dem Steg befanden, fuhr die M10 an ihnen vorbei. Sie hatte eine geringe Geschwindigkeit, da sie in der Endstation nur auf das Rangiergleis wechselte. Der Fahrer verließ seinen Platz, um in den letzten Waggon zu wechseln, der hier der erste wurde. Die Weichen wurden gestellt und die M10 fuhr zurück in den gegenüberliegenden Bahnsteig ein. Von da ging die Fahrt zum Zielbahnhof der Gegenrichtung, Boulogne Pont de St. Cloud.

Sadie beobachtete das Manöver aufmerksam. Von ihrem Standpunkt aus konnte sie weit in den Tunnel blicken, aber weder ein Ende noch eine Fortsetzung der Schienen erkennen. Sie fragte sich, ob die heutige Exkursion Licht in das Dunkel bringen würde, ob sie die geheimnisvollen Höhlen wiederfinden würden und damit auch einen Hinweis auf Edouards Schicksal. Ein Zusammenhang musste bestehen, alles Andere wäre unlogisch ein amüsanter Gedanke zu diesen, an Absurdität kaum zu übertreffenden, Ereignissen.

Die anderen waren schon durch die Tür getreten und riefen nach ihr. Sie entschuldigte sich und folgte ihnen durch das Dienstzimmer, und durch eine zweite Tür in einen breiten Gang. Nach einigen Metern erkannte sie eine Gesteinsformation, hier war sie auch mit Robert gelaufen. Sadie hielt sich neben Arabelle Prelidor, die voranging. Sie folgte dem Gang für ein paar Minuten und bog dann links ab, wo Robert geradeaus weitergegangen war. Der Boden fiel ab und wurde feuchter, je tiefer sie kamen.

»Der Grundwasserspiegel sorgt in den tiefer gelegenen Tunneln häufig für Überschwemmungen«, erklärte Madame Prelidor. »Manche Gänge stehen permanent unter Wasser.«

Der Trupp blieb ab und zu stehen, die Arbeiter beleuchteten bestimmte Stellen, die sie sich genauer ansahen.

»Wir sorgen dafür, dass hier unten nicht allzu viel Unwesen getrieben wird, gleichzeitig inspizieren wir aber auch die Tunnel. Wenn uns etwas nicht geheuer vorkommt, melden wir es dem ›Service de l'Inspection des Carrières‹. Die entscheiden dann, ob und was getan werden muss.«

Derweil ging es immer weiter bergab. Die Unterweltpolizisten entdeckten neue Graffiti, recht hübsche Fabelwesen, die an den Wänden entlangflogen.

»Waren sie doch wieder hier!« Einer der Männer zeigte auf die Zeichnungen. »Bei unserem letzten Rundgang vor zwei Wochen waren die Wände noch sauber.« Er tippte auf die Farbe. »Wir kriegen sie nicht. Seit fast einem Jahr tauchen diese Kritzeleien auf, aber wir kriegen den verdammten Künstler nicht in die Finger.« Die Betonung ließ keinen Zweifel an seiner Meinung über den Urheber.

Sie gingen weiter. »Wir sind unter der Kreuzung Rue l'Arbalète/Rue Mouffetard. Es gibt einige Brunnen in diesem Gebiet, im 19. Jahrhundert versorgten sie die Bevölkerung mit Wasser.« Arabelle Prelidor zeigte auf einen Schacht, der sich in der Tiefe verlor, die Verbindung nach oben war eingestürzt, die Kalksteinbrocken lagen auf dem Boden verstreut. Sie stiegen darüber hinweg und wandten sich nach rechts. Der Weg stieg wieder an und wurde breiter.

»Kommen wir auch hinter den Bahnhof?«, fragte Sadie.

»Gleich, der Rundgang endet wieder am Austerlitz. Wir gehen hinten an der Station durch und wieder an den Eingang am Bahnsteig.«

Sadie wurde immer gespannter, gleich mussten sie zu den Höhlen kommen. »Sagen Sie mir, wenn wir dahinter sind?«

»Wir gehen direkt auf die Gleise zu«, meldete sich eine der Frauen. »Wir sind fast schon auf gleicher Höhe.«

Plötzlich hörten sie das Rattern der Bahn. Die Vibrationen waren deutlich zu spüren, sie mussten der Métroröhre sehr nah sein. Der Gang wurde breiter und heller und mündete in einen hohen Saal. »Unser Ballsaal.« Arabelle Prelidor umfasste mit einer großen Geste den Raum. Am anderen Ende verließ sie ihn durch eine schmale Öffnung. Sadie sah sich irritiert um, kein weiterer Durchgang, kein Schacht, kein Torbogen, kein Mauseloch.

Sadie rief sie zurück. »Ist das der einzige Raum hier?«

»Ja. Reicht der Ihnen nicht? Er ist eine Besonderheit.« Sie klang stolz. »Sehen Sie die Säulen? Sie sind zweihundert Jahre alt. Die Arbeiter haben ihre Namen eingeritzt.«

Die Säulen bestanden aus grob behauenen, rechteckigen Steinen, die nach oben hin kleiner wurden. Sie standen nicht ganz gerade, durch die nachlässige Bearbeitung lagen sie unordentlich schief übereinander. Madame Prelidor ließ den Lichtstrahl über die mittlere gleiten. Auf dem Grundstein waren Namen zu lesen, kleine Vögel und andere Tiere gesellten sich dazu, auch eine Jahreszahl, 1807. Ähnliche Reliefs befanden sich am Fuß aller Säulen. Sie verliehen dem Raum Harmonie und eine gewisse Feierlichkeit, die den zufälligen Aufbau der Gebilde ausglich.

Sadie blickte zweifelnd auf die Stützen. »Ein Wunder, dass die halten.«

»Seit Jahrhunderten. Keine Sorge, sie werden regelmäßig überprüft, das Aussehen täuscht. Und da an der Wand befinden sich weitere Reliefs.« Die Chefin der Unterweltpolizei wandte sich dem Ausgang zu, Sadie folgte ihr nachdenklich. Sie konnte sich an eine Wand mit Darstellungen aus dem Alltagsleben der Arbeiter erinnern, nicht aber an die verzierten Säulen, aber vielleicht täuschte sie sich auch. Robert hatte sie zügig vorangetrieben und nicht auf Besonderheiten aufmerksam gemacht, möglich, dass sie im dünnen Strahl der Taschenlampen einen anderen Eindruck hatte. Oder sie waren doch in einer anderen Höhle, was das Fehlen der angrenzenden Räume erklären würde.

»Sind hier in der Gegend denn noch mehr solcher Räume?«, fragte sie noch einmal nach.

»Nein, wie ich schon sagte, das ist der einzige. In der Umgebung gibt es nichts Vergleichbares, das gesamte Gebiet vom Gare d'Austerlitz, entlang der Quais bis zur großen Moschee und dem Jardin des Plantes ist von Gängen und Tunneln durchzogen. Keine Räume, das heißt, keine großen, nur die, die sich durch Wegkreuzungen ergeben.«

Die anderen Polizisten warteten an der nächsten Gabelung auf sie. Von da an waren es nur noch ein paar hundert Meter, dann verließen sie die Unterwelt wieder durch die Tür auf dem Bahnsteig der M10.

Sadie zog den ungewohnten Helm vom Kopf und bedankte sich bei ihren Begleitern.

»Rufen Sie mich an, wenn Sie Fragen haben«, verabschiedete sich Arabelle Prelidor.

»Wir sind alle sehr gespannt, was Sie schreiben werden.« Ihre Mitarbeiter nickten und lächelten.

Sadie hatte ein schlechtes Gewissen und nahm sich vor, mit Madame Prelidor zu sprechen, wenn das Rätsel gelöst war.

Zuhause aß sie die Reste einer Tomatensuppe, in die sie Baguettestücke tunkte, der Apfel war das Dessert und danach kochte sie Kaffee. Das Erkunden der Unterwelt war anstrengend, obwohl man relativ bequem die Gänge entlang marschieren konnte. Als sie wieder auf der Oberfläche stand, hatte sie gemerkt, wie die unbewusste Anspannung von ihr abfiel. Die verkrampften Schultern lösten sich, der Nacken wurde beweglicher, sie atmete tiefer.

Jetzt nach dem Essen nahm sie ihre Tasse mit nach draußen und überlegte, was sie weiter tun sollte. Die Zitronenbäumchen gegenüber sonnten sich in den letzten Strahlen, die über die Dächer fielen. Der Nachbar war in seinem Liegestuhl eingeschlafen, den Hut ins Gesicht gezogen, auf seiner Brust lag ein Buch. Sadie erkannte die grelle Farbgebung eines Thrillers, der auf der Bestsellerliste stand. Ihr Vater hatte ihn gelobt. Sie musste ihn anrufen, sie hatte versprochen, ihn auf dem Laufenden zu halten. Ein Wunder, dass er sich noch nicht gemeldet hatte. Sie griff nach dem Telefon und ließ es lange klingeln, aber er nahm nicht ab. Danach versuchte sie es bei Jacques, hatte aber ebenso wenig Glück.

Unzufrieden tigerte sie in der Wohnung umher. Edouard war sie kein Stück nähergekommen, obwohl sie sich unter der Erde mit ihm verbunden gefühlt hatte. Er musste da irgenwo sein. Sie kam nicht weiter mit ihren heutigen Erkenntnissen. Robert musste ihr noch einmal helfen, ob er nun wollte oder nicht.

»Hallo, Robert, hier ist Sadie. Kannst du mich mit Pierre, eurem Kartografen, zusammenbringen? Ich möchte ihn zu den Karten noch einiges fragen.«

Robert reagierte spröde. »Pierre ist sehr zurückhaltend, ich glaube nicht, dass er mit dir sprechen will.«

»Komm, Robert, ich will ihn nicht verführen, nur einen Kaffee mit ihm trinken, in einem Bistro. Ich will nur wissen, wie man Karten macht. Das Kartografieren interessiert mich, hat gar nichts mit dem Untergrund zu tun.«

»Kann ich dir auch erklären.«

»Warum machst du dann nicht die Karten?«

»Okay«, murrte er säuerlich. »Pierre hat es gelernt. Ich frage ihn, dann melde ich mich. Ruf mich nicht an, ich habe zu tun.« Er legte mit einem schroffen »Salut« auf.

»Affe«, sagte Sadie laut. Eins zumindest hatte sie mit Robert gemeinsam. Sie mochte ihn genauso wenig, wie er sie. Sie begann lustlos, die Küche aufzuräumen. Nach fünf Minuten probierte sie erneut, Jacques zu erreichen. Diesmal ging er dran.

»Sadie, du erwischt mich auf der Toilette.«

»Charmant!«

»Und ich bin mitten in einem Verhör. Kann ich dich später anrufen?«

»Nein, du kannst später vorbeikommen.«

»Noch besser. Ich bringe was zu essen mit.«

»Gut, den Wein hab ich. Bis gleich.«

Jacques erschien zwei Stunden später. Sadie hatte mit einem Pizzakarton gerechnet, aber er hatte ein paar prall gefüllte Tüten in den Händen. Im Vorbeigehen küsste er sie und ging direkt weiter in die Küche. Der Tisch füllte sich mit Fisch, Petersilie, Fleisch, Tomaten, Zwiebeln und Salat.

»Was ist los?«, fragte er, als er ihren Gesichtsausdruck sah.

»Entschuldige, es ist nur so, Max, mein Exfreund, ist Koch. Und irgendwie hat mich das gerade so erinnert.«

»Dein Ex ist Koch? Ihr seid wohl noch nicht lange auseinander?«

»Eh, drei Tage«, stammelte Sadie und wurde rot.

Jacques sah sie an und fing schallend an zu lachen. »Das heißt, als wir …«

»Ja, genau das heißt es. Und denk ja nicht, dass ich deinetwegen Schluss gemacht habe. Das wollte ich sowieso, du warst nur sozusagen der letzte Schubs.«

Jacques feixte immer noch, dann räusperte er sich.

»Darf der letzte Schubs jetzt an die Arbeit? Sonst fällt er tot um und wird dich nie wieder schubsen.«

Sadie schlug ihn in den Magen. Jacques röchelte und verdrehte die Augen. Sie holte den Wein aus dem Kühlschrank. Als sie zwei Gläser eingegossen hatte, setzte sie sich auf die Fensterbank und berichtete von ihrem Nachmittag.

Jacques schnippelte und setzte Töpfe auf den Herd. Er hantierte mit fünf Schüsseln, wo nur eine nötig war, und verbrauchte jede Menge Küchenpapier. Sadie, an die präzise und penible Arbeitsweise Max' gewöhnt, verlor die Befürchtung, dass sie an ihren Exkoch erinnert werden würde, wenn Jacques die Küche übernahm. Während das Durcheinander um Herd und Tisch zunahm, beendete sie ihren Bericht. Sie nahm einen Schluck Wein und wartete auf eine Reaktion.

»Und du bist sicher, dass du mit Robert genau an dieser Stelle warst?«

»Ja, völlig sicher, ich habe es wenigstens zehnmal durchdacht. Außerdem habe ich Madame Prelidor gefragt, ob es noch tiefere Ebenen in dem Gebiet gibt. Dass die Räume also schon an dieser Stelle, aber auf einer anderen Ebene liegen würden. Sie hat verneint. Ich muss unbedingt mit diesem Kartografen sprechen. Ich bin schließlich selbst in den sechs Höhlen gewesen, mit Robert, der ist mein Zeuge.«

»Ich glaube dir ja, Sadie. Versuch an den Typen ranzukommen. Am liebsten würde ich dich begleiten, aber dann wird er den Mund nicht aufmachen.«

»Jacques, du musst mir versprechen, dass du dich da raushältst, zumindest solange nichts Kriminelles passiert.«

»Was im Grunde schon passiert ist. Allein durch die

Anwesenheit der Unterweltler.«

»Ich weiß. Aber sie sind vorsichtig und lassen nicht jeden rein. Ihr Anliegen ist, den Untergrund zu bewahren und zu dokumentieren. Sie sehen ihn als Kulturerbe an, das er ja auch ist. Das sind nicht die Leute, die wilde Partys feiern und überall ihren Müll liegen lassen. Außerdem ist es doch beruhigend, wenn sie da rumlaufen. Sie achten ebenfalls auf Brüche und beschädigte Stützpfeiler. Das kann nur gut sein, sie haben schon mehr als einmal deine schöne Madame gewarnt, das hat sie mir selbst gesagt.«

»Und dein Robert hat dich ja sehr beeindruckt!« Jacques rührte voller Elan eine Béchamelsauce, die Rückwand des Herdes zierte ein weißes Punktmuster.

»Mein Robert ist ein humorloser Student, der sich wichtig nimmt. Aber er hat mir viel über seine Gruppe erzählt. Robert hat etwas Missionarisches, es war ihm unheimlich wichtig, dass ich sie nicht für einen abenteuerlichen Haufen von Spinnern halte.«

Sadie öffnete den Mund, weil Jacques mit einem Löffel vor ihr stand, von dem Sauce auf den Boden tropfte.

»Hm, lecker.«

Jacques begab sich wieder ans Feuer und rührte weiter, er suchte in den Gewürzen, stellte eine bunte Mischung neben sich und schüttete sie in unterschiedlichen Mengen in einen Topf mit einem Tomatensugo. Er sah nachdenklich in die brodelnde Masse und goss dann einen beherzten Schluck Rotwein dazu. Er rührte wieder, bis es blubberte, probierte vom Kochlöffel und grunzte zufrieden.

»Was gibt es eigentlich?« Sadie versuchte, den beklagenswerten Zustand ihrer Küche zu übersehen.

»Lasagne. Den Sugo lassen wir leise köcheln, die Béchamelsauce ist fertig. Jetzt machen wir die Nudeln.« Er holte eine Nudelmaschine aus einem Beutel, der bisher unbeachtet im Flur gestanden hatte. Sadie hatte darin Zahnbürste und Unterhose vermutet.

»Die machst du selber?«

»Si, Signora.«

Sadie goss sich noch ein Glas Wein ein – dazu würde Jacques Mehl brauchen.

»Ich dachte, es gibt Fisch?« Sadie deutete auf den silbrigen Leib und eine Tüte unbekannten Inhalts mit der Aufschrift eines Fischhändlers.

»Als Vorspeise. In Weißwein gedünstet, zusammen mit ein paar Jakobsmuscheln. Aber zuerst machen wir die Nudeln, hast du einen Mixer?«

Sadie schüttelte den Kopf.

Er begann mit der Hand, Mehl, Eier und Olivenöl in einer Schüssel zu mischen. Die Masse nahm die richtige Konsistenz an, Jacques stellte die Nudelmaschine ein und kurbelte den Teig ein paar Mal durch, bis er mit dem Ergebnis zufrieden war. Dann walzte er ihn zu Platten aus, die er auf ein bemehltes Geschirrhandtuch legte. Er seufzte und gönnte sich einen Schluck Wein. Als er das Glas in die Hand nahm, hinterließ es einen hübschen Kreis in der gepuderten Oberfläche der Arbeitsplatte.

»Hast du Robert schon angerufen?«

»Ja, und er hat nicht gerade erfreut reagiert. Pierre wäre sehr schüchtern und er, also Robert, könne mir auch alles sagen, was ich wissen wollte, schon mit so einem Unterton, weißt du. Warum bist du dann nicht der Kartograf, habe ich ihn gefragt. Da war er natürlich beleidigt. Er will Pierre fragen, aber ich darf ihn nicht mehr anrufen, er ist zu beschäftigt. Mein Gott, der Typ ist nicht wichtiger als eine Zecke.« Sadie schnippte mit den Fingern.

Jacques hatte derweil den Fisch und die Jakobsmuscheln gedünstet. Er suchte nach Tellern und verteilte das Gericht, obenauf setzte er einen Klecks mit Curry gewürzter Crème double. Es duftete verlockend, Sadies Magen knurrte. Sie aßen, direkt in der Küche inmitten des Chaos. Das Baguette lag auf dem Tisch, jeder brach ab, was er brauchte und tunkte damit die Reste des Suds von den Tellern.

»Fährst du nächste Woche mit mir nach Amiens?«, fragte Sadie. »Ich möchte die Schwester des Bestatters besuchen. Bis dahin habe ich hoffentlich mit dem scheuen Reh gesprochen.«

Jacques holte sein Smartphone heraus und sah auf den Terminkalender. »Wenn nichts dazwischenkommt, habe ich Mittwoch frei. Auflaufform?«

»Da!«

Er leerte die darin liegenden Nüsse in eine andere Schüssel und schichtete die Lasagne ein, danach schob er sie in den Backofen.

»Ich rufe die Frau vorher an, du gibst mir doch die Nummer?«

»Ja.« Jacques stellte den Küchenwecker. »So, vierzig Minuten, in denen wir nichts zu tun haben.«

»Na, dann komm mal mit«, meinte Sadie.

14. Kapitel

Pierre Lafontaine entsprach dem landläufigen Klischee des Gelehrten. Ein zarter, älterer Herr mit durchscheinender Haut. Den Schädel umgab ein Kranz grauer Haare, auf seiner Nase saß eine halbe Lesebrille, über die hinweg er Sadie neugierig betrachtete. Eine Aura weltvergessener Freundlichkeit umgab ihn, was fehlte, war eine Spur von Schüchternheit. Er hatte Sadie erfreut angelächelt, als sie an seinen Tisch trat und sich vorstellte. Robert hatte sie in das Bistro beim Jardin des Plantes begleitet und wurde nach einem artigen Dank sanft hinauskomplimentiert.

»Wir kommen schon allein zurecht, mein Freund.«

Robert wollte offensichtlich an dem Treffen teilnehmen, er hatte bereits einen Stuhl in der Hand. Er verharrte Sekunden bewegungslos, während seine Miene von missmutig zu gekränkt wechselte. Er öffnete den Mund, schloss ihn wieder und verschwand mit einem kurzen Nicken.

Monsieur Lafontaine überging die Reaktion des Studenten. Er wandte sich seiner Besucherin zu, um sie nach ihren Wünschen zu fragen. Nachdem der Kaffee bestellt war und der Kellner sich entfernt hatte, kam er sofort zur Sache.

»Robert sagte, Sie sind zusammen unten gewesen und wollen etwas über Kartografie erfahren? Weil Sie ein Buch schreiben?«

Sadie begann, von den Recherchen zu ihrem Roman zu erzählen. Sie sah in die interessierten Augen des Kartografen und hielt plötzlich inne. Lafontaine zog fragend die Brauen in die Höhe.

»Verzeihen Sie.« Sadie entschloss sich spontan, die Wahrheit zu sagen. Sie brachte es nicht fertig, ihm die Romangeschichte aufzutischen. »Darf ich noch mal von vorne anfangen? Die Geschichte ist etwas anders und länger, Monsieur Lafontaine.«

»Ich habe Zeit, Mademoiselle. Erzählen Sie.«

Sadie begann mit dem Tagebuch Edouards und endete mit dem Inspektionsrundgang. Anfangs sprach sie zögernd, sie fürchtete, ihre Erzählung wäre zu fantastisch, doch der Kartograf hörte ihr zu, ohne sie zu unterbrechen. Lediglich die Verwicklung Jacques' ließ sie aus.

»Sind Sie mit Paul Laboire verwandt?«, war die erste Reaktion.

»Das ist mein Vater«, bestätigte Sadie erstaunt.

»Grüßen Sie Paul von mir, wir haben zusammen studiert.« Er spielte mit dem Teelöffel und schien mit sich zu hadern. »Mademoiselle Sadie, ich möchte Sie um ein, zwei Tage Geduld bitten, außerdem um eine Kopie des Tagebuchs. Wäre das möglich? Ich möchte es lesen und meine Aufzeichnungen durchsehen.«

Sadie zögerte, Edouards Schicksal war eine Art persönliches Anliegen für sie geworden, das sie nicht ohne

Weiteres zu teilen bereit war. Dass sie ihm davon erzählt hatte, war mehr, als sie normalerweise getan hätte.

Pierre Lafontaine lächelte sie an. »Ich verstehe, meine liebe Sadie. Seien Sie ohne Sorge, ich werde es nicht aus der Hand geben oder irgendetwas ohne Ihre Erlaubnis damit tun.«

Sadie nickte. »Gut, Monsieur, wenn Sie warten wollen, bin ich in zwanzig Minuten wieder da. Ich habe eine Kopie zu Hause.«

Als sie sich später von Lafontaine verabschiedete, hielt er ihre Hand in der seinen und meinte kryptisch: »Geheimnisse findet nur der, der Rätsel lösen will.«

Früh am nächsten Morgen meldete sich ihr Vater, bester Laune und erschreckend munter.

»Na, schon wach?«, seine übliche Begrüßung, auf die sie wie immer »Ja natürlich« schwindelte. »Ich bekam gestern einen interessanten Anruf. Von Pierre Lafontaine. Der mich über meine Tochter ausgefragt hat, die er, Zitat, reizend und wohlgeraten findet. Du hast ihn beeindruckt, das heißt schon was.«

»Was hat er dir verraten?«

»Du willst wissen, ob er Wort hält? Du hättest dich amüsiert, wir haben beide so lange um den heißen Brei herumgeredet, bis uns klar war, dass wir die gleichen Infos von dir haben. Danach war das Gespräch entspannter. Er hat mir viel von den Unterweltlern erzählt. Bis zu seiner Pensionierung hat er für ›Marriot & Clonville‹ gearbeitet, einen der renommiertesten Hersteller von Globen und Landkarten. Spezialisiert auf antike Karten, archäologische Karten und so weiter.«

»Ja, hat er mir erzählt. Mich wundert, dass er immer noch in den Gängen herumkrabbelt.«

»Täusch dich nicht, Pierre ist zäh, er läuft Marathon. Auf jeden Fall hat er das Tagebuch gestern Abend noch gelesen, er will dir helfen, hat aber Angst, dass du seine Einmischung nicht möchtest.«

»Das hat er gesagt?«

»Nicht direkt. Ich hab's seinen Aussagen entnommen, deshalb rufe ich dich auch an. In Pierre hast du die beste Unterstützung, die du dir wünschen kannst, und du kannst ihm vertrauen.«

»Er hat etwas Komisches zu mir gesagt: Geheimnisse findet nur der, der Rätsel lösen will.«

Paul Laboire lachte. »Ist das immer noch sein Lieblingsspruch! Damit hat er seinerzeit die Mädels rumgekriegt, weil jede dachte, sie sei das Geheimnis, das er lösen wollte. Er hatte einen wahnsinnigen Charme, da kamen die Muskelpakete nicht mit.« Er lachte wieder. »Aber in deinem Fall hat er etwas anderes gemeint. Er sagte, wenn man richtig hinsieht, ist überall ein Geheimnis zu finden, man muss nur bereit sein, Rätsel zu lösen. So wird das Leben nie langweilig, meinte er. Er neigte von jeher zum Philosophieren.«

»Ich mag ihn leiden. Und wenn du meinst, nehme ich seine Hilfe gerne an.«

»Tu das. Du kannst ihm übrigens ruhig Jacques vorstellen.«

Sadie sog die Luft ein. »Hast du ihm etwas von Jacques gesagt?«

»Natürlich nicht, meine Kleine. Du wirst jede Hilfe brauchen, die du kriegen kannst. Wir haben über Arabelle

Prelidor gesprochen, die er sehr verehrt. Pierre ist Realist, er weiß, dass die Polizei über seine Gruppe informiert ist.«

»Moment mal, ich denke, er ist Philosoph?«

»Ist doch fast das Gleiche. Jedenfalls sind Madame Prelidor und er gute Freunde.«

»Robert hat so getan, als wären sie ein Geheimbund.«

Paul Laboir schnaubte. »Und wie kommt Arabelle dann an die Infos, wenn unten was nicht stimmt?«

»Keine Ahnung.«

»Sie weiß Bescheid, und solange Pierre die Gruppe führt, ist sie froh über die Hilfe. Natürlich nicht offiziell.«

»Pierre ist der Chef?« Sadie wurde klar, wieso Robert so schnell klein beigegeben hatte, als er aus dem Café komplimentiert wurde.

»Er hat die Unterweltler sogar ins Leben gerufen, schon vor über zehn Jahren. Das wusste ich leider nicht vorher, sonst hätten wir uns den Umweg über diesen langweiligen Studenten sparen können.«

»Das hat dir Pierre selbst erzählt?«

»Aber, ja, Sadie. Wir sind beide froh, hatten wir uns doch Jahre aus den Augen verloren. Er will mich besuchen. Und er nimmt mich mit auf eine Führung durch den Untergrund.« Pauls Bombe platzte, Sadie war sprachlos.

»Papa?«

»Ja, meine Kleine.«

»*Ich* will Edouards Geheimnis lösen!«

»Wer sonst? Keine Angst, ich mische mich nicht ein. Salut, meine Kleine.«

Sadie starrte ungläubig auf ihr Telefon. Sie hatte mal wieder die Verbindungen und den Einfallsreichtum ihres Vaters unterschätzt. Sie hatte Neugier und Abenteuerlust von ihm geerbt, deshalb wusste sie genau, dass es ihn in den Fingern kribbelte. So eine vertrackte Geschichte konnte ihn nicht kalt lassen, selbst wenn seine Vorsätze noch so eisern waren.

Als sie Jacques später traf, meinte er pragmatisch, sie solle ihr Personal nutzen.

»Alles kannst du nicht selber machen. Während wir nach Amiens fahren, können dein Vater und Pierre unter der Erde stöbern.«

»Aber gerade da will ich dabei sein!«

»Lass sie eine Vorrunde drehen.«

Aber so kam es nicht, denn Pierre Lafontaine meldete sich noch am gleichen Nachmittag.

»Mademoiselle Sadie, haben Sie Zeit? Ich will nach unten und möchte Sie gerne mitnehmen.«

Sie trafen sich am Kanaldeckel hinter dem Jardin des Plantes. Der Kartograf trug bequeme Jeans und eine warme Jacke, Wanderschuhe und einen Rucksack. Seine Gesichtshaut war immer noch durchscheinend, aber von gesunder Farbe. Sadie erkannte die Zähigkeit hinter der Fassade des Gelehrten.

Sie stiegen ein, Pierre schloss den Deckel über ihnen. Er richtete seine Stirnlampe aus und schaltete dazu eine lichtstarke Lampe an. »Ich habe Robert um die genaue Route gebeten, die ihr gegangen seid. Wir werden sie jetzt noch einmal genauso ablaufen. Sie sagen mir, wenn Sie eine Veränderung bemerken oder irgendetwas Ihnen anders vorkommt. Auch ein Geräusch oder ein Geruch. Achten Sie einfach auf alles, aber versuchen Sie, entspannt zu bleiben.«

»Dann hätten Sie mir besser keine Aufgabe gestellt, Monsieur Lafontaine.«

»Stimmt«, gab er zu. »Aber Sie schaffen das schon.« Er setzte sich in Bewegung, langsamer als Robert.

Sadie bat ihn, die helle Lampe auszuknipsen. Sie sah so viel, dass sie verwirrt war. Roberts Taschenlampe hatte nur einen Bruchteil beleuchtet. »Robert hat mir wohl nicht das ganze Programm gegönnt.«

»Robert ist sehr loyal, aber ein Kindskopf. Er sieht sich als Hüter der Unterwelt.«

»Hat er sonst nichts zu tun?«, fragte Sadie.

»Er studiert Elektrotechnik, aber als seine Freundin ihn verlassen hat, fing er an zu schludern. Er verbrachte mehr Zeit hier unten als an der Uni. Jetzt hat er Schwierigkeiten, den Anschluss zu finden.« Monsieur Lafontaine hielt vor dem engen Durchschlupf an. »Das kennen Sie ja schon. Ich gehe vor und leuchte Ihnen.«

Pierre warf seinen Rucksack durch das Loch, sie hörte ihn an der anderen Seite aufschlagen, dann verschwand er. Unten angekommen leuchtete er, damit sie die Tritte nicht verpasste. Sie gingen weiter, Sadie bemerkte keinen Unterschied zu ihrer ersten Führung. Sie hörte die Métro rumpeln und sah durch die Gittertür auf die Gleise. Bald näherten sie sich dem Bereich hinter dem Gare d'Austerlitz.

»Jetzt müssen wir aufpassen. Hier kommt gleich eine Höhle, Robert hatte sie auf der Karte. Da war ich mit Madame Prelidor auch. Sie hat mir die Reliefs in den Säulen gezeigt.«

»Ah, ja, der Ballsaal. Robert hat sie Ihnen vorenthalten?«

»Ich habe sie zumindest nicht gesehen. Er hat sie nicht extra angeleuchtet. Die an der Wand habe ich gesehen. Da sind wir direkt vorbeigegangen.«

Sie gingen weiter, Pierre bog ab und folgte einer schmalen Gasse.

»Ich bin unsicher, aber ich glaube, wir sind nach unten gegangen, hier ist es ziemlich eben«, bemerkte Sadie.

Pierre Lafontaine ließ das Licht aufleuchten, der Weg führte waagerecht weiter. Er löschte es wieder und murmelte etwas. Der Tunnel verbreiterte sich und mündete in eine Höhle. Er tastete Wände und die Decke mit der Taschenlampe ab.

»Ist das die erste Höhle, Mademoiselle Sadie?«

»Kann sein, machen Sie mal Licht.«

Im hellen Schein konnten sie die Gravuren in den Säulen erkennen. Der Ballsaal. An der anderen Seite ein Durchgang. Sadie bekam Herzklopfen, als sie hindurchtrat, aber außer dem weiterführenden Gang erwartete sie nichts. Sie gingen zurück und untersuchten sorgfältig jeden Zentimeter Wand, das Ergebnis blieb gleich. Der Kartograf studierte erneut die Anmerkungen, die Robert auf der Karte gemacht hatte. Danach musste die Verbindung zu den folgenden Höhlen an der linken Seite sein, wenn der Eingang im Rücken lag. Aber außer einer mit Reliefs geschmückten Wand war nichts zu finden.

»Ich weiß nicht«, zweifelte Sadie. »Wir müssen irgendwo anders gewesen sein. Ich habe ja auch die Säulen nicht gesehen, vielleicht, weil sie nicht da waren. Wir müssen Robert noch mal fragen.«

»Das hätte er sofort gemerkt, wenn ihr in einer anderen Höhle gewesen wärt«, gab Pierre zu bedenken.

»Er war nicht besonders mitteilsam, und mir hätte er bestimmt nichts Ungewöhnliches anvertraut. Hat er denn Ihnen nichts gesagt?«

»Er hat sich gewundert, dass ich die Bereiche nicht eingetragen habe.« Pierre packte die Karte zusammen. »Wahrscheinlich hält er mich langsam für senil. Kommen Sie, Sadie, wir gehen raus. Ich muss einiges nachprüfen.«

Er wandte sich dem Ausgang zu. Zehn Minuten später verließen sie den Untergrund über die Tür in der Endstation im Austerlitz.

»Arabelle weiß, dass ich heute unten bin. Ich unterrichte sie immer. Ein Zugeständnis an mein Alter.« Er machte eine resignierte Handbewegung. »Arabelle findet es albern, wenn ich durch Kanaldeckel einsteige. Aber die jungen Leute machen das gerne, es ist abenteuerlicher.«

»Weiß sie, dass ich dabei bin?«

»Ja, ich habe ihr von Ihrem Vater erzählt. Dass wir alte Freunde sind. Sonst nichts.«

An der Oberfläche verabschiedete sich Lafontaine von Sadie. Er versprach, sich nach seinem Gespräch mit Robert zu melden.

Sadie ging die paar Minuten zu Fuß nach Hause. Sie konnte mit dieser ganzen Geschichte nichts anfangen. Wie von Geisterhand waren sechs Höhlen verschwunden, alleine der Gedanke war absurd. Sie vermutete, dass Robert sich verlaufen hatte und zufällig auf die Räume gestoßen war. Es würde zu ihm passen, das nicht zuzugeben.

Sie hörte noch am gleichen Abend von Monsieur Lafontaine. Robert sei für eine Woche auf Segeltörn, die Handyverbindung miserabel. Bis zu seiner Rückkehr mussten sie sich gedulden.

15. Kapitel

Am folgenden Mittwoch holte Jacques sie mit dem Auto ab. Sie fuhren nach Amiens, um Michel Solanges Schwester zu besuchen. Sadie hatte sich angemeldet. Diesmal beschäftigte sich ihre Recherche mit verschwundenen Personen, über die sie in einer Hausarbeit für die Uni schrieb. Zumindest der erste Teil entsprach der Wahrheit. Aus für sie selbst nicht nachvollziehbaren Gründen sträubte sie sich, von Edouards Tagebuch zu erzählen. Sie hüte es wie die Liebesbriefe ihres verschollenen Galans, hatte Jacques gemeint. Eine Spur Eifersucht war mitgeschwungen, er hatte nicht unrecht.

Amiens zeigte sich von seiner besten Seite. Die Sonne schien, ein leichter Wind wehte, die Leute saßen in den Straßencafés und hatten das Leben nach draußen verlagert. Das Wasser der Somme plätscherte träge durch die Innenstadt und verstärkte das Urlaubsgefühl. An den Ufern tummelten sich Enten und Schwäne in der Hoffnung auf Brotreste. Die Kinder kreischten vor Vergnügen, und die Eltern zogen sie mehr als einmal von der Randbefestigung auf sicheren Boden. Inmitten des ganzen Gewusels thronte unbeeindruckt die Kathedrale, erhöht, mit Rundumblick auf die Stadt, wie eine fette Spinne im Netz.

»Sie war das Vorbild für den Kölner Dom«, kommentierte Sadie, die sich in diversen Seminaren mit gotischen Kirchen beschäftigt hatte. Nicht zu sprechen von all denen, die sie besucht hatte. Und auch diesmal wollte sie einen Blick in die Kathedrale werfen. Jacques, der das Gotteshaus nicht kannte, würde in den Genuss einer Privatführung kommen.

Margot Solange wohnte direkt an einem der schmalen Nebenarme der Somme, die sich durch die Stadt schlängelten. Man gelangte über eine Brücke mit schmiedeeisernem Geländer zur Eingangstür. Rost machte sich auf den geschwungenen Stäben breit, die ehemals dunkelblaue Farbe gab nur noch ein Gastspiel. Die Tür war im gleichen Farbton gestrichen und zeigte ebenfalls Alterserscheinungen, in der Mitte prangte ein Löwenkopf aus Messing.

Das Haus wirkte elegant, es hatte einen entspannten Charme, der nur durch liebevolle Vernachlässigung zu erreichen war. Margot Solange öffnete nach dem ersten Klingeln, sie führte ihre Gäste in einen hellen Raum, der das gesamte Untergeschoss einnahm. Das Licht fiel durch die Rückwand ein, eine komplette Glasfront zu einem winzigen Gärtchen. Die Einrichtung war eine bunte Mischung von alt und neu. Es roch verführerisch nach frischem Kaffee.

Sie bat ihre Gäste, sich an einen Esstisch zu setzen, und verschwand in den Küchenbereich, um eine Kanne zu holen, Tassen standen bereits auf dem Tisch. Nachdem sie eingegossen hatte, musterte sie Sadie nervös.

»Sie haben Verstärkung mitgebracht?« Jacques hatte sich als der Polizist vorgestellt, mit dem sie eine Woche vorher telefoniert hatte.

»Jacques ist mein Freund, wir wollen den Tag in Amiens verbringen, die Kirche besuchen und den Park.« Sadie zeigte vage nach draußen. »Wenn das für Sie nicht okay ist, wartet er draußen auf mich.«

»Nein, nein, verzeihen Sie, so war das nicht gemeint. Ich bin ja froh, dass sich die Polizei noch um Michel kümmert. Ihr Besuch hat alles wieder aufgewühlt. Seit Sie mich angerufen haben, habe ich kaum geschlafen. Ich gehe immer wieder unser letztes Treffen durch, ich drehe mich im Kreis, und ich habe keinen, mit dem ich darüber reden kann.« Margot Solange war um die Fünfzig mit halblangen, blonden Haaren. Sie war lässig in Jeans und T-Shirt gekleidet, was ihre schlanke Figur betonte. Sie war auf natürliche Art attraktiv und bewegte sich leicht und graziös.

Sadie dachte, dass sie Tänzerin sein müsste. »Tanzen Sie?«, rutschte ihr heraus.

Madame Solanges Miene hellte sich auf. »Früher. Ich war im Ensemble der Opéra.«

»In Paris?«

»Ja, in Paris. Deshalb fuhr Michel auch so oft hin. Ich habe mein altes Appartement behalten, als ich hierhergezogen bin. Es ist vermietet, aber ein Zimmer ist für mich geblieben. Das haben wir benutzt, wenn wir in der Hauptstadt waren.« Ihre Stimme war leise geworden.

Jacques hatte Zucker in seinen Kaffee gegeben und trank. »Der ist köstlich, Madame.«

Sadie verstand den Wink und fragte nach der Zubereitung. Nach einigen Minuten kam sie auf Michel zurück.

»Mögen Sie mir erzählen, was passiert ist? Darf ich aufnehmen?«, sie legte ein Aufnahmegerät auf den Tisch.

Margot Solange nickte. »Michel und ich sprachen ein- bis zweimal die Woche miteinander. Wir haben ein gutes Verhältnis, oder hatten? In der Woche, in der er verschwand, rief er mich an und erzählte mir von einer Frau, die er kennengelernt hatte. Sie war die Erfüllung all seiner Träume, so hörte er sich an. Er hatte sie schon öfter in der Métro gesehen, aber es war schwierig, mit ihr in Kontakt zu treten. Warum, das habe ich nicht genau verstanden, ich hatte den Eindruck, er wusste es selber nicht.«

»Madame Solange, warum war Ihr Bruder in Paris? Von Lille aus sind das immerhin ein paar Kilometer.«

»Er fuhr mit dem TGV in einer Stunde und zehn Minuten. Ich brauche länger von hier aus, obwohl es kürzer ist. Lille hat eine direkte Verbindung. Er fuhr wegen dieser Frau.«

»Dann kannte er sie schon länger?«

»Ja, ja, aber er hatte sie immer nur gesehen und dann in dieser Woche, da hat er wohl mit ihr gesprochen. Aber das ist nicht alles. Drei Tage später rief er wieder an. Er war völlig durch den Wind, ich dachte, die Frau hat ihn abblitzen lassen. Aber nein, er schwärmte, dass er noch nie eine solche Partnerin gehabt hätte. Ich war etwas verwirrt und brauchte eine Weile, bis ich dahinterkam, was er meinte. Eine Tanzpartnerin, er tanzt Tango Argentino. ›Dann warst du mit ihr aus?‹, habe ich ihn gefragt. Er wurde dann einsilbig, aber ich habe so lange gedrängt, bis er damit rausrückte, dass sie in der Métro getanzt hatten. ›Du spinnst‹, habe ich gesagt. ›Kann sein‹, hat er erwidert, aber in einem Ton, dass es mir kalt den Rücken runterlief. Ich sagte: ›Du erzählst mir Märchen.‹ Und er darauf: ›Vielleicht sollte ich mir das wünschen.‹ Das war in der Mittagszeit, abends habe ich noch mal versucht, ihn zu erreichen, aber er ging nicht ran. Einige Tage später rief mich die Polizei an, weil er eine Beerdigung verpasst hatte. Sie baten um Erlaubnis, das Haus zu öffnen. Sie fanden den Toten im Kühlfach und keine Spur von Michel. Ich bin nach Lille gereist und habe Himmel und Hölle in Bewegung gesetzt, um ihn zu finden. Vergebens.« Margot Solange hatte Tränen in den Augen. »Ich verstehe es nicht.«

»Die Polizei?«

»Die Polizei!«, spuckte Madame, dann wedelte sie entschuldigend in Jacques Richtung. »Erst warten sie tagelang, bis sie eine Vermisstenanzeige aufnehmen, und dann … Sie haben mich einmal kurz befragt. Hintergründe haben sie nicht interessiert. Wenn mein Bruder nicht Bestatter wäre, hätten sie sich niemals am gleichen Tag gemeldet. Aber die Trauergesellschaft stand da – Sie können sich ja vorstellen, wie die sich gefühlt haben. Die Polizei musste reagieren. Aber damit hatte es sich auch schon, sie haben einem anderen Bestatter Bescheid gegeben, die Beerdigung wurde abgewickelt und das war's.«

»Erzählen Sie doch mal, wie das am Anfang war. Als Ihr Bruder diese Frau zum ersten Mal gesehen hat. Und wann war das?«

»Das muss so vier, fünf Wochen vorher gewesen sein. Michel war zu einer Milonga nach Paris gefahren. Wir sind mit den Besitzerinnen einer Tangoschule befreundet, eine von ihnen war früher in meiner Compagnie. Sie veranstalten einmal im Jahr ein großes Tangofest in einem Palais im 15. Arrondissement. Wenn man kann, lässt man es sich nicht entgehen, die Kulisse ist eindrucksvoll. Seit Michel tanzt, also seit fünf, sechs Jahren fährt er hin. Er übernachtet in meinem Zimmer und fährt am nächsten Tag zurück nach Lille. Er hat einen Schlüssel«, fügte sie hinzu.

»Madame, wo ist ihr Apartment?«, erkundigte sich Jacques.

»In der Rue Monge, wissen Sie, in der Nähe der Arènes de Lutèce. Das ist nicht weit vom Jardin des Plantes.«

»Ich weiß.« Sadie fühlte einen leichten Schauer. »Ich wohne selbst in der Rue Monge.«

»Ach, schön,«, freute sich Madame Solange. »Ich habe immer gerne da gelebt. Mittendrin und trotzdem abseits der Touristenströme. Angenehm ruhig, wenn man oben wohnt.«

»Ich wohne Nr. 47 in dem Haus mit dem kleinen Restaurant unten.«

»Meine Wohnung ist in Nr. 50, ganz in der Nähe.« Madame Solange schüttelte den Kopf über so viel Zufall. »Vielleicht kennen Sie sogar meinen Mieter, Monsieur Groll, immerhin sind Sie Nachbarn. Er ist reizend, er wohnt seit zehn Jahren da. Früher hat er an der Opéra gearbeitet, ein begnadeter Bühnenbildner. Ziemlich groß, so um die Siebzig.«

»Groll? Das sagt mir jetzt nichts. Aber ich werde mal die Augen offenhalten. Und vielleicht sehen wir uns ja auch, wenn Sie das nächste Mal in Paris sind. Rufen Sie mich doch an, wenn Sie Lust haben. Also Michel übernachtete in Ihrem Zimmer. Er fuhr dann mit der Métro?«

Margot Solange nickte. »Sicher, mit der 10 bis Endstation, von da sind es nur fünf Minuten. So hat das Ganze mit dieser Frau ja angefangen. Also er hat den Ball besucht, das war Anfang Juni 2010, der Ball findet immer Anfang Juni statt. So wie ich ihn verstanden habe, hat er auf dem Rückweg in der Métro eine Frau getroffen, die ihn angelächelt hat. Das hat er mir gleich erzählt, als er mich später angerufen hat. Sie denken, das ist nicht wichtig. Sie haben Recht. Aber wissen Sie, wenn man jede Woche miteinander redet, erzählt man sich auch Kleinigkeiten. Wir haben ein enges Verhältnis, Michel und ich. Mit den Frauen hatte er es nie leicht. Er ist charmant, nicht unansehnlich, aber sein Beruf. Na, ja, welche Frau nimmt einen Leichenbestatter? Sie verstehen? Ich bin seine Vertraute, ja.« Sie endete abrupt und schluckte. Dann goss sie Kaffee nach. »Er war von diesem Erlebnis ganz ausgefüllt, ich hab ihn gefragt, was so besonderes an der Dame war. Und da sagte er, als sie ihn ansah, habe Musik gespielt. Ein Bandoneon habe gespielt, einen Tango. Ich habe gelacht, das weiß ich noch, und ihm unterstellt, er hätte bei der Milonga zu viel Wein getrunken. Aber er hat darauf bestanden, dass er die Musik gehört hat.«

»Und dann? Er musste doch zurück nach Lille.« Sadie wechselte einen Blick mit Jacques.

»Genau so sah ich das auch. Deshalb war ich so erstaunt, als er mir beim nächsten Mal berichtete, dass er sich für einen Kurs bei den Schwestern angemeldet hat. Irgendwas Spezielles, fragen Sie mich nicht, einmal die Woche. ›Du machst das nur, weil du die Frau wiedersehen willst‹, habe ich zu ihm gesagt. ›Meinst du, die fährt jetzt dauernd die Strecke, bis du wiederauftauchst?‹ Er hat sich da nicht weiter zu geäußert. Ich kenne Michel, wenn ich mehr gesagt hätte, hätte er sich verschlossen wie eine Auster. Wir haben dann über andere Sachen gesprochen. Sein Kurs fing direkt in der folgenden Woche an. Immer mittwochabends. Donnerstag meldete er sich, triumphierend. Die Frau saß wieder im Zug. Sie stieg aber eine Station vorher aus und winkte ihm zu. Er wollte hinter ihr her, hat sie aber aus den Augen verloren.« Madame Solange stöhnte. »Damit fing alles an, mit dieser unglückseligen Frau. Sie wurde zur Besessenheit. Er sah sie immer wieder, kam aber nicht an sie ran. Dann steigerten sich seine, ja, ich glaube Wahnvorstellungen. Er sah ein ganzes Orchester, Paare, die Tango tanzten, alles in der Métro. Ich war extrem beunruhigt und habe ihn zu einem Therapeuten geschickt, aber Michel hat den Termin abgesagt. Eine Woche, bevor er verschwand, hat er völlig aufgeregt angerufen, die Frau habe mit ihm getanzt. Er schwebte auf Wolken, erzählte von der Métro, die über die Endstation hinausfuhr, und immer wieder von den Tänzen. Er ging so weit, dass er nach Paris umziehen wollte. Ich wusste mir keinen Rat mehr, habe ihn wieder und wieder gebeten, Hilfe zu suchen. Warum, hat er gesagt, er sei glücklich.« Sie starrte in den Garten. »Das war das Letzte, was ich von ihm hörte. ›Ich bin glücklich.‹«

Aus Madames Mund klang es wie: ›Ich habe die Pest.‹

Sadie und Jacques sahen sich ungläubig an. Das war kein Zufall, die Erlebnisse von Michel und Edouard folgten einem Muster.

»Hat Ihr Bruder ein Tagebuch geführt, Madame?«, fragte Jacques.

»Ich weiß nicht. Ich habe keins gefunden. Ich habe seinen Betrieb an einen seiner Kollegen verpachtet, mit der Option, dass Michel ihn wieder übernehmen kann, wenn er wieder da ist. Aber, wissen Sie, das ist jetzt schon zwei Jahre her. Ich glaube, er ist für immer verschwunden.« Sie vermied das Wort ›tot‹, aber es war klar, was sie meinte.

»Denken Sie, dass ihm etwas passiert ist? Dass er nicht freiwillig wegbleibt?«

»Natürlich, was soll ich sonst denken? Zuerst nicht, da glaubte ich noch, dass er mit dieser Frau für eine Weile abgetaucht ist. Sie wissen schon, drei Wochen nichts als Tanzen, Sex und Champagner. Er hatte am Abend noch den Kurs in Paris besucht, am nächsten Nachmittag dann wurde er vermisst. Aber danach hätte er sich gemeldet, auf jeden Fall, er weiß, dass ich vor Sorge umkomme.«

Margot Solange stand auf und holte eine Flasche Sherry, ungefragt goss sie drei Gläser voll. »Mademoiselle Laboire, vielleicht stoßen Sie bei Ihren Recherchen auf ähnliche Fälle, oder hören irgendetwas, was auch immer Licht in diese Sache bringen würde. Bitte melden Sie sich, wenn das der Fall ist.«

»Ich verspreche es Ihnen, Madame Solange. Danke, dass Sie sich Zeit für uns genommen haben.«

»Madame, haben Sie vielleicht ein Bild Ihres Bruders?«, bat Jacques.

Margot Solange zeigte auf ein Sideboard hinter ihnen. Diverse Fotografien standen in Silber- und Mahagonirahmen darauf. Einige zeigten sie mit einem schlanken Mann um die Vierzig. Sein helles Haar war relativ lang, nach hinten gekämmt, was ihm das Aussehen eines altmodischen Filmstars gab. Er blickte offen in die Kamera und wirkte freundlich, vielleicht etwas schüchtern. Er trug auf fast allen Fotos Schwarz, nur eins war an einem Strand aufgenommen, die bunte Bermudashorts wirkte deplatziert an seinem hellen Körper. Seine Schwester schien den gleichen Gedanken zu hegen, sie meinte, ihr Bruder habe eine natürliche Affinität zu formeller Kleidung, deshalb sei seine Berufswahl nur folgerichtig gewesen.

»Außerdem«, fügte sie hinzu, »ist das Bestattungshaus seit Generationen in Familienbesitz. Wir sind in dem Haus aufgewachsen. Hatten immer eine Leiche im Keller.« Sie lachte. »Das war der Running Gag unserer Jugend.« Sie ging zu den Bildern und nahm eins der größeren in die Hand. Sie legt es vor ihre Gäste.

»Hier, sehen Sie, das ist unser Institut.«

Das Foto zeigte ein herrschaftliches Stadthaus hinter einem mit Buchsbaum besetzten Vorgarten. In dezenten Lettern stand ›Pompes Funèbres, Richard Solange & Fils‹ über einem schwarz gerahmten Fenster. In der Einfahrt neben dem Haus parkte ein schwarzer Citroën DS, ein ›Break‹-Modell, offensichtlich der Leichenwagen.

Jacques war begeistert, wenn er es sich irgendwann leisten könnte, würde er eine Göttin kaufen und mit ihr durch die Lande kutschieren. Leider machte sein Geldbeutel nicht mit. »Haben Sie den noch?«, fragte er.

»Ich glaube, er steht eingemottet in einem Schuppen. Mein Vater konnte sich nie davon trennen, mein Bruder fuhr ihn bis in die späten Neunziger. Wir haben als Kinder in dem Auto gespielt, er war unser Schloss, die Kutsche und das U-Boot. Unsere Eltern hatten nichts dagegen, wir mussten ihn nur immer sauber hinterlassen. Heute wäre das kaum noch denkbar, die Eltern sind so ängstlich geworden.« Sie hatte einen amüsierten Zug um den Mund. Sadie wurde sie immer sympathischer.

»Sie würden meinen Vater mögen«, sagte sie. »Der ist auch ziemlich unkonventionell.« Sie erzählte ein bisschen von ihrer Familie. Die Stimmung war gelöster, als sie sich kurz darauf verabschiedeten. Ihre Gastgeberin versprach, sich zu melden, wenn sie in der Hauptstadt wäre.

»Lass uns ein Stück durch den Park gehen«, schlug Jacques vor.

Er bemerkte, wie nachdenklich Sadie geworden war. Und auch er fühlte sich … er wusste nicht, wie. Das soeben Gehörte verführte zu Schlussfolgerungen, die in seinem Erfahrungsbereich nicht vorkamen. Er war Polizist, er suchte Fakten. Seine Vermissten hatten sich aus dem Staub gemacht vor Unterhaltszahlungen, dem Finanzamt, der Polizei oder angedrohter Gewalt. Im schlimmsten Fall waren sie entführt oder ermordet worden, seltener Opfer eines Unfalls und nicht zu identifizieren. Aber sie verschwanden nicht wie das Kaninchen, mit einer geheimnisvollen Unbekannten, die den Zylinder hielt.

Sie näherten sich einem kleinen See, die angrenzenden Grünflächen waren von Angestellten bevölkert, die hier ihre Mittagspause abhielten. Sie hatten es sich auf Decken bequem gemacht und packten Sandwiches,

Flaschen und Bücher aus. In der Luft lag ein Hauch von Sonnencreme und Urlaub.

Sadie zog ihn zu einer freien Bank und zeigte auf den See.

»Guck mal.«

Aus dem Wasser ragte ein hölzernes Krokodil, der Kopf sah zur Hälfte heraus, ebenso ein Teil des Körpers. Enten und ein Kormoran hatten sich darauf niedergelassen.

»Das ist bestimmt sechs Meter lang«, bemerkte Jacques.

»Und trotzdem hat man das Gefühl, der größte Teil sei unter Wasser. Genauso geht es mir mit Edouard und Michel.« Sadie klang resigniert. »Da geht es nicht mit rechten Dingen zu, Jacques. Die ganze Chose wird immer mysteriöser.«

»Es muss eine Erklärung geben. Wir müssen sie nur finden.«

»Hast du eine Idee wie?«

»Wir haben zwei Männer, die mit Abstand eines Jahres verschwinden. Beide sind alleinstehend, Tangotänzer, fahren Métro. Soweit die Fakten.«

»Fahren eine bestimmte Métro. Die M10 bis zur Endstation Gare d'Austerlitz«, präzisierte Sadie.

»Ja. Zuerst einmal spreche ich mit den Leuten der Métro, ob es in der M10 ungewöhnliche Vorfälle gab. Dann sehe ich mal, wer noch so vermisst wird aus der Tangoszene.«

»Glaubst du, es gibt noch mehr Verschwundene?«

»Könnte sein, bisher haben wir nicht nach ihnen gesucht. Wenn ja, ergibt sich eventuell ein Schema, eine Struktur.«

»Das berühmte Profil«, meinte Sadie mit tiefer Stimme.

»Ich sag ja, du siehst zu viel Krimis.«

Sadie strich ihre Locken hinter die Ohren und stand auf.

»Komm, ich habe Hunger. Und will mal nicht an das Bermudadreieck der Tangotänzer denken. Wir gehen jetzt essen.« Sie griff nach Jacques Hand und zog ihn hoch.

An der Place Parmentier betraten sie ein Restaurant, das Sadie von früher kannte. Die Speisekarte enthielt traditionelle Gerichte der Picardie. Sie bestellten Ficelle picard, mit Champignonpüree und Schinken gefüllte Crèpes, die in einer gehaltvollen Cremefraîche-Soße schwammen. Dazu gab es einen frischen Salat und knackiges Baguette, ein leichter Pinot blanc vervollständigte das Menü. Sadie gab nach der Hälfte des Gerichts auf, Jacques schaffte seines so gerade. Die Kellnerin meinte trocken: »C'est la Picardie.« Zweifellos nichts für Pariser Weicheier.

Sadie lehnte sich zurück und betrachtete die Bilder an der Wand. Alte Fotografien von Filmstars und Pinup-Girls, die in der heutigen Zeit wie harmlose Strandfotos wirkten. Weiter rechts drehten sich Tanzpaare der dreißiger Jahre in opulenten Ballsälen.

»Sieh mal, da sind Tangotänzer. Das könnte die braunhaarige Frau sein.« Auf dem Foto war der Mann schräg von hinten zu sehen, ein nackter Arm umfing seine Schulter, an der ausgestreckten Hand steckte ein Ring mit einem großen Stein. Der Kopf der Frau war ihm zugewandt, sodass nur der dunkle, lockige Haarschopf zu sehen war. Sie trug ein schwingendes Kleid von einfachem Schnitt, das kurz unter dem Knie endete. Schwarze Tanzschuhe, hoch, mit einem Mittelsteg, betonten den Fuß.

»So stelle ich sie mir vor.«

Jacques nickte. »Stimmt, so könnte sie aussehen, und ebenso hundert andere. Das ist bestimmt in Paris aufgenommen. Kannst du die Schrift im Hintergrund entziffern?«

Sadie schüttelte den Kopf.

Die Kellnerin brachte den Kaffee. »Ich habe Sie über das Foto reden hören. Sie können es kaufen, wenn Sie wollen, die Wand soll neu dekoriert werden.«

»Was kostet es?«, fragte Sadie.

Die Kellnerin nahm das Bild ab und drehte es um.

»25 Euro, mit Rahmen.«

»Lassen Sie es hier, ich nehme es.« In Sadies Bauch kribbelte es, als hätte sie auf dem Flohmarkt einen Chagall entdeckt.

16. Kapitel

Nachdem Jacques sie am nächsten Morgen verlassen hatte, suchte sie einen Platz für das Tangopaar. Als sie das Glas gesäubert hatte, war der Schriftzug zu erkennen, ›Chez Augustine‹, wahrscheinlich der Name des Lokals. Das Bild war vergilbt im sanften Sepiaton alter Fotografien. Die Tänzer, gefangen im Moment höchster Aufmerksamkeit füreinander, drückten völlige Versunkenheit aus. Das Gesicht der Frau war versteckt, aber Sadie war von ihrer Schönheit überzeugt. Ihr linker Fuß schmiegte sich anmutig an die rechte Fessel, bereit, in die Drehung des Ocho zu gehen. Ocho, die Acht, das Zeichen für Unendlichkeit, Sadie erschien es wie ein Sinnbild des Paares, das sich auf ewig dem Tango hingibt.

Einige Tage später, morgens um halb zehn, klingelte es. Paul Laboire fiel in Sadies Leben. Sie hatte gerade geduscht, Jacques war seit zwanzig Minuten weg.

Ihr Vater war in aller Herrgottsfrühe von der Küste aufgebrochen und stand voller Tatendrang in ihrem Zimmer, um sich verteilt ein Koffer und zwei Reisetaschen.

»Du hast doch bestimmt ein Schiff frei!?«, stellte er fest.

Sadie stöhnte. »Papa, es ist Saison. Die Schiffe sind belegt. Hast du denn kein Zimmer reserviert?«

Paul winkte ab. »Wir finden schon was. Jetzt lass uns erst mal einen Kaffee trinken gehen. Hunger hab ich auch. Es war doch recht früh heute Morgen.«

»Ach.« Sie schnappte sich ihre Tasche und bugsierte ihren Vater zur Tür. »Nebenan ist ein Hotel, da fragen wir. Und ein Stück weiter ist ein Bistro. Wie lange willst du bleiben?« Sie deutete auf sein Gepäck.

»Mal sehen, was sich so ergibt.«

Er bekam das letzte freie Zimmer. Es war eines der besten, nach hinten gelegen, mit Blick auf die Arènes. Im Bistro, bei Kaffee und einem Omelett für Paul, erzählte er, dass er am Mittag mit Pierre Lafontaine zum Essen verabredet sei. Später dann wolle Pierre ihn durch die ›carrière‹ führen. Sadie lehnte es ab mitzugehen. Sie konnte sich lebhaft vorstellen, wie die beiden durch den Untergrund streiften und dabei Anekdoten austauschten. Sie würde hinterhertrotten wie ein alter Hund, den sie nach kurzer Zeit vergessen hätten.

Sadie brachte ihren Vater auf den neuesten Stand.

»›Chez Augustine‹?«, überlegte er, als sie von der Fotografie erzählte. »Warte mal, deine Urgroßmutter Josephine ist in jungen Jahren da tanzen gegangen. Heimlich, es hatte nicht den besten Ruf, weil die namensgebende Augustine eine flotte Biene war.«

Er kniff ein Auge zu.

»Du meinst eine Prostituierte?«

»Nicht direkt. Außerdem sagte man das damals nicht. Wenn schon, dann Hure. Wahrscheinlich hat sie nur ein Tanzlokal betrieben und liebte das Leben. Für die sauer-

töpfischen Kleinbürger war das dasselbe wie Hure. Großmutter sagte immer, das gebe den Veranstaltungen einen
besonderen Reiz. Außerdem wurde Tango getanzt, der
Inbegriff der Sünde.« Paul schlug leicht auf den Tisch.
»Deine Urgroßmutter war eine unternehmungslustige
Frau. Ich habe sie sehr geliebt und zum Glück eine Menge von ihr geerbt – und du auch. Stell dir vor, ich wäre
nach Opa Reginald geraten.«

»Gott bewahre.« Sadie verzog das Gesicht, Pauls Vater
war ein Misanthrop gewesen, wie er im Buche stand. Das
Beste, was er für seine Familie getan hatte, war sein früher
Tod.

»Wo war das ›Chez Augustine‹ denn?«

»Großmutter hat am Friedhof Montparnasse gewohnt.
Da in der Nähe wird es gewesen sein.«

Sie unterhielten sich noch über die Bretagne und Yasmin, die es bedauert hatte, nicht mit zu können. Dann
verzog sich Paul in sein Hotel, um ein wenig zu schlafen.

»Damit ich fit mit meinem Freund Pierre in den Hades
hinabsteigen kann«, sagte er.

Sadie sparte sich jede Bemerkung.

Sie machte sich auf den Weg in die Bäckerei. Jacques
meldete sich. Er hatte mit den Kollegen in Lille gesprochen, die damals das Bestattungsinstitut aufgebrochen
hatten. Die Wohnung sei, wie das ganze Haus, in einem
aufgeräumten, sauberen Zustand gewesen. Nichts habe
auf eine längere Abwesenheit oder gar eine Flucht hin-
gedeutet. Soweit ersichtlich hätten alle Koffer in der Abstellkammer gestanden, es habe keinen Abschiedsbrief
gegeben, der Kühlschrank sei gefüllt gewesen. Lediglich
die große Anzahl leerer Weinflaschen sei aufgefallen.

Aber man habe ja nicht wissen können, wie lange er die schon sammelte. Das alles sei soweit bekannt. Jacques meinte, die Hoffnung, über das Schicksal des Bestatters Näheres zu Edouards Verbleib zu erfahren, könnten sie endgültig fallen lassen.

Edouards Bruder war enttäuscht, dass Sadie keine Neuigkeiten hatte. Er setzte sich mit ihr in das Café. Im Hintergrund spielte die Musikbox Piazzolla.

Fred war blass und verhärmt. Er hatte die Hoffnung aufgegeben. »Er lebt nicht mehr.«

Sadie hatte keine Antwort und blieb stumm.

»Ich fühle es, er lebt nicht mehr. Aber, dass ich nicht weiß, was geschehen ist, macht mich fertig. Ich finde keine Ruhe, ich streite mit meiner Frau. Was sollen wir denn mit Edouards Wohnung machen? Bis jetzt habe ich die Miete bezahlt. Maud sagt, ein Jahr reicht. Aber wenn ich sie auflöse …«, er verzog unglücklich das Gesicht.

»Ich verstehe schon, Fred. Wir suchen weiter.« Sie entschied sich dagegen, ihm von ihrem Besuch in Amiens zu berichten. Das hätte nur neuen Spekulationen Raum gegeben und führte nicht weiter.

»Die M10, von der Edouard so viel erzählt, ist gründlich untersucht worden. Auch die Tunnel und Gänge am Gare d'Austerlitz. Aber die Untergrundpolizei hat nichts entdeckt. Wenn er da irgendwo gewesen wäre, hätten sie ihn gefunden.« Dass sie sechs Höhlen vermissten, verschwieg sie lieber auch. »Claudines Cousin von der Sûreté bleibt dran. Er hilft uns, wo er kann.«

Fred sah sie resigniert an. »Wie soll das nur weitergehen? Soll ich das Café wieder zumachen?«

»Können Sie keinen neuen Patissier einstellen?

Wenigstens solange Edouard fort ist?«

»Ja, das muss ich wohl. Claudine übernimmt schon fast alles, aber alleine schafft sie es nicht.« Er wirkte jetzt etwas lebhafter.

»Sie ist eine gute Patissière geworden, Edouard wäre stolz auf sie.«

»Das hab ich gehört, Chef.« Claudine stand mit einem Tablett Eclairs in der Hand hinter ihnen und strahlte von einem Ohr zum anderen. »Und machen Sie das Café nicht zu, Chef. Ich kümmer mich darum. Sonst ist Edouard doch ganz weg.«

Sadie hatte für den Abend ein Treffen in ihrer Wohnung geplant. Claudine sagte zu und mit Pierre Lafontaine, Jacques, ihrem Vater und sich selbst wäre ihr Wohnzimmer gut gefüllt, aber sie hatte nicht vor, ein Menü zu kochen, und für ein Glas Wein war immer Platz genug.

Jacques traf als Erster ein, beladen mit einem Karton rotem Ventoux, ihr Vater brachte Cidre von seinen Nachbarn mit und Claudine einen ganzen Korb voller Tangogebäck, das sie, als Variation von Edouards Originalen, mit herzhaften Füllungen versehen hatte. Für die größte Überraschung sorgte der Kartograf, der von Arabelle Prelidor begleitet wurde. »Ich hoffe, Sie haben nichts dagegen, Mademoiselle Sadie«, entschuldigte er sich. Arabelle sah sich neugierig um und setzte sich neben Paul Laboire, der sich ihr erfreut zuwandte.

Sadie klopfte mit einem Bleistift an ihr Glas. Die lebhaften Gespräche, die sich hauptsächlich um Claudines Köstlichkeiten gedreht hatten, verstummten.

»Ihr wisst ja alle, warum wir hier sind. Es geht um das

Verschwinden von Edouard Barron. Madame Prelidor ist wahrscheinlich noch nicht ganz informiert. Es tut mir leid, ich hole das jetzt nach. Ich schreibe kein Buch, das war eine Ausrede. Verzeihen Sie, Madame.«

»Dachte ich mir schon, Sadie.« Madame Prelidor lachte herzhaft. »Wenn Pierre so geheimnisvoll tut, steckt mehr dahinter. Und nenn mich Arabelle.«

Sadie hatte sich entschlossen, die Karten auf den Tisch zu legen. Sie erzählte die ganze Geschichte, mit allem Drum und Dran, bis zum heutigen Besuch in der Bäckerei.

Arabelle zappelte herum, seit Sadie die verschwundenen Höhlen erwähnt hatte.

»Das ist unmöglich«, platzte sie heraus. »Ich kenne das ganze Gelände wie meine Westentasche, das kannst du mir glauben. Da kann sich keine Höhle verstecken. Und Gleise auch nicht, die Strecke endet eindeutig mit dem Nebengleis.«

»Ein Zugang, der im Verborgenen liegt, eine geheime Treppe, ein Gang, den man bisher für eine Sackgasse gehalten hat.« Jacques hatte diverse Vorschläge.

»Nein, nein, nein! Da ist nichts. Die beiden haben sich bestimmt in der Dunkelheit getäuscht. Man vertut sich leicht, wenn man sich da unten nicht auskennt.«

»Arabelle«, der Kartograf unterbrach sie. »Auch Robert war in den Höhlen. Robert ist pingelig, er ist so genau, dass es wehtut. Wenn er die Höhlen gesehen hat, dann waren sie da. Ich gebe zu, ich bin ratlos. Ich war jetzt zweimal unten, um die Räume zu suchen. Nichts! Aber es muss einen Zugang geben. Ich habe die Karte mitgebracht. Kann ich sie irgendwo festpinnen, Sadie?«

Der Einfachheit halber waren alle zum ›Du‹ übergegangen. Sadie nahm einen Spiegel von der Wand und suchte ein paar Heftzwecken. Pierre Lafontaine befestigte den Untergrundplan.

»Hier ist der Gare d'Austerlitz. Hier sind Sadie und Robert gegangen, das ist der Ballsaal, die Höhle mit den beschrifteten Säulen. Und hier«, er zeigte auf eine der Wände, »hier muss der Eingang zu den anderen Räumen liegen. Robert hat eine eindeutige Notiz gemacht und die Stelle mit einem Kreuz gekennzeichnet.« Pierre nahm ein Transparentpapier aus seiner Tasche und hielt es über den Plan. Er zeichnete mit dem Bleistift eine geschwungene Linie. »Die Höhlen müssen in diese Richtung gehen, denn am Schluss sind die beiden wieder hinter dem Austerlitz in Höhe des Nebengleises angekommen.« Er klopfte auf das Ende der Linie.

Seine Zuhörer studierten ratlos den Plan. Arabelle schüttelte erneut den Kopf.

Paul Laboire sah nachdenklich in die Ferne. Er räusperte sich. »Wenn wir in Ägypten wären, würde ich auf eine Steintür tippen.«

»Meinst du so was, das mit auslaufendem Sand in Bewegung kommt?«, fragte Sadie.

»Zum Beispiel. Die Baumeister haben präzise gearbeitet und außerdem die Nahtstellen durch Reliefs oder Malereien verborgen. Wer nicht Bescheid wusste, hatte kaum eine Chance, die Tür zu finden.«

»Aber diese Türen gingen nur einmal auf oder zu«, warf Jacques ein.

»Schon möglich, aber es gibt auch Techniken, die dauerhaft zu benutzen sind. Wir haben hier keinen Überfluss an Sand, dafür aber Wasser ohne Ende. Mit dessen Hilfe ließe sich über ein durchdachtes System eine Steintüre schließen und öffnen. Schon im antiken Alexandria nutzten die Erfinder Wasserkraft oder Dampfausdehnung, um Gegenstände zu bewegen.«

»Gute Idee, Papa«, unterbrach Sadie, die am Tonfall ihres Vaters den Anfang eines Vortrags erkannte.

»Macht so was keinen Krach?«, fragte Claudine.

»Doch, wahrscheinlich sogar ziemlich viel, wenn die Öffnung so groß sein soll, dass ein Zug durchpasst.« Paul Laboire sah die anderen an.

»Glauben wir denn ernsthaft, dass der Zug weiterfährt?«, Sadie griff nach dem Tagebuch. »Er schreibt nur einmal, dass er im Tunnel verschwindet, hier am 20. Juni, einem der letzten Einträge: *Als ich an der Austerlitz aussteige, sehen sie mir nach. Ich warte, bis der Zug aus der Endstation in den Tunnel fährt. Nach einer Minute muss er auf dem anderen Bahnsteig einlaufen, um die Gegenrichtung zu nehmen. Ich warte vergebens, nur die leiser werdende Tangomusik hallt aus dem Dunkel.* Das ist das einzige Mal, dass er den Zug ›verschwinden‹ lässt. Wer weiß, was er sich da eingebildet hat. Ich glaube eher an eine kleine Tür, die in die vermissten Höhlen führt. Aber Gleise haben wir auch gesehen. Sie kamen aus einem Nebengang und endeten in der letzten Höhle. Wir sind ihnen aber nicht gefolgt. Kann es nicht sein, dass da ein totes Gleis liegt, das früher mal benutzt wurde?«

Arabelle nickte. »Wenn ich mir überhaupt etwas vorstelle, ist das das Einzige, was die Schienen erklären würde. Was nicht heißt, dass es eine Verbindung zu den Gleisen der Endstation gibt. Vielleicht Arbeitsgleise aus dem

19. Jahrhundert, um die Steinbrocken wegzuschaffen.
Könnte sein. Aber,« sie hob die Stimme, »die sechs Räume fehlen uns noch immer. Ohne Räume keine Gleise.«

»Das sehe ich genauso.« Pierre Lafontaine tippt auf das Gebiet, das infrage kam. »Kannst du an einen Radar-Scanner kommen, Arabelle?«

17. Kapitel

Schon am nächsten Abend traf sich die Gruppe auf dem
Bahnsteig. Als Chefin der Untergrundpolizei konnte
Arabelle theoretisch jederzeit in die Tunnel und auch
Besucher mitnehmen, aber der Charakter dieser Expe-
dition erschien ihr als zu heikel, um ihn an die große
Glocke zu hängen. Sie wusste selbst nicht, was sie da-
von halten sollte, und war mehr als gespannt, was der
RadarScan ergeben würde. Sie hatte das Gerät von der
›L'inspection générale des carrières‹ ausgeliehen, die
nicht weiter nachgefragt hatten. Arabelle arbeitete eng
mit ihnen zusammen, ihre Tätigkeitsgebiete überschnit-
ten sich zum Teil.

Im Betriebsraum der Métro waren Helme und Lampen untergebracht, die sie verteilten. Die ›L'IGC‹ hatte
hier einen Schrank zur Verfügung, der auch ein Sorti-
ment an Gummistiefeln, Jacken und Werkzeugen enthielt. Einer der Inspektoren sorgte außerdem dafür, dass
immer ein Vorrat an Schokolade vorhanden war. Wer
ihn plünderte, sorgte für Nachschub.

Arabelle und Pierre führten den Trupp an. Sadie machte diesen Weg jetzt bereits zum dritten Mal, das schmale

Schlupfloch in die Finsternis war schon fast Routine. Claudine und Jacques tasteten sich vorsichtig durch die Öffnung in den tiefer liegenden Tunnel. Jacques atmete tief durch, er kannte angenehmere Aufenthaltsorte, aber die Neugier hatte über seine latente Platzangst gesiegt.

Sie erreichten den Ballsaal, Arabelle leuchtete die Reliefs auf den Säulen an. »Da sind auch welche.« Der Lichtstrahl glitt über die linke Wand, in die Robert den Eingang zu den anderen Räumen auf der Karte markiert hatte.

»Lasst mich mal sehen.« Paul untersuchte die Wand. Die Schatten verzerrten die Formen und erschwerten es, ein genaues Bild zu erkennen. »Könntet ihr mal von beiden Seiten leuchten?« Die Reliefs verloren ihre Tiefe und einen Großteil ihrer Geheimnisse. Sie lagen flach auf der Wand, grob gefertigte Skizzen des Alltags in den Steinbrüchen, besondere Ereignisse aus dem Leben, Hochzeiten, Taufen, beeindruckende Gebäude, Schiffe – und hier und da nackte Frauen, die die Männer vor Hunderten von Jahren genauso beschäftigt hatten wie heute.

Pierre gab seine Lampe an Claudine und fuhr mit seinen Händen ebenfalls über die Wand. Sie verhielten sich still, einzig das schleifende Wischen war zu hören.

»Hier das könnte eine Naht sein.« Paul strich mit dem Finger eine senkrechte Linie entlang. Pierre und Arabelle sahen sich das näher an. Schließlich hatte jeder die dünne Kontur untersucht.

»Aber wir wissen nicht, wie der Mechanismus funktioniert«, brachte Jacques es auf den Punkt.

»Wenn es überhaupt einen gibt.« Arabelle schaltete den Radar-Scanner ein und untersuchte die Wand.

Wieder wurde kein Wort gesprochen, ab und zu piepste das Gerät, und Arabelle setzte ein paar Meter entfernt erneut an. Sadie merkte, wie ihre Hand sich vor Anspannung um die Lampe krampfte. Plötzlich stieß Arabelle einen Pfiff aus. Das Gerät zeigte auf dem Bildschirm eine 3D-Ansicht.

»Eindeutig ein Hohlraum«. Sie machte weiter. »Und zwar ein großer.«

Die Zuschauer verfolgten reglos ihre Arbeit, bis sie das Ende der Wand erreicht hatte. Arabella drehte sich um. »Ja, hier ist eine Höhle, seht selber.«

Es kam Bewegung in die Gruppe, jeder schien Luft zu holen und drängte um den Scanner. Aufgeregtes Gemurmel und Zischen.

»Und jetzt?« Sadie sprach aus, was alle dachten.

Sie hatten noch einige Zeit vergeblich nach einem Mechanismus gesucht und dann den Rückweg angetreten. Arabelle hatte klargemacht, dass sie hier nicht mehr auf eigene Faust weitermachen konnten.

»Wollt ihr die Wand einreißen? Ich muss das mit der Untergrundbehörde absprechen. Es werden statische Berechnungen gemacht und dann wird entschieden, wie wir, also die Behörde, weiter vorgehen.«

»Aber es muss irgendwo einen Hebel geben, Sadie war schließlich in den Höhlen.« Paul ließ so schnell nicht locker.

»Sicher, aber ich kann euch nicht gestatten, noch mehr zu tun. Ich hätte euch erst gar nicht bei dieser Expedition helfen dürfen. Gut, das lassen wir mal so. Ich werde das als meine eigene Entdeckung verkaufen müssen. Tut mir leid, Sadie, aber du kriegst sonst Schwierigkeiten. Ich sage, du hast mich auf die Idee gebracht.«

»Das ist nicht so wichtig«, antwortete Sadie. »Hauptsache, du kommst in die Höhlen.«

Paul schnaubte. »Das dauert Jahre. Ich kenne die Behörden, Arabelle, und du auch.«

Sie waren inzwischen wieder in der Endstation und legten ihre Helme und Lampen ab. Der Dienstraum war in dieser Nacht nicht von der Métrogesellschaft besetzt. Sie verließen die Station und besuchten ein am Quai vertäutes Restaurantboot, dessen Besitzer Sadie kannte. Sie durften ein sonst privates Oberdeck benutzen und ließen sich Wein und Sandwichs bringen.

Paul kam auf seine Bedenken zurück.

Arabelle schüttelte ungeduldig den Kopf. »Nein, Paul. Wir müssen den offiziellen Weg gehen, alles andere ist zu gefährlich.«

»Sie hat Recht, Paul. Diese Stollen und Hohlräume müssen zuerst untersucht werden. Wenn da unten was wegsackt, kann es zu Wassereinbrüchen und sonst was kommen.« Pierre Lafontaine sprach eindringlich. »Ich bin seit zwanzig Jahren in den Gängen unterwegs, glaub mir, es gab einige haarige Situationen, und die habe ich nicht bewusst in Kauf genommen. Lass Arabelle mit den Kollegen sprechen. Du informierst uns doch?«, er wandte sich ihr zu.

»Natürlich, Pierre.« Ihre fröhliche Art hatte wieder die Oberhand. Sie nahm ein weiteres Käsesandwich und lächelte charmant.

Paul und Pierre schmolzen dahin. Ebenso Jacques, wie Sadie bemerkte. Sie ärgerte sich ein bisschen und fand das gleichzeitig albern, weil sie Arabelle ausgesprochen gern mochte. Jacques neigte sich ihr zu und küsste sie auf die Schulter. Der stechende Moment war vorüber.

»Und wie bringt uns das jetzt mit Edouard weiter?« Claudine kam auf den Ausgangspunkt zurück. »Den will ich finden, die Höhlen sind mir egal.«

»Ich hab da noch eine Idee«, meldete sich Jacques. »Wenn Edouard und der Bestatter verschwunden sind, beide Tangotänzer, sind sie vielleicht nicht die Einzigen. Ich werde mal nachforschen, ob es ähnliche Fälle in den letzten Jahren gab.«

»Wie willst du das machen?«, fragte Claudine.

»Ich lass mal die Computer arbeiten, und ihr könnt in den Tangoschulen nachfragen.«

Sadie hob die Hand. »Viele haben Sommerpause. Mein Kurs geht auch erst wieder im September los. Mit den restlichen können wir anfangen. Wir teilen uns auf.«

Sie beschlossen, sich in einer Woche wiederzutreffen. Wie selbstverständlich gingen alle davon aus, gemeinsam die Suche fortzusetzen. Als sie sich trennten, bat Arabelle Sadie um eine Kopie des Tagebuchs, dass sie als Einzige noch nicht gelesen hatte. Sadie versprach, es am nächsten Morgen in ihr Büro zu bringen. Arabelle hatte sich schon vorher bei der Métrogesellschaft nach den Fahrern der letzten M10 erkundigt. Die sollten schließlich wissen, wohin sie fuhren. Drei Zugführer kamen in Frage, jeder von ihnen gab an, dass er den letzten Zug in den Tunnel auf das Nebengleis fuhr, um ihn dort bis zum Fahrtbeginn am nächsten Morgen stehen zu lassen. Einerseits bestätigte das Arabelles Überzeugung, dass es nach der Endstation nicht weiterging, andererseits machte es sie noch neugieriger auf das Tagebuch. Im

Ganzen passten die Aussagen zu den widersprüchlichen Umständen.

Die Woche verging mit Telefonaten. Sie hatten lange überlegt, wie sie ihre Frage formulieren sollten. Schließlich musste wieder einmal eine Hausarbeit über verschwundene Männer herhalten, mit dem besonderen Augenmerk auf Tangotänzer.

»Das glaubt doch kein Mensch«, hatte Claudine gemeckert.

»Wenn du sagst, dass du Sportpsychologie studierst, schon«, erwiderte Sadie. »Es gibt kein bescheuertes Thema, das es nicht gibt.«

Keine der Tangoschulen, die Sadie erreichte, vermisste einen Schüler. Aber sie versuchten zu helfen und gaben verschiedene Tipps. Es gab Internetforen für Tangotänzer, Tauschbörsen und Secondhandverkäufe von Tanzkleidung und Musik. Auf jeder Milonga konnte man die Gäste befragen. Beschäftigung genug für die kommenden Wochen.

Beim nächsten Treffen tauschten sie Informationen, waren aber, abgesehen von intensiver Kenntnis der Tangoszene, nicht schlauer als vorher. Jacques hatte die Vermissten im Polizeicomputer durchlaufen lassen, mit den Suchwörtern Tanz, Tango, Métro. Vier Treffer, die sich auf einschlägige Nachtklubs bezogen, drei Suizide in der U-Bahn, nichts Verwertbares.

Arabelle hatte die Entdeckung des Hohlraumes weitergegeben. Aber auch bei der ›L'IGC‹ war Ferienzeit, die maßgeblichen Inspektoren kletterten zur Abwechslung auf Berge, statt unter der Oberfläche zu wandern.

Sie wurde auf September vertröstet, wenn wieder alles seinen geregelten Gang ging. Paul Laboire wurde ungeduldig. Es war Anfang August, er hatte keine Lust, vier Wochen zu warten.

Er traf sich häufig mit seinem Studienfreund Pierre. Die beiden erinnerten Sadie an betagte Lausbuben, die heimliche Streiche ausheckten. Als sie ihn direkt fragte, versicherte er, niemals etwas zu tun, das Arabelle in Schwierigkeiten bringen würde. Eine typische Antwort, die alles und nichts sagte. In diesen Situationen verstand sie ihre Mutter.

Ein Wechsel der Schiffsmieter stand an, und Sadie hatte für ein paar Tage viel zu tun. Ihre Kollegen waren zum größten Teil noch in Urlaub, sodass sie auch eine Schicht im Büro übernommen hatte. Sie war froh um die Ablenkung. Die Suche nach Edouard war zum Stillstand gekommen. Sie sprach mit Jacques, der diesen Zustand aus der Ermittlungsarbeit kannte. Das Schlimmste sei, nichts tun zu können, abzuwarten, was passierte, ob etwas passierte. Denn auch das war möglich, das hier Schluss war, das frustrierendste Ende überhaupt, ein Ende ohne Punkt.

Claudine war in ähnlicher Verfassung. Sie haderte mit sich, wie viel sie Fred und Maud sagen sollte. Außer den illegalen Exkursionen gab es keinen Grund, ihnen die Entwicklung zu verschweigen, im Gegenteil, Fred hatte das größte Recht zu erfahren, was sie herausgefunden hatten. Sie beriet sich mit Sadie und erzählte schließlich von Sadies Besuch in Amiens, den versteckten Höhlen und dass inzwischen ein paar mehr Leute versuchten, das Geheimnis zu lüften.

Fred reagierte anders als erwartet. Er hörte ruhig zu und sagte dann, er hätte schon länger das Gefühl, dass es hier nicht mit rechten Dingen zugehe, Claudine und ihre Freunde sollten sich in Acht nehmen. Für ihn sei Edouard verloren, auch das fühle er seit einiger Zeit, er werde das Café weiterbetreiben, um das Andenken seines Bruders zu wahren, aber keine weiteren Schritte unternehmen. Claudine fühlte sich nach diesem Gespräch erleichtert und begann damit, neue Variationen der Tangokollektion zu erfinden.

Inzwischen war auch Robert von seinem Segeltörn zurückgekehrt. Pierre Lafontaine hatte sich seine Version der Untergrundwanderung mit Sadie noch einmal mit jedem Detail berichten lassen. Es bestätigte sich, dass der Eingang zu den Höhlen an der linken Wand des Ballsaals lag. Robert sagte, dass schlicht eine Öffnung in der Wand gewesen sei, nichts Außergewöhnliches, ganz normal, deshalb habe er auch erst, als sie die nachfolgenden Räume entdeckten, gemerkt, dass sie nicht in der Karte eingetragen seien. Schienen habe er auch gesehen. Auch seien die Böden auffallend glatt gewesen. Pierre fragte nach. Glatt und gerade, keine Stolperkanten oder Unebenheiten. Das sei das einzig Neue, die ungewöhnlich ebenen Flächen der Räume.

»Sie sind ganz offensichtlich bearbeitet worden«, sagte der Kartograf. »Ausnahmslos alle anderen Böden haben Neigungen und Kanten und sind rau. Das sind die perfektesten Böden, die aus Stein zu machen sind.«

»Bei einem Boden habe ich das auch gemerkt«, erinnerte sich Sadie. »Sonst war ich zu abgelenkt von der ganzen Umgebung.«

»Perfekte Böden,« warf Paul ein. »Zum Tanzen braucht man perfekte Böden, obwohl Holz besser ist.«

Sie hatten sich in einem Café getroffen, Pierre, ihr Vater und sie.

»Ich frage mich immer, warum der Zugang damals offen war. Das lässt mir keine Ruhe.«

»Jemand hat vergessen, ihn zu schließen«, erwiderte ihr Vater.

»Das hat Jacques auch schon gesagt. Die einfachste Lösung ist meistens die beste.« Sadie lachte. »Dann haben also die Tangogeister einfach vergessen, die Tür zuzumachen? Darauf wusste mein Inspecteur dann nichts zu sagen.«

»Na ja, Sadie. Darum haben wir eine Idee.« Paul zwinkerte ihr zu.

Pierre griff ein. »Sadie, wir werden noch mal nach unten gehen und die Wand untersuchen. Ohne Arabelle, erstens würde sie es verbieten, zweitens will ich sie nicht in Schwierigkeiten bringen. Paul hat Erfahrung mit Ausgrabungen, und ich bin in der Unterwelt zu Hause. Wenn die ›L'IGC‹ im September loslegt, haben wir in den nächsten Monaten kaum eine Chance. Sie werden den Bereich absperren, bis sie alles bis auf den letzten Zentimeter erforscht haben. Neue Höhlen, das ist schon was ganz Außerordentliches, vor allem hier im Zentrum.«

»Pierre hat mich überzeugt, dich einzuweihen. Falls wir auch verschwinden, weißt du, wo du suchen musst.«

»Und das soll mich jetzt beruhigen, Papa?«

»Ach, komm, du warst doch selber schon so oft unten.«

Sadie wusste, wann sie verloren hatte. »Wann soll das stattfinden?«

»Morgen Abend nach der letzten Métro. Ich habe nachgedacht, Sadie. Wenn Edouard seine Erlebnisse hatte, dann immer in der letzten Métro. Vielleicht ist das der Schlüssel? Jedenfalls haben wir das noch nicht ausprobiert.«

»Dann müsst ihr durch den Kanaldeckel. Die Station wird geschlossen.«

»Nur für den Ausstieg. Wir gehen durch die Diensttür hinein.« Pierre nahm ihre Hand. »Keine Sorge, Sadie, das ist nicht meine erste Expedition.«

»Aber du warst doch so dafür, zuerst die Ergebnis der ›L'IGC‹ abzuwarten?«, erinnerte Sadie ihn.

»Das stimmt, und davon war ich auch überzeugt. Nur, nach dem, was Robert mir erzählt hat, scheinen diese Räume regelmäßig benutzt zu werden. Die Böden sind glatt wie Seide, sauber, keine losen Steine in den Ecken, keine feuchten Stellen an Decke oder Boden. Robert sieht so etwas, er ist schon lange genug dabei. Nichts deutet auf ein gefährliches Terrain hin.«

Auf dem Heimweg überlegte Sadie, ob sie Arabelle benachrichtigen sollte. Sie entschied sich dagegen, weil sie sich wie eine Verräterin vorgekommen wäre. Aber auch, und nicht in unerheblichem Maße, weil sie neugierig war.

18. Kapitel

Es war früher Abend, sie saß, seit sie aus Amiens zurück war, das erste Mal wieder auf dem Balkon. Der Nachbar pflegte wie üblich seine Zitrusplantage. Er grüßte sie, sie winkte. Das könnte das Haus sein, in dem Margot Solange ihre Wohnung hatte. Sie versuchte, die Hausnummer zu entziffern, aber das Vordach der Tür verdeckte sie. Links daneben war die 48 oder 46, es war schlecht zu lesen, die Nummer rechts befand sich hinter einem Laternenpfahl.

Sadie war unzufrieden. Sie fühlte sich durch die Aktion ihres Vaters ausgeschlossen, Jacques hatte Nachtdienst, Claudine war nicht zu erreichen. Kurz entschlossen nahm sie ihre Tasche und verließ die Wohnung. Sie überquerte die Straße, das Haus gegenüber hatte die Nummer fünfzig. Sie fuhr mit dem Finger über die Messingschilder. ›A. Groll‹. Sie klingelte. Durch die Sprechanlage hörte sie eine männliche Stimme. Sie stellte sich als seine Nachbarin vor, die von Margot Solange geschickt worden sei.

Der Summer summte.

Ganz oben rechts, hatte er gesagt. Sadie ahnte, dass sie

gleich dem Zitronenmann gegenüberstehen würde. Die Tür war offen, er rief von innen: »Kommen Sie durch.«

Er war von Nahem schmaler und zarter, hielt sich sehr gerade und kam mit ausgestreckter Hand auf sie zu.

»Schön, dass Sie es sind«, sagte er. »Margot hat mir schon von Ihnen erzählt, ich hatte gehofft, dass die reizende Mademoiselle vom Balkon gemeint war. Et voîla!«

Albert, so stellte er sich vor, war ein aufgeschlossener, freundlicher Mensch. Er führte sie nach draußen und bot ihr einen Stuhl an einem altmodischen Eisentisch mit Lochmuster an. Die Zitronenblüten dufteten in der Abendluft und gaben der Terrasse ein mediterranes Flair.

Sadie musste nichts erklären, durch Margot war Albert über das Verschwinden ihres Bruders unterrichtet. Er hatte eine selbst gemachte Zitronenlimonade gebracht, dazu eine Schale Melonenstücke und ein paar süße Blätterteigstangen. Sadie entspannte sich, sie sah auf die andere Straßenseite. Ihr Balkon wirkte so ganz anders als dieser hier. Sie sah keine Pflanze, keinen Sonnenschirm, nur die Holzlehne eines Stuhls lugte über die Brüstung. Sie nahm sich vor, das zu ändern, um Albert einen hübscheren Ausblick zu bieten.

»Danke, dass Sie mir helfen wollen, Albert.«

»Das ist selbstverständlich. Margot ist eine gute Freundin. Wir rätseln jetzt schon so lange, was mit ihrem Bruder geschehen ist. Natürlich haben wir schon das Zimmer durchsucht, aber sehen Sie auch noch einmal nach. Sie haben einen anderen Blick.«

»Gerne, wenn ich darf. Sie wissen dann auch von dem Patissier?«

»Natürlich. Es ist unerklärlich. Obwohl – wir Theaterleute sind von Natur aus abergläubisch oder wie man das nennen soll. Ich glaube an die Dinge zwischen Himmel und Erde, genau wie Shakespeare. Und wenn dann noch die Liebe dazukommt …« Er schnalzte mit der Zunge.

Sadie sah ihn zweifelnd an. »Was würden Sie denn tun?«

Albert betrachtete seine Bäumchen. »Sehen Sie, dass es gleichzeitig Blätter, Blüten und Früchte gibt? Das ganze Jahr über. Alle haben ihren Platz, jedes braucht das andere. Genauso sehe ich das Leben. Es gibt so viel nebeneinander und alles hat seine Berechtigung. Manchmal verstehen wir das nicht. Aber müssen wir das? Ich weiß nicht, was ich tun würde, Sadie. Aber ich würde versuchen zu akzeptieren, wofür sie sich entschieden haben.«

»Und sie nicht weiter suchen?«

Albert zuckte mit den Schultern. »Vielleicht kann man das nicht, wenn man so nah dran ist, wie Margot oder Sie.«

»Man will doch wissen, was geschehen ist. Dann kann man doch immer noch sagen, ist okay, bleib da, wo du hinwolltest.«

Albert spitzte den Mund und neigte den Kopf zur Seite. »Ja, das kann man. Ein philosophisches Rätsel, eine Zwickmühle und alles andere als neu. Unlösbar, nicht wahr? Kommen Sie, ich zeige Ihnen das Zimmer.« Er stand auf und ging vor in einen Flur. Er öffnete eine Tür und ließ sie eintreten.

Sadie sah einen großen, hellen Raum, ebenfalls zur Straße gelegen und mit einem kleinen Balkon ausgestattet, der von Alberts mit einem Holzspalier getrennt war.

An einer Wand stand ein breites Bett, daneben Bücher-
regale, ein Schreibtisch und ein antiker Kleiderschrank.
Ein farbenfroher Gabbeh bedeckte das Parkett. Der
Raum war schön und sprach für den guten Geschmack
der Bewohner. In den Schubladen lag ein Sammelsurium
von Kleinkram, im Schrank hingen drei, vier Kleidungs-
stücke, die Taschen waren leer. Keine Aufzeichnungen
oder Terminkalender mit geheimen Verabredungen.

»Wir haben sogar die Bücher durchsucht«, kam Albert
ihrer Idee zuvor.

Sadie stand in der Mitte des Zimmers und drehte sich
um, sie dankte Albert und folgte ihm hinaus. Ein letzter
Blick fiel auf die Wand hinter der Tür. Hier hing ein Bild,
eine Fotografie. Die gleiche, die sie in Amiens gekauft
hatte! Sie stieß einen erstaunten Laut aus.

»Hing die immer schon hier?«, fragte sie. Sie zog
Albert zurück und zeigte auf das Bild.

»Die? Das weiß ich nicht. Als ich das Zimmer zusammen mit Margot durchsucht habe, war sie da. Vorher,
das kann ich nicht sagen, sie wird ja von der Tür ver-
deckt. Und ich war selten hier.«

»Ich habe die gleiche. In Amiens gekauft, als ich Madame Solange besucht habe.« Sadies Puls raste davon.
»Das kann doch kein Zufall sein!«

»Es ist eine schöne Fotografie. Wenn man Tango-
liebhaber ist, möchte man sie wahrscheinlich gern besitzen«, gab Albert zu bedenken.

»Ja, wahrscheinlich«, stimmte Sadie halbherzig zu.
Sie verließ Albert kurz danach. Er verabschiedete sie mit
drei Zitronen, die er erntete.

»Kommen Sie jederzeit, wenn Sie Nachschub brauchen.«

In ihrer Wohnung stellte sie sich vor die Fotografie, als würde sie jeden Moment zum Leben erwachen. Ihre innere Unruhe nahm zu, noch zwei Stunden, dann würden ihr Vater und sein Freund unter der Oberfläche nach den Höhlen suchen, vielleicht sogar das Rätsel lösen, vielleicht etwas über Edouard erfahren – und sie musste hier warten. Aber warum eigentlich? Sie hatte sie schließlich das erste und einzige Mal gesehen und ohne sie hätte kein Mensch von Edouards Abenteuern erfahren. Gegen 23.00 Uhr schickte ihr Vater eine SMS, sie gingen die Treppen der Station hinunter: ›Wünsch uns Glück.‹

Zum zweiten Mal an diesem Abend verließ sie ihr Appartement. Sie hinterließ eine Notiz auf dem Küchentisch. Falls etwas geschehen sollte, würde Jacques wissen, wo sie waren.

Kurz vor Schließung der Station betrat sie den Bahnsteig der M10. Sie trug dunkle Kleidung und Wanderschuhe und eine Taschenlampe, einen Helm wollte sie aus dem Dienstzimmer mitnehmen. Wie kopflos ihre Unternehmung war, merkte sie, als sie sich dem Raum näherte. Pierre hatte einen Schlüssel, aber er würde kaum die Tür aufgelassen haben.

In diesem Moment trat ein Wachmann aus dem Zimmer auf den Bahnsteig. »Mademoiselle, wir schließen die Station gleich. Der letzte Zug trifft jetzt ein.«

»Ich weiß, ich hole jemanden ab.«

Der Mann nickte und klimperte mit einem Schlüsselbund herum. Er schlenderte Richtung Ausgang und verschwand im Gang. Sadie zögerte einen Augenblick, dann schlüpfte sie auf die schmale Rampe, durch die Tür des Dienstraumes und weiter durch die andere Tür in den

Gang hinter dem Bahnsteig. Sie hatte Glück gehabt, dass der Durchgang geöffnet war. Sie knipste die Lampe an und lief schnell bis hinter die nächste Biegung. Hier wartete sie, aber es blieb still, der Wachmann schien sie nicht zu suchen.

Sie leuchtete in die Dunkelheit, ihr Herz beruhigte sich. Sie folgte dem Gang bis zu dem engen Durchschlupf. Bis hierhin war es einfach, aber sich durch das Loch zu zwängen, immer tiefer in die Finsternis, ganz allein, sie durfte nicht darüber nachdenken. »Papa und Pierre sind hier«, sagte sie laut. Sie erschrak über ihre Stimme, die Härchen auf den Armen richteten sich auf. Das Herz pochte wieder schneller. Sie rutschte durch das Loch, bevor sie der Mut verließ. Die Lampe hatte sie in ihre Jackentasche gesteckt, für einen kurzen Moment herrschte Finsternis. In ihrer Hast, das Licht wieder zu befreien, bewegte sie sich so fahrig, dass sie mit dem Kopf an den Fels stieß. Einen Helm habe ich auch nicht, dachte sie resigniert. Von hier aus musste sie fast zehn Minuten laufen, um in den Ballsaal zu kommen. Sie sah auf die Uhr ihres Handys und ging los. Zielstrebig und energisch, genauso wie sie sich nicht fühlte. Ab und zu horchte sie, aber von Paul und Pierre war kein Ton zu hören.

An einer Kreuzung zweifelte sie, ob sie rechts oder links gehen musste. Sie verließ sich auf ihr Gefühl und ging links, legte aber vorher mit kleinen Steinen einen Wegweiser. Der Tunnel wurde immer enger, plötzlich vibrierte das Gestein um sie herum und ein scheppern-des Geräusch erfüllte die Luft. Die Métro. Auch wenn sie es wusste, schauderte sie. Das ist normal, beruhigte sie sich und dachte an Robert, der zu ihr gesagt hatte, dass sie nah an der Strecke wären und manchmal sogar den Luftzug spüren könnten. Das Vibrieren ließ nach, die schwarze Ruhe kehrte zurück. Aber das hatte er an einer anderen Stelle gesagt, auf dem Rückweg, als sie schon ganz in der Nähe des Wartungsraums waren. Hier hinten hatten sie nichts gehört. Sadie überlegte, dass sie sich vielleicht irrte und doch noch nicht weit genug entfernt war. Oder hier war das Gleis, das es nicht gab. Sie schwitzte, der Drang zurückzurennen, war übermächtig. Sie blieb stehen und versuchte, ruhig zu atmen. Sie ließ ihr Licht über die Wände streichen und sah einige Meter weiter einen Durchgang. Bis dahin gehe ich, und dann zurück, sagte sie sich.

Sie näherte sich der Öffnung, als sie ein verhaltenes Schaben hörte. Angestrengt lauschte sie, sie atmete tief aus und ging weiter. Der Durchgang führte in den Ballsaal. Ein irreales Bild bot sich ihr. Zwei Männer mit Stirntaschenlampen tasteten eine Wand ab, sie bewegten sich ruhig, gleichmäßig glitten ihre Hände über die Steine bis zum Boden, dann schwenkten sie zur Seite, um erneut zu beginnen. Ein Ballett von Tiefseegeschöpfen, die durch einen dünnen Lichtstrahl zum Leben erweckt wurden.

Sadie ließ ihren Lichtstrahl über die Wand huschen, um sie nicht zu erschrecken. Sie drehten sich um, einer stieß einen kicksenden Laut aus.

»Ich bin's.« Sadie beleuchtete sich.

»Pst«, machte ihr Vater und winkte sie heran. »Was machst du hier? Sei ganz leise.« Er hauchte direkt in ihr Ohr.

»Warum seid ihr so still?«

»Hinter der Wand sind Geräusche zu hören.« Er streckte die Hand aus, Pierre legte ein Stethoskop hinein. »Seine Tochter ist Ärztin.«

Paul hielt das Gerät an den Fels und horchte. Dann gab er es Sadie. Sie legte es an die gleiche Stelle wie ihr Vater. Sie hörte zuerst nur das Rauschen ihres Blutes, aber allmählich zeichnete sich ein Rascheln ab, etwas wie Stimmen, Töne. Sie veränderte die Position, bis die Geräusche lauter wurden.

»Papa, das ist Musik!« Sadie wurde aufgeregt, sie war überzeugt, Tangomusik zu hören.

Paul nahm ihr das Stethoskop ab und hörte ebenfalls, er nickte. Pierre war herangetreten, er nahm die Ohrstöpsel, während sein Freund den schallempfindlichen Kopf an der Wand festhielt. Er grinste und hob den Daumen die geheimen Höhlen waren belebt.

»Wir finden den Eingang nicht«, flüsterte Pierre. »Wir haben aber vorhin ein Vibrieren verspürt. Ich bin sicher, das ist der Zug in der Höhle. Als ich an der Wand gehorcht habe, hörte ich leises Quietschen, das abrupt aufhörte, typisch Métro.«

»Wir suchen die Wand noch bis zum Ende ab, dann machen wir Schluss. Solange die da drin sind, können wir sowieso nicht rein«, sagte Paul.

»Wer, die?«

»Menschen. Irgendwelche Menschen.«

Sadie nickte, es schien klar, dass man denen nicht begegnen wollte, bevor man nicht wusste, mit wem man es zu tun hatte.

Die beiden nahmen ihre Suche wieder auf. Sie horchte erneut. Sie suchte Stellen, an denen die Reliefs tief ins

Gestein geschnitzt waren. Hier hörte sie am besten. Sie konnte jetzt verschiedene Instrumente unterscheiden, ein Klavier, ein Bandoneon setzte ein, dann eine Geige. Die Band, die Edouard in seinem Tagebuch beschrieben hatte, gab hinter der Wand ein Konzert. Sadie erkannte ein altes Stück, das oft gesungen wurde, und auf den Milongas beliebt war.

Als sie später aus dem Kanaldeckel hinter dem Jardin des Plantes stiegen, war es bereits halb vier Uhr morgens. Alle drei waren zu aufgedreht, um schlafen zu gehen. Pierre kannte ein rund um die Uhr geöffnetes Lokal, das Nachtarbeiter und Restposten versorgte. Sie setzten sich und bestellten scharfe Gulaschsuppe und Rotwein. Paul machte Sadie Vorwürfe, dass sie ihnen gefolgt war.

»Ich hab eine Nachricht hinterlassen, wo wir sind. Außerdem, was erwartest du, Papa? Edouard und die Höhlen sind von mir. Meinst du die lass ich mir mal so eben von dir wegnehmen? Du hast den ganzen Spaß und ich steh dumm da. Was hättest du denn getan?«

Paul machte ein betretenes Gesicht. »Entschuldige, meine Kleine. Meine Entdeckungslust ist mit mir durchgegangen. Pierre kann übrigens nichts dafür, er hat mich gleich gewarnt.«

»Ich weiß. Und ich kenne die Überredungskunst meines Vaters, Pierre.« Sie räusperte sich. »Vielleicht ist es möglich, von der anderen Seite hineinzukommen. An der Kreuzung, Pierre, wo wir uns links halten, um in den Ballsaal zu kommen, wohin geht es, wenn man nach rechts abbiegt?«

Pierre zog die Karte aus der Tasche und breitete sie vor

ihnen aus.

Die Leute vom Nachbartisch starrten neugierig herüber. »Sieht aber altmodisch aus«, meinte einer.

»Ist sie auch«, erwiderte Pierre. »Eine historische Karte von Paris, hab ich heute auf dem Flohmarkt gekauft.«

Der Mann nahm einen großen Schluck Bier und nickte beifällig. »Würd' ich an die Wand hängen.«

»Da soll's hin, mein Freund. Eine Überraschung für meine Frau.«

Pierre überschätzte das Interesse der Frauen an antiken Stadtplänen. Sein Gesprächspartner hatte realistischere Ansichten. »Meinste, dass sie sich nich mehr über Parfum freut?«

»Das kriegt sie auch noch«, warf Sadie amüsiert ein. »Na, dann.« Der Typ hob das Glas und wandte sich wieder seinem Kumpel zu, der mit zwei frischen Bier von der Bar kam.

»Also«, Pierre machte einen neuen Anlauf und sprach leiser, »hier ist der zweite Gang, er müsste von hinten oder von der Seite, je nachdem, wie man es sieht, an der Höhle vorbeiführen.«

»Dann lasst es uns von da noch mal versuchen, bist du einverstanden, Sadie?« Ihr Vater übte sich in Wiedergutmachung.

»Wenn nicht, geht ihr doch wieder allein. Ich komme mit, Papa. Am besten direkt morgen, ich will das hinter mir haben.«

Pierre nickte und faltete die Karte wieder zusammen. »Also, morgen. Wir holen dich ab, Sadie.«

Keiner erwähnte Arabelle, aber jeder dachte an sie.

Und wieder durch die Endstation im Gare d'Austerlitz in die Unterwelt. Für Sadie hatte dieser Weg schon etwas Vertrautes angenommen. Sie sah den Bahnhof mit anderen Augen. In den vergangenen Wochen hatte sie sich manchmal auf die Bank am Bahnsteig gesetzt und die Fahrgäste beobachtet. Sie hatte gehofft, dass der Zug eines Tages weiterfahren würde, mit Reisenden an Bord, genauso wie Edouard es beschrieben hatte. Aber bisher waren alle ausgestiegen, die Métro wechselte auf das Rangiergleis, der Fahrer vom letzten in den ersten Waggon und zurück ging es Richtung Boulogne. Sie kannte die drei Clochards, die sich regelmäßig auf dem Bahnsteig herumtrieben, und hatte die Angst vor ihnen verloren. Sie hatten sich angewöhnt, sie zu grüßen, und Sadie brachte ihnen ab und zu eine Tüte Gebäck von Claudine mit, obwohl sie sicher war, dass Schnaps ihnen besser gefallen hätte. Sie bedankten sich höflich und gönnten ihr einen Blick auf ihre verfärbten Zähne.

Diesmal war es erst 23 Uhr. Ein Zug war gerade aus dem Bahnhof gefahren, der jetzt verlassen dalag, das Dienstzimmer war noch nicht besetzt. Sie folgten dem üblichen Weg, bogen jedoch hinter dem Einschlupfloch an der Kreuzung rechts ab. Diesen Weg war Sadie noch nicht gegangen. Er war breit und bequem, bis der Boden sich immer mehr neigte und sehr holprig wurde. Lose Steine lagen umher, Wasser rann unter ihren Füßen.

»Wir gehen direkt auf die Seine zu«, sagte Pierre. »Es ist hier immer nass, etwas weiter vorne befindet sich ein kreisrundes Bassin. Eine Hinterlassenschaft der Römer. Noch ein paar Meter dann sind wir wahrscheinlich neben der Höhle.«

Der Weg wurde wieder eben, die Decke höher. Die Wand an der linken Seite war glatt, ohne Reliefs oder Malereien.

Pierre blieb stehen. »Hier versuchen wir es.« Sie legten ihre Rucksäcke auf eine trockene Stelle. Pierre nestelte drei Stethoskope heraus. »Dann können wir alle was hören.«

Sie hatten sich an der Wand verteilt, nahmen die Helme ab und horchten.

»Nichts«, kommentierte er, seine Begleiter nickten.

Anschließend begannen sie, die Wand zu untersuchen. Paul leuchtete mit einer Taschenlampe die Fläche von der Seite an, um Unebenheiten zu entdecken. Sie markierten sie mit Kreide, dann platzierten sie zwei Standscheinwerfer auf Stativen so, dass die ganze Wand ausgeleuchtet wurde. Sie arbeiteten konzentriert, konnten aber weder einen versteckten Mechanismus, noch die kleinste Lücke finden. Es war kurz vor eins, als sie aufgaben. Sadie sank erschöpft auf ihren Rucksack. Ihr Rücken schmerzte von der verdrehten Haltung, wenn sie an der Wand lauschte.

»Hier ist nichts. Entweder Robert und ich waren irgendwo ganz anders oder wir hatten Halluzinationen.« Sie ließ den Kopf hängen und bewegte ihn langsam hin und her. Der Nacken war steif, sie hatte keine Lust mehr.

Plötzlich hörten sie Stimmen. Pierre hob die Hand, jeder horchte angestrengt. Gedämpft drang eine aufgebrachte Unterhaltung durch die Wand. Pierre legte das Stethoskop an, sein Gesichtsausdruck veränderte sich zu purer Verblüffung. Paul folgte seinem Freund und winkte hektisch Sadie. Sie war schon aufgesprungen und hielt jetzt auch ihr Gerät an den Fels.

»Warum bist du nicht geblieben, wo du warst?« Die schrille Frauenstimme überschlug sich. Rumpeln und Gemenge waren zu hören. Dazwischen unverständliche, gedämpfte Laute.

»Ich kann nicht zurück. Wo soll ich denn sonst hin?« Ein Mann, verzweifelt.

»Jetzt bin ich gut genug, jetzt! Du Feigling. Gib's wenigstens zu.« Die Frau wieder.

Fetzen von Musik im Hintergrund, Geräusche, leise Schreie. Beschwichtigendes Gemurmel.

»Ich bin doch nicht blöd. Jetzt, wo du ihr nicht mehr hinterherschmachten kannst. Da kann man sich ja wieder um die arme Sascha kümmern. Für die hattest du ja sonst kein Wort! Zum Tanzen, da war ich gut genug – wahrscheinlich auch nur so gerade. Der Patissier hat dir ja den Platz streitig gemacht. Der schöne Edouard war wohl besser, als du«, sie schrie und fing an zu lachen. Hoch und hysterisch. »Und, soll ich dir was sagen? War er auch! Wenn ich mit Edouard getanzt hab, dann war ich im Himmel.« Wieder schrilles Gelächter. »Mit dir nicht. Mit dir war gar nichts, du Vogelscheuche, du Mistkerl.« Wieder Gerangel und Geschrei.

»Sei still.«, die Männerstimme wurde laut. »Halt endlich deinen Mund, Sascha.« Harte Geräusche, Klirren. Die Frauenstimme schnappte über in einem dissonanten Kreischen.

Der Mann brüllte plötzlich. »Ja, du hast recht. Ich will nicht mit dir tanzen, du widerst mich an. Hau ab, lass mich in Ruh und halt endlich die Klappe.« Seine Stimme gesättigt von Verachtung.

Etwas Hartes krachte zu Boden, gefolgt von einem dumpfen Aufschlag. Sekundenlange Stille.

»Du hast ihn umgebracht!« Eine andere Frau schrie. Die Geräuschkulisse wurde chaotisch, brach plötzlich ab. Das Bandoneon tauchte wieder an die Oberfläche, spielte, wie aufgezogen in unangenehm fiepsenden Tönen.

»Ist da gerade ein Mord passiert?«, fragte Sadie, sie zitterte.

Paul horchte noch an der Wand, aber außer der penetranten Musik war nichts mehr zu hören.

»Mein Gott!« Pierre fuhr sich ratlos mit der Hand über das Haar. »Wir finden keinen Zugang. Wir können nichts tun. Ich fürchte, wir müssen warten, bis die ›L'IGC‹ die Wand aufbricht.«

Als Sadie später zu Hause war, rief sie Jacques an. Die Uhrzeit war unchristlich, aber er hatte Bereitschaft und sie das dringende Bedürfnis mit ihm zu sprechen. Jacques hörte sich ihre Beichte wortlos an, dann sagte er nur: »Sadie!« In seinem Ton schwang alles mit von Empörung über Sorge bis Neugier. »Ich komme zum Frühstück.« Er legte auf, und Sadie sank völlig erschöpft ins Bett.

Pierre übernahm es, Arabelle von den Stimmen zu erzählen. Er schönte die Geschichte, indem er angab, die Geräusche bei einer ganz normalen Begehung gehört zu haben. Sadie und Paul hielt er raus, gab aber zu, sie schon gesprochen zu haben. Unerwähnt blieben auch die Stethoskope seiner Tochter. Arabelle hörte sich seinen Bericht schweigend an und versprach ihn direkt an die

›L'inspection générale des carrières‹ weiterzugeben. Als sie ihn verabschiedete, sagte sie »Pierre!« in genau dem gleichen Tonfall wie Jacques.

Ferien hin oder her, beim Verdacht auf Mord tritt ein Notfallplan in Kraft. Jacques hatte sich noch in der Nacht mit Arabelle in Verbindung gesetzt, die ihrerseits bereits die Untergrundbehörde benachrichtigt hatte. Sie hatte Pierres Geschichte weitergegeben und in den frühen Morgenstunden bereits wimmelte es unter der Erde von Leuten der ›L'IGC‹ und der Polizei. Die Spurensicherung wartete ungeduldig, dass die Männer der Untergrundbehörde die Wand öffneten. Die ›L'IGC‹ ließ sich ihr Terrain nicht streitig machen, wurde aber misstrauisch beobachtet. Die Spurensicherung traute keinem und verscheuchte die Arbeiter, sobald das Loch groß genug zum Durchschlüpfen war. Sie würden als erste die Höhle betreten, etwas anderes stand nicht zur Debatte. Dem Chef der ›L'IGC‹ wurde der Zugang zum eigenen Hoheitsgebiet verwehrt.

19. Kapitel

Über Arabelle erfuhren die Freunde von einem Leichenfund. Näheres war nicht in Erfahrung zu bringen, die Polizei hielt sich bedeckt. Einige Tage später hatte Jacques mehr Informationen, seine Kaffeespenden für die Gerichtsmedizin machten sich bezahlt.

Sie trafen sich, wie schon zuvor, in Sadies Appartement. Außer Paul waren alle Beteiligten der Untergrundexpedition anwesend. Er hatte keine Lust gehabt auf Erklärungen der Polizei zu warten und war in die Bretagne zurückgekehrt. Dafür rief er zweimal täglich Sadie oder Pierre an.

»Ist es Edouard?«, fragte Claudine mit flacher Stimme.

»Das ist noch nicht klar. In der Kleidung waren keine Papiere. Er liegt im Leichenschauhaus, sein Bruder wird ihn sich ansehen müssen.«, antwortete Jacques.

»Wie ist er gestorben?«, wollte Pierre wissen.

»Er wurde erstochen. Es gibt keinen Zweifel an der Tatzeit, Pierre hat ja die Uhrzeit notiert. Ihr ward also tatsächlich Ohrenzeugen eines Mordes.«

»Armer Fred«, meinte Claudine. Sie wischte über ihre Augen und räusperte sich. »Vielleicht ist er es nicht«, tröstete Sadie sie.

»Ramas bearbeitet den Fall, wartet mal«, sagte Jacques. Er zog sein Handy hervor und ging auf den Balkon. Nach einem kurzen Telefonat kam er wieder herein.

»Ramas holt Fred morgen ab. Er sagt mir später Bescheid. Wenn es nicht Edouard ist, sehe ich mir die Leiche an.«

»Der Bestatter?«, sagte Sadie.

»Kann doch sein.«

»Haben denn die Kollegen vom ›L'IGC‹ auch die anderen Höhlen gefunden?«, warf Pierre ein.

»Höhlen haben sie bis jetzt nicht gefunden.« antwortete Arabelle. »Durch den Toten ist die Suche erst mal gestoppt. Die Leute von der Spurensicherung haben die Höhle gesperrt und geben sie wahrscheinlich morgen wieder frei. Dann geht es weiter.«

»Kann ich den Raum sehen, Arabelle?«, wollte Sadie wissen. »Ich bin schließlich die Einzige, die schon mal drin war.«

»Nur, dass wir das den Kollegen nicht sagen dürfen. Aber ich nehme dich als Praktikantin mit. Ich will auch wissen, ob das eine der geheimnisvollen Höhlen ist.«

»Es ist immer noch ungeklärt, wie der Tote dahin gekommen ist, oder?«, fragte Pierre.

»Das wird sich zeigen, wenn sie weitersuchen. Irgendeinen Zugang muss es ja geben.«

Sadie und Jacques saßen zusammen, jeder in seine Gedanken vertieft. Die Gäste waren weg, der Abend hatte mehr Fragen hinterlassen als beantwortet.

Jacques sprach schließlich aus, was auch seiner Freundin keine Ruhe ließ: »Wie ist der Tote in die Höhle gekommen, wenn es keinen Eingang gibt?«

Sadie starrte auf das Foto der Tangotänzer. »Du glaubst also auch nicht, dass noch ein Eingang entdeckt wird?«

»Ich müsste es glauben.« Jacques klang genauso resigniert wie trotzig. »Sadie, ich bin Polizist, ich muss mich an Tatsachen orientieren. Vielleicht mildernde Umstände, eine kranke oder beschädigte Psyche, Erlebnisse in der Kindheit, Missbrauch – alles Erklärungen, die eine Tat begreifbar machen, die wir sonst nie verstehen würden. Aber hier ist das alles nicht vorhanden. Hier ist schlicht kein Eingang. Punkt. Was soll ich sagen? Ich begreife es nicht und nach dem, was ihr hinter der Wand gehört habt, die Musik und später den Streit, verstehe ich noch viel weniger.«

»Ich auch nicht. Außerdem liegt der Tote in der ersten Höhle und wir haben an der letzten gehorcht. Glaub ich.« Sie dachte an ihren Nachbarn, der gesagt hatte, man müsse nicht alles verstehen. »Wenn wir im Mittelalter leben würden, wäre das kein Problem für uns. Oder in einem anderen Kulturkreis, Voodoo wird heute noch aktiv betrieben. Oder Ende des 19. Jahrhunderts, als Séancen so beliebt waren. Aber in unsere aufgeklärte Welt passen keine unmöglichen Phänomene.«

Sie erzählte Jacques, dass im Zimmer von Margot Solange das gleiche Foto hing wie bei ihr.

Jacques' Kommentar war ein müdes Kopfschütteln. »Lass uns ins Bett gehen.«

Sadie lag in dieser Nacht wach, sie hörte den gleichmäßigen Atem Jacques' neben sich, manchmal unterbrochen von einem leisen Grunzen. Sie sah wieder auf die Tänzer, die sich im Zwielicht zu bewegen schienen. Sie stellte sich vor, wie sich der Arm des Mannes um ihre Taille legte. Sie schloss die Augen und fühlte die warme Hand, ihren Kopf, der perfekt an seine Halsbeuge passte, ihren Arm, der leicht um seine Schulter lag, den weichen Wollstoff der Jacke. Er drehte sie sacht auf dem rechten Fußballen hin und her. Dann ging er nach vorne, im Takt einer unhörbaren Musik führte er sie in den Kreuzschritt und ließ sie an der Seite über seinen Fuß steigen, drehte sie zurück und gab ihr Raum für einen Gancho. Sie hörte das Rascheln ihres Kleides und bemerkte den leichten Sandelholzduft seines Rasierwassers.

Als sie am nächsten Morgen aufwachte, blieb sie still liegen. Vielleicht konnte sie das Gefühl der Nacht wieder hervorrufen, den Traum, der sie so verwirrt hatte, als wäre der Tanz Wirklichkeit gewesen. Sie tauchte in die Erinnerung des Duftes ein und empfand die Wärme der Umarmung wieder.

Jacques war noch da, er rumorte in der Dusche herum. Das Plätschern des Wassers holte sie langsam zurück. Gancho, sie hatte noch nie einen Gancho getanzt, der war im Kurs noch nicht vorgekommen. Aber sie hatte es gekonnt, ganz einfach. In Gedanken verfolgte sie die Figur, ließ sich führen, tanzte sie so unbekümmert, dass sie vor Vergnügen kicherte.

»Jacques, komm mal.« Sadie räumte den Tisch zur Seite und wartet. Sie hatte ihrem Inspecteur die Grundschritte beigebracht und ab September wollte er mit in den Tangokurs gehen.

Jacques kam in Jeans und Unterhemd aus dem Bad,

die Haare feucht nach hinten gekämmt. Sie nahm seine Hand und ging in Tanzstellung. Er hob die Augenbrauen und tanzte die Basis, als er sie ins Kreuz führte, stoppte sie und stieg über sein Bein, sie drehte, sagte: »Mach mal Platz«, und tanzte den Gancho.

Arabelle und Sadie standen vor der neu entdeckten Höhle und sahen durch das Loch, dass die ›L'IGC‹ geschlagen hatte. Die Männer hatten den ganzen Tag den Raum untersucht und waren abgezogen. Sie hatten keine weiteren Durchbrüche gefunden und ihre Arbeit abgeschlossen.

Sadie stieg durch das Loch und leuchtete die Höhle aus. Sie hätte sie nicht erkannt, aber der Boden war genauso, wie sie ihn in Erinnerung hatte. Seidenweich und glatt poliert. Sie nickte Arabelle zu. »Ja, das ist eine der Höhlen.« Sie untersuchten die Wände und fanden, was sie vermuteten – nichts.

Der Eingang sollte in den nächsten Tagen durch ein Gitter gesichert werden, um den ungewöhnlichen Boden zu schonen. Untersuchungen würden folgen, wie und von wem der Untergrund so bearbeitet worden war und welchem Zweck das hätte dienen können.

Als sie schon wieder auf dem Gang waren, bemerkte Sadie, dass sie ihr Halstuch verloren hatte. Arabelle nestelte an der Befestigung ihres Rucksacks und bedeutete ihr, dass sie warten würde. Sadie schlüpfte wieder in den Saal und leuchtete den Boden ab. Sie war das erste Mal alleine in der Höhle. Sie sah ihr Tuch in der Mitte auf dem Boden liegen und ging darauf zu. Mit jedem Schritt verdichteten sich Schatten, Bewegungen und Emotionen. Eine plötzliche Melancholie sprang sie an, schnürte ihre Kehle zu und lähmte sie. Sie blieb einen endlosen Moment reglos stehen, dann zwang sie sich, das Tuch zu nehmen und den Raum zu verlassen. Sie ging wie durch Wasser und schüttelte sich vor der Höhle wie ein Hund.

Arabelle sah sie forschend an, Sadie flüchtete sich in ein Husten. Als sie wieder draußen waren, schleppte Arabelle sie in das nächste Café.

»Was war da los?«

Sadie seufzte, sie konnte es nicht erklären. Nur diese plötzliche Traurigkeit, auf sie geworfen wie ein Netz.

Arabelle schwieg. Sie trank ihren Kakao, dann sagte sie: »Meine Familie kommt aus Martinique.« Als würde das das Folgende erklären. »Wir werden die fehlenden Höhlen nicht erwähnen. Ich will davon nichts mehr hören. Sollen sie sich Gedanken machen, wie der Tote da reingekommen ist. Irgendwas wird ihnen bestimmt einfallen, die ›L'IGC‹ liebt keine Rätsel. Und wir«, sie fuhr mit der Hand durch die Luft. »Wir werden Edouard lassen, wo immer er ist.« Ihr Ton ließ keine Widerrede zu.

Später in ihrer Wohnung fand Sadie keine Ruhe. Sie musste für die Uni arbeiten, aber alles, was sie anfing, ließ sie nach kurzer Zeit wieder liegen. Sie war nervös und ertappte sich dabei, dass sie minutenlang vor der Fotografie stand.

Sie dachte an ihr Telefongespräch mit Jacques. An den Toten, der nicht Edouard war. Durch den Vergleich mit einem Foto des Bestatters war sich Jacques sicher, dass es sich um Michel Solange handelte. Seine Schwester war benachrichtigt worden, sie sollte im Laufe des Tages zur Identifizierung kommen.

Sie hatten wahrscheinlich den Mord mit angehört, als

sie die Höhle von der Seitenwand aus untersuchten. Da am Fundort keine weiteren Spuren entdeckt worden waren, ging Kommissar Ramas davon aus, dass die Tat an einer anderen Stelle verübt wurde.

Sadie glaubte das auch. Jacques war unsicher, er befand sich in einem Gewissenskonflikt. Was sollte er seinem Kollegen sagen? Hier hab ich drei Zeugen, die illegal im Untergrund schnüffeln, nichts gesehen haben, dafür aber Räume, die es nicht gibt, Tangomusik und einen Streit. Ach ja, und der Mörder kann durch Wände gehen. Er hatte sich entschlossen abzuwarten. Sadie war sicher, dass es keine neuen Ergebnisse geben würde. Sie gab es auf, so zu tun, als wollte sie arbeiten, und rief ihren Vater an.

»Wir haben tatsächlich den Mord gehört. Kleine, ich möchte, dass du dich da raushältst«, seine Stimme war ernster als normal. »Ich hab kein gutes Gefühl.«

»Ein bisschen spät, ich bin mittendrin, Papa. Schließlich hab ich den ganzen Salat angezettelt. Hätte ich das Tagebuch nicht mitgenommen, wüssten wir von nichts, die Höhle wär nicht gefunden worden, der Tote auch nicht. Ach, ich weiß nicht.«

»Versprich mir, dass du nicht mehr in den Untergrund gehst. Oder sagen wir, nur mit Pierre oder Arabelle.«

»Papa, es ist sowieso nichts mehr zu machen. Da wird offiziell geforscht und die fehlenden Höhlen erwähnen wir nicht, das mussten wir Arabelle versprechen. Sie hat es zwar nicht gesagt, aber sie glaubt an Geister. Ist aber auch egal, denn uns glaubt sowieso niemand. Der Einzige, der noch davon weiß, ist Robert. Aber Pierre hat ihm eine Story von einem unbekannten Rundgang aufgetischt, die er notgedrungen fressen musste, schließlich sind die Räume ja nicht mehr auffindbar, und Robert ist definitiv kein ›Spinner‹, der Gespenster sieht. Eher gibt er zu, sich verlaufen zu haben.« Sadie war wieder vor der Fotografie gelandet. »Edouard lässt mir trotzdem keine Ruhe.«

»Weißt du noch, als du das Tagebuch gefunden hast? Könnte doch sein, dass Edouard es gerade erst verloren hatte. Vielleicht hast du ihn sogar gesehen.«, schlug ihr Vater vor.

»Hab ich auch schon gedacht, aber da war niemand. Nur die paar Leute, die ausgestiegen sind, und das Buch lag ja schon auf der Treppe.«

»Tja. Übrigens habe ich noch etwas über ›Chez Augustine‹ herausgefunden.« Paul klang wieder zuversichtlich. Sadie beneidete ihren Vater um sein robustes Naturell. »Das Gebäude ist in den 1930er Jahren eingestürzt. Die Straße ist abgesackt und hat einige Häuser zum Einsturz gebracht. Das ›Augustine‹ ist danach nicht wieder eröffnet worden. Jetzt stehen Wohnhäuser da, wo meine Großmutter einst das Tanzbein geschwungen hat. Wenn es dich interessiert, in der Bibliothek findest du bestimmt Material.«

Sadie nahm sich vor, genau das zu tun. Sie verabschiedeten sich, nachdem sie versprochen hatte, im nächsten Monat mit Jacques für ein paar Tage in die Bretagne zu kommen.

Statt unschlüssig in der Wohnung herumzutigern, fuhr sie in die Uni. Sie konnte in der Bibliothek ein paar Sachen für ein Seminar nachsehen und in einem nach Informationen über das Unglück suchen. Es würde sie zwar nicht weiterbringen, war aber sinnvoller, als vor sich hinzubrüten. Das Wetter war immer noch sommerlich warm, sie nahm ihr Fahrrad und betrat kurz darauf das Universitätsgebäude.

Nachdenklich fuhr sie am späten Nachmittag nach Hause. Auf dem Weg nahm sie Pastete, Käse und Baguette mit. Tomaten und Oliven hatte sie noch, dazu ein paar Eier, das musste für das Abendessen reichen. Jacques kam erst gegen 21 Uhr. Die Zwischenzeit verbrachte sie damit, ihren Balkon zu verschönern. Sie hatte einen orangefarbenen Sonnenschirm erstanden und zwei Blumenkästen an die Brüstung gehängt. Der Herbst nahte, aber sie pflanzte doch noch ein Paar weiße Geranien und rosa Astern. Monsieur Groll winkte ihr zu und hob anerkennend den Daumen. Sie winkte mit einem Handtuch zurück. Die Balkonarbeit hatte gutgetan, ihre wirren Gedanken waren zur Ruhe gekommen, und die Nervosität hatte nachgelassen.

Jacques kam bald darauf und fand sie draußen vor gedeckten Weinkisten. Sadie saß mit einem Glas Muscadet da, sichtlich gespannt, ihm das Neueste zu erzählen.

»Das ›Chez Augustine‹ war der angesagte Ballsaal im 14. Arrondissement. Meine Urgroßmutter ist als junge Frau da tanzen gegangen, das weißt du ja schon, Papa hat es erzählt. Aber heute kam er mit einer Neuigkeit. In den Dreißigerjahren ist der Boden abgesackt und die Häuser sind eingestürzt. Ich habe in der Bibliothek recherchiert, damals hieß die Straße Passage Gourdon, heute Villa St. Jacques. Die Passage hat 1931 den Boden verloren, im wahrsten Sinne des Wortes. Drei Häuser, darunter der Tanzsaal, sind in die Tiefe gestürzt. Es gab mehr als zwanzig Tote, 56 Verletzte und fünf Vermisste.« Sadie hatte immer noch ihr Baguette in der Hand, während Jacques sich bereits das zweite machte. Sie biss ein Stück ab und kaute schnell.

»Was heißt Vermisste?«, nutzte Jacques die Pause.

»Jetzt kommt es. Vermisste heißt Verschüttete, die nicht geborgen werden konnten. Es war zu gefährlich, in den Trümmern zu suchen, immer wieder brachen Mauerstücke zusammen, neue Hohlräume entstanden, ganze Zimmerdecken kamen ins Rutschen. Man hat die Verschütteten aufgegeben und aus Sicherheitsgründen die Bergung abgebrochen. Es müssen sich schreckliche Szenen abgespielt haben. Menschen, die ihre Angehörigen vermissten und tagelang versuchten, in den Steinen zu graben und auf Klopfzeichen lauschten.«

»Ist nicht ganz in der Nähe der Eingang zu den Katakomben?«

»Genau. Einerseits war es zu gefährlich, die Verschütteten und höchstwahrscheinlich Toten zu suchen, andererseits sind sie buchstäblich in den unterirdischen Friedhof gefallen. Ziemlich makaber.«

»Und ziemlich praktisch. Und du meinst, unser Tanzpaar ist bei den Opfern?« Er deutete nach innen auf das Foto. »Was haben wir davon?«

»Kann doch sein, dass sie an dem Tag dabei waren und in den Trümmern umgekommen sind oder verletzt wurden oder verschüttet. Was wir davon haben? Nichts weiter. Ich fühle mich ihnen nur verbunden. Manchmal träume ich, dass ich mit ihm tanze.«

Jacques sah erstaunt auf. »Und dann?«

»Und dann kann ich plötzlich einen Gancho, obwohl

ich ihn nicht kann.« Sadie wirkte auf einmal verzweifelt, die Niedergeschlagenheit des Tages hatte sie wieder eingeholt.

Jacques stellte seinen Teller weg und griff nach ihrer Hand. »Hey, es wird Zeit, dass du dich mit anderen Dingen beschäftigst. Wir finden keine Lösung, lass es so, wie es ist. Und die Tänzer waren an diesem Tag nicht im ›Augustine‹. Sie waren glücklich, sind ans Meer gefahren und saßen die ganze Nacht am Strand. Sie tranken Champagner, haben sich geliebt und sind nackt baden gegangen.« Er lächelte ihr zu.

Sadie wischte ein paar Tränen weg. »Du hast bestimmt Recht. Nur eins möchte ich noch wissen. Papa hat mich auf die Idee gebracht.«

»Dein Vater ist nicht zu überbieten.« Jacques klang ärgerlich.

»An dem Tag, als ich das Tagebuch gefunden habe, was ist da noch passiert? Also am Gare d'Austerlitz. Papa meinte, dass Edouard es vielleicht gerade erst verloren hatte. Ich kann mich aber an keinen Mann erinnern, der Edouard hätte sein können. Es gibt doch Kameras, kann es nicht sein, dass darauf etwas zu sehen ist?«

»Das ist zu lange her. Die Aufnahmen sind längst gelöscht.«

Sadie fand sich wohl oder übel damit ab, Edouard seinem unbekannten Schicksal zu überlassen. Sie schlug Jacques vor, am Wochenende in die Bretagne zu fahren. Sie könnten mit ihrem Vater angeln gehen, sich bekochen lassen, und dem Beispiel des Tangopaares folgen. Jacques war mit allem einverstanden, was sie auf andere Gedanken brachte, nur nackt im Meer zu baden weigerte er sich.

20. Kapitel

Das Wochenende in der Bretagne war allzu schnell vorbei. Das Wetter war sonnig gewesen, Paul Laboire hatte seinen berühmten Hummer gemacht und Yasmin verwöhnte sie mit köstlichen Tartes.

Was das Rätsel um Edouard anging, war Paul längst nicht am Ende seines Lateins. Er hatte noch diverse Ideen, hielt sich aber aus Rücksicht auf Jacques zurück. Der hatte ihn gebeten, Sadie ein paar Tage Ruhe zu gönnen. Paul war der Meinung, dass Jacques die Ruhe brauche, aber er war kein Spielverderber. Mit seiner Tochter konnte er später noch sprechen.

Sadie und Jacques nahmen an der Beerdigung Michel Solanges teil. Er wurde im Familiengrab in Lille beigesetzt. Es war ein schöner Tag Ende September, die Luft war mild, noch durchsetzt vom Nachhall des heißen Sommers. Die Bestattung war von einem Kollegen Michels übernommen worden, der sich schon während seiner Abwesenheit um das Institut gekümmert hatte. Der Sarg rollte im Fond des alten Citroën durch die Straße, hinter sich eine lange Prozession von Menschen. Die Solanges waren von Berufs wegen mit fast jeder Familie des Stadtviertels und darüber hinaus bekannt. Michel war außerdem beliebt gewesen, ein sympathischer Mann, der sich im Sport und einigen wohltätigen Organisationen engagiert hatte.

Das Familiengrab lag im alten Teil des Friedhofs. Ein Mausoleum aus dem 19. Jahrhundert, als steinerne Engel und eine morbide Faszination vom Tod en vogue gewesen waren. Das Monument war von einem schmiedeeisernen Zaun umgeben. Durch ein Tor betrat man einen schmalen Kiesweg, der zum Eingang führte. Hier wurde der Sarg abgestellt, flankiert von Amphoren mit leuchtenden Herbstblumen.

Sadie und Jacques standen außerhalb des Gitters. Der Priester, in Begleitung zweier Messdiener, begann zu sprechen. Sadie schaltete ab. Sie konnte nichts anfangen mit seinen Sätzen. Das, was Michel Solange in seiner letzten Zeit wirklich beschäftigt hatte, der Tango, wurde mit keinem Wort erwähnt. Die übliche Lobhudelei erschien ihr hohl. Margot Solange blickte starr in die Ferne, sie schien ebenfalls nicht zuzuhören. Ein paar Frauen hatten sich um sie geschart, alle in tiefstes Schwarz gehüllt, die Taschentücher einsatzbereit in den Händen. Sadie kam der Gedanke an gezückte Waffen. Sie sah verstohlen zu Jacques, der sich in einen Spruch an der Wand des Mausoleums vertieft hatte.

Qu'as-tu fait, ô toi que voilà
Pleurant sans cesse,
Dis, qu'as-tu fait, toi que voilà,
De ta jeunesse?

Und du dort, der weint bei Tag und Nacht
In schmerzlicher Klage,
O sage mir du dort, wie hast du verbracht
Deine jungen Tage?

– Paul Verlaine

»Sie haben das Gedicht entdeckt, das Motto der Familie.«
Margot Solange hatte sich auf dem Weg zum Ausgang
von ihrem Gefolge getrennt und ging neben Jacques her.
»Meine Vorfahren waren der Meinung, dass man das
Leben genießen muss, sonst hat man den Tod nicht verdient. ›Wie hast du verbracht deine jungen Tage?‹ Mein
Vater hat uns Vorträge gehalten.« Sie lachte kurz. »Das
darfst du dich nicht fragen, sagte er immer. Sonst stehst
du eines Tages da und weinst nicht um einen anderen,
sondern um dich.« Sie lachte wieder. »Ich bitte Sie, was
sollen Kinder damit anfangen?«

Jacques sah sie ratlos an.

»Als wir acht und zehn waren, haben wir gedacht, wir
dürften nichts vergessen. Wir haben angefangen, Ta-
gebücher zu schreiben, so mussten wir uns nie fragen,
womit wir unsere Zeit verbracht haben. Später wurde
uns das zu mühsam, und wir hatten andere Interessen.
Aber vergessen haben wir es nie, und manchmal, wenn
ich abends im Bett liege, frage ich mich, ob ich das tue,
was ich will. Und Michel hat das Gleiche getan. Deshalb
glaube ich, auch wenn er erstochen wurde, ich glaube
fest, dass er getan hat, was er wollte.«

Sie drehte sich um und musterte die folgende Trauergemeinde, angeführt von den tiefschwarzen Frauen. »Die Cousinen! Sie sind wie Krähen, sie wollen Michel als Opfer sehen, damit sie krächzen können. Aber ohne mich.« Sie straffte sich und schritt schneller aus.

»Wir gehen jetzt in ein Restaurant, kommen Sie mit und setzen Sie sich neben mich. Ich stelle Sie als gute Freunde von Michel vor. Als Tangofreunde, das wird die Krähen und den Pfarrer begeistern.«

Die elegante und beherrschte Margot Solange hatte einen mutwilligen Zug, der Jacques amüsierte.

Der Tag ging dem Ende zu. Nach dem Essen waren Sadie und Jacques zurück nach Paris gefahren. Jacques hatte sie an ihrer Wohnung abgesetzt, um sofort weiterzufahren. Diese Nacht wollte er bei sich verbringen, er musste waschen und wollte vor dem Fernseher sitzen und Fußball gucken. Dazu Chips und ein Bier, kein Edouard, keine Beerdigung, kein Tango, keine Sadie.

Nach der ersten Halbzeit, es spielte PSG gegen Toulouse, bis jetzt 0:0, klingelte das Telefon. Jacques hatte keinen Bereitschaftsdienst und wunderte sich, die Nummer seiner Dienststelle im Display zu sehen.

»Jacques? Hier ist Jean-Paul. Du wolltest doch wissen, wer sich am 30. Juni 2012 an der Métrostation Gare d'Austerlitz aufgehalten hat.«

»Ja, aber nur am späten Abend.«

»Ich weiß. Pass auf, Martine hat einen Clochard aufgegriffen, der Schnaps geklaut hat. Der Typ war ziemlich hinüber, hat beteuert, dass er keine Ahnung habe, wie der Sprit in seine Tasche gekommen ist. Also das Übliche, aber dann hat er immer wieder gefaselt, dass er ja nicht spinnt, so wie Johnny, der Schreiber. Er hat keine Ruhe gegeben, bis Martine ihn gefragt hat, was es denn mit diesem Johnny auf sich habe. Also, der ist am Suff eingegangen und hat Tagebuch geschrieben. Und gefunden wurde er am Quai d'Austerlitz am 1. Juli 2012. Ist doch gut möglich, dass er was bemerkt hat, wenn er sich da in der Gegend herumgetrieben hat. Vielleicht hat er's sogar aufgeschrieben. Seine Klamotten sind auf dem Müll gelandet, der Rest ist in der Asservatenkammer, weil wir keine Verwandten finden konnten.«

»Hm, nachsehen kostet nichts. Aber wieso weiß der Typ so genau das Datum?«

»War sein Geburtstag, und er wollte mit Johnny einen heben.«

»Verrückt! Danke, Jean-Paul. Du langweilst dich wohl?«

»Zum Glück. Gute Nacht, Jacques.«

Die zweite Halbzeit wurde angepfiffen, PSG gewann 2:0. Merde!

Die Toten ohne Zusammenhang, so nannte sie der Gerichtsmediziner. Sie waren weder Opfer von Mord oder Unfall, sie hatten weder Papiere noch ein bekanntes Zuhause, sie lagen einfach tot da, sie wurden aufgesammelt wie Fallobst und in die Kühlräume gelegt. Später spendierte ihnen die Stadt Paris ein Armenbegräbnis. Ihre Habseligkeiten lagerten auf unbestimmte Zeit in einem Kellerraum der Police Nationale am Quai des Orfèvres.

Jacques, der schon seit Jahren in dem riesigen Gebäude arbeitete, kannte die Tücken der verschlungenen Flure. Er nahm einen Plan mit und schaffte es, sein Ziel ohne Umwege zu finden. Nach einigen Verhandlungen mit dem Lagerverwalter machte er sich auf den Rückweg.

Der Karton unter seinem Arm dünstete einen muffigen Geruch aus. Als er ihn auf seinem Schreibtisch öffnete, sah er auf ein trauriges Häuflein. Eine billige Uhr, zwei Taschentücher, erstaunlich sauber und zu einer Wurst gerollt, ein Bleistift, zwei Kulis, ein Schreibheft. Das blieb von einem Leben übrig. Er wandte sich ab und setzte die Kaffeemaschine in Gang. Sie gab ein mitfühlendes Gurgeln von sich, und als die erste Tasse neben ihm stand, nahm er die Sachen aus dem Karton und breitete sie auf dem Tisch aus. Die Taschentücher entrollten sich und zum Vorschein kam ein Lederriemen, an dem ein Ring mit einem großen, roten Stein hing.

»Das gibt's doch nicht!« Jacques hatte unwillkürlich laut gesprochen. Er nahm den Ring in die Hand und betrachtete ihn genau, fast erwartete er, dass er zu leuchten begann oder warm wurde. Aber er blieb einfach ein Ring. Jacques legte ihn wieder weg und öffnete das Heft. Nach der ersten Seite rief er Sadie an.

21. Kapitel

29. Juni 2011

Die Feiertage sind vorüber. Ich bin mit Fred und Maud an die Küste geflohen, ein weiterer Versuch, nicht den Verstand zu verlieren. Aber ich fühlte mich wie ein Gefangener, der durch die Gitterstäbe zusieht, wie sein Haus abbrennt. Die beiden bemühten sich redlich, mich zu unterhalten, aber ich fürchte, ich war eine schlechte Gesellschaft.

Die Montagsstunde fiel aus, auch hier ein verlängertes Wochenende. Es ist mir egal. Ich habe nur einen Gedanken: Was passiert, wenn ich Ana den Ring zurückgebe?

Der Gedanke zieht mich in alle Richtungen, ich spüre Hunger, direkt unter dem Brustbein nagt er und bohrt Löcher in meinen Magen, gleichzeitig flattert mein Herz, es klopft an meine Brust, als wollte es die Flucht ergreifen, Panik lässt mich innerlich kribbeln, und ich muss immerzu pinkeln. Wenn ich den Ring in die Hand nehme, kann ich mich beruhigen und doch zieht sich meine Kehle zusammen, sodass ich stöhne und seufze.

Ich versuche, für mich zu bleiben, schütze eine Erkältung vor und habe mich in meiner Wohnung eingeschlossen.

30. Juni 2011

Wem mache ich eigentlich etwas vor? Ohne Ana kann ich mich nur umbringen. Heute Abend gebe ich den Ring zurück. Im Flur lag der Hauch eines Parfums, das mich an sie erinnert hat. Ich habe eine Stunde da gestanden und versucht, den Duft auf immer in meiner Nase zu halten. Als ich wieder in meiner Wohnung war, wurde ich von einem Krampf geschüttelt und wälzte mich auf dem Boden.

1. Juli 2011

Ich sitze in der Métro. Ana richtet ihre Haare. Sie dreht sich um. Ich stehe auf und gehe auf sie zu. Sie sieht mir in die Augen und streckt ihre Hand aus. Ich nehme den Ring aus der Tasche und stecke ihn an ihren Finger.

? ? ?

Ich habe keine Ahnung, wie lange ich hier bin. Ich sitze auf meinem bevorzugten Platz. Ana wendet mir den Rücken zu. Sie unterhält sich mit einer anderen Frau, sie lachen. Die Band macht eine Pause und putzt die Instrumente. Der Bestatter, ein netter Kerl, sitzt mir gegenüber und schreibt. Eine Karte an seine Schwester. Er verrät mir, dass er manchmal an sie denkt. Seit langer Zeit wieder, sagt er, davor hatte er sie fast vergessen. Er will die Karte am Bahnhof in einen Briefkasten werfen. Ich sehe, dass er in das Adressfeld nur ›Margot Solange‹ schreibt. »Wo wohnt sie?«, frage ich ihn. Er sieht mich verwundert an.

»Draußen«, sagt er.

Der Zug fährt, wir tanzen nicht. Hinten ist ein Speisewagen angekoppelt, ein Museumsstück aus den 30er Jahren. Wenn man hineingeht, hat man die Wahl zwischen Austern, Gänseleberpastete und feiner Cremesuppe. Die Weinkarte passt ins ›Ritz‹. Die Tische sind mit Damast, Kristall und Silber eingedeckt. Ich habe die Pastete bestellt. Die Kellner haben ein ewig gefrorenes Lächeln auf dem Gesicht. Als ich den Wagen verlasse, bin ich nicht mehr hungrig.

Wir passieren die Bahnhöfe, manchmal steigen wir an einer Station aus, nur scheinen uns die Menschen nicht zu bemerken. Wir laufen durch die Gänge, steigen die Treppen hinauf, schlendern durch die Vorräume. Ana liebt die Rolltreppen, sie fährt sie hoch und runter mit kindlichem Vergnügen. Die Band bleibt meistens im Zug, wenn sie mitkommen, schleppen sie ihre Instrumente mit. Die Menge teilt sich vor ihnen wie das Rote Meer, und doch dreht sich niemand nach ihnen um. Ich laufe mit und wundere mich, gewöhne mich aber daran. Ich verliere meine Erinnerungen an mein vorheriges Leben. Sie versinken in Wolken, sanft und endgültig. Ich fühle mich frei. Einmal gibt es einen Geruch, der sich in meine Nase schleicht. Ich kenne ihn und fühle für einen Moment Bedauern, diese Süße, dieses Nussige. Ich verspüre Sehnsucht danach. Ana kommt zu mir und streicht über meine Wange, ich tauche in ihren Duft ein und fühle keine Trauer mehr.

***

Wir fahren durch den Gare d'Austerlitz, eine nervöse

Ungeduld erfasst uns. Ich sehe in die Schwärze des Tunnels. Wir passieren das Nebengleis und fahren tiefer in die Dunkelheit. Die Strecke ist leicht abschüssig. Der Zug fährt schnell und macht einen Höllenlärm. Er legt sich in eine weite Kurve, das Rattern der Fenster und das Zischen des Fahrtwindes verstummen. Fast lautlos gleiten wir dahin. Wir fahren in einen Bahnhof ein, der mir unbekannt ist. Ein großer Saal mit hohen Decken und einigen grob behauenen Säulen. Der Raum gleicht einem Steinbruch, Felswände und ein Boden, der glänzt. Ich bücke mich und berühre ihn, kühl, seidenweich und glatt schmeichelt er meiner Handfläche. Der Zug ist nahe der Seitenwand eingefahren, wir können ihn nur zum Saal hin verlassen. Alle steigen aus, die Musiker nehmen ihre Instrumente mit, sogar das Klavier wird herausgewuchtet. Die Band formiert sich auf einer Empore und beginnt, die Instrumente zu stimmen. Ein paar Tische und Stühle aus Metall stehen herum. Auf einer langen Bank an der Seite sind Getränke aufgebaut, aber ich sehe keine Gläser.

Wir verteilen uns, stehen in Gruppen zusammen und reden. Ich vergesse, worüber. Michel Solange – er und Ana sind die Einzigen, deren Namen ich kenne – kommt zu mir und bietet mir eine Zigarette an. Der Zug steht noch immer auf dem Gleis. Michel holt ein Feuerzeug aus der Jackentasche, klickt es an und hält es mir hin. Die Zigarette will nicht angehen, ich halte die Hand um die Flamme, um sie vor Zugluft zu schützen, jetzt klappt es, der Tabak beginnt zu glühen. Ich verspüre keine Wärme an den Fingern.

Wir werden unruhiger, die dissonanten Töne ordnen sich zu einer Melodie. Wir sehen uns um, Paare finden

sich zusammen. Ich suche Ana, sie steht an eine Säule ge-
lehnt und wartet. Auf mich. Sie fügt sich wie selbstver-
ständlich in meinen Arm. Wir tanzen.

Ich schließe die Augen, alles ist ausgelöscht, ich bin bei
Ana, in Ana, ich bin Ana, ich bin ich, ich bin Musik, ich
bin Bewegung. Ich fühle ein Bein und weiß nicht, ob es
meins ist. Unser Atem vermischt sich, unser Schweiß läuft
zusammen, ein leichter Schwindel erfasst mich, wir blei-
ben stehen, als die Musik endet, reglos, bis das neue Stück
einsetzt, unfähig uns zu lösen. Um genau da weiterzuma-
chen, wo wir aufgehört haben. Wo ende ich, wo beginnt
sie?

Die Musiker ziehen alle Register, und wir reagieren auf
jedes. Irgendwann hören sie zu spielen auf.

Wir wachen auf und sinken auf die Stühle, unsere Knie
zittern und wir sind durstig. Wir öffnen die Flaschen mit
schwerem Rotwein, gießen ihn in unsere Münder, Gläser
bleiben unauffindbar. Ana verschüttet die Hälfte auf ihr
helles Kleid. Es bleibt fleckenlos.

***

Wir fahren durch die Nacht. Nur der Bandoneonspieler
ist dabei. Die anderen Musiker sind im ›Salon‹ geblieben.
So nennen die Mitreisenden den felsigen Tanzsaal.

Ich lerne Sascha kennen, die Frau mit dem Pelzmantel.
Sie hat blond gefärbte Haare und ist korpulent. Sie ist Mi-
chels Tanzpartnerin, ich bin auf meinem Platz und sehe
ihnen zu. Sie bewegt sich anmutig und kann den kom-
pliziertesten Figuren folgen. Sie versucht, mit Michel zu
reden, aber er bleibt stumm. Sie sieht verletzt aus, tanzt

aber weiter. Ihre Schritte sind jetzt hölzern, sie scheint unwillig zu folgen.

Ana sitzt mit dem Rücken zu mir und steckt ihr Haar fest. Der Ring leuchtet seine Botschaft in mein Herz. Der Bandoneonspieler fordert dazu auf, die Partner zu wechseln. Der Pelzmantel kommt auf mich zu und reicht mir die Hand. Ich stehe auf und tanze mit ihr. »Sascha, ich bin Sascha«, zischelt sie in mein Ohr. Die Musik heult und jault in tiefster Verzweiflung. Sascha rückt eng an mich heran, wie es beim ersten Tanz nicht sein sollte. Ich spüre jede ihrer Bewegungen. Ich reagiere darauf, mir bleibt keine Wahl. Aber sie trifft mich nicht.

Sascha kehrt zu Michel zurück. Bedauernd lässt sie mich nach zwei Tänzen stehen. Michel setzt sich später zu mir. »Sie mag dich«, sagt er.

»Ich habe keine Verbindung«, sage ich. »Was ist mit dir?«

Michel sieht mich an. »Früher habe ich mit Ana getanzt.«

»Früher?«

»Bevor du gekommen bist.«

Ich weiß nicht, was ich sagen soll.

»Ich wollte dich töten. Aber Ana hat den Ring in deine Tasche gesteckt. Damit war ich frei.« Ich verstehe kein Wort, und doch weiß ich, was er meint.

»Ich will zurück«, fährt er fort. »Die Erinnerungen werden intensiver.«

»Wie willst du das tun?«

Michel zuckt mit den Schultern. Dann steht er auf und tanzt wieder mit Sascha, die mir Blicke zuwirft.

Ich überlege, ob ich auch zurück will. Mein Kopf ist

leer. Wohin? Ich sehe zu Ana, die sich umdreht und mich anlächelt.

***

Tabor ist Südländer. Er hat einen Milchkaffeeteint und ist schön. Wenn er lacht, blitzen seine weißen Zähne und die Augen sprühen Funken. Die Damen sind wild darauf, mit ihm zu tanzen. Er bevorzugt keine, fordert sie alle der Reihe nach auf und lässt sie genauso unterschiedslos wieder gehen. Er tanzt mit Grazie und Eleganz, ich habe nicht erlebt, dass er einen Schritt falsch setzen würde. Ich frage Ana, wie er zu uns gekommen ist. Sie sagt: »Er ist nicht zu uns gekommen. Er war immer da.« Ich verstehe sie nicht. »So, wie ich«, sie runzelt die Stirn. »Aber er sucht noch.«

***

Wir halten an einer Station, Ana sitzt neben mir und sieht nach draußen. Sie beobachtet eine Gruppe von Leuten, die auf dem Bahnsteig stehen. Eine Frau steigt ein, sie setzt sich in eine Ecke und schließt die Augen. Tabor betrachtet sie. An der Endstation wacht sie auf und steigt aus. Tabor sieht ihr nach.

Wir fahren durch bis zum ›Salon‹. Ana zeigt mir eine neue Figur, die sie wie in Zeitlupe tanzt. Sie verzögert ihre Bewegungen, bis ich schreien möchte. Mein Innerstes glüht im Fieber, gleichzeitig ist eine grenzenlose Ruhe in mir.

Dann lacht sie.

***

Wieder steigt die Frau ein. Tabor sieht sie an. Sie wird rot und sieht weg. Als sie aussteigt, stolpert sie. Sie hastet vom Bahnsteig.

Ana und Tabor wechseln einen Blick.

***

Das wiederholt sich einige Male. Die Frau wirkt nervös, zugleich erwartungsvoll. Tabor grüßt sie, sie nickt.

Die Musiker fahren wieder mit. Tabor zieht die Frau von ihrem Sitz, sie folgt ihm wortlos, er tanzt mit ihr. Sie steigt am Austerlitz aus und sieht unserem Zug nach. Sie erscheint verloren. Ich habe ein unwirkliches Gefühl, ein Déjà-vu. Ich möchte sie warnen, wovor auch immer. Ana dreht meinen Kopf zu sich und sieht mir in die Augen. Ich hoffe, wir halten im ›Salon‹, ich bin süchtig nach der Verzögerung.

***

Die Leute auf den Bahnsteigen tragen andere Kleidung. Sie haben Mützen und Schals an. Wir fahren die Rolltreppen hoch und runter, ich rieche feuchten Stoff. Sie wickeln sich fester in ihre Mäntel, wenn wir an die Oberfläche kommen. Der Wind weht durch die Eingänge, auf dem Boden sammeln sich Nester aus Blättern und Papier. Ich sage zu Ana: »Das ist das Taumelkraut der Métro.« Sie sieht mich verständnislos an. Sie nimmt mich bei der Hand und zieht mich auf die Treppe nach unten. Sie läuft fast, um den Zug zu erreichen, obwohl er doch auf uns wartet. Als sich die Türen schließen, wirkt sie erleichtert.

**

»Ich muss mich um Tabor kümmern.« Ana geht auf ihn zu. Er lehnt an einer Haltestange und schmollt. Ana redet auf ihn ein, er schüttelt den Kopf, Ana legt ihre Hand auf seinen Arm, dann streicht sie über sein Haar. Er nickt und küsst sie. Ich frage sie, was los ist. »Er ist unglücklich«, antwortet sie. »Warum?« »Die Frau kommt nicht mehr.« Das stimmt, sie ist seit einiger Zeit nicht mehr mitgefahren. »Vielleicht fährt sie eine andere Strecke.« »Aber Tabor sucht sie schon so lange, sie darf ihm nicht entwischen.« Ich wundere mich über ihre Wortwahl. »Was ist dann?«, frage ich. »Dann springe ich ein«, erwidert Ana. Sie erklärt das nicht weiter, ich habe ein ungutes Gefühl.

**

Wir fahren immer wieder durch den Gare d'Austerlitz. Oft, öfter als sonst scheint mir, Tabor steht abwartend an der Tür. Den ›Salon‹ dagegen haben wir länger nicht aufgesucht. Die Reisenden werden mürrisch.

Die Band ist wieder komplett im Zug. Als ich aus dem Speisewagen komme, ist sie da, ich habe nicht mitbekommen, dass sie eingestiegen sind. Sie spielen ohne Unterlass, wir tanzen, aber die Stimmung ist gedrückt. Ana will nur Schritte, sie sagt für Figuren hätten wir zu wenig Platz. Früher ging das.

***

Tabor sitzt fast nur in einer Ecke, seine Gesichtsfarbe ist gräulich, er lacht nicht mehr. Ana drückt meine Hand und geht. Nach ein paar Schritten dreht sie sich um. »Du musst ohne mich auskommen. Tabor braucht mich.«

Ich warte, dass sie zurückkommt.

Sie tanzt mit Tabor, ein ums andere Mal. Sie tanzt nur noch mit Tabor. Es vergehen Stunden. Oder sind es Tage, vielleicht auch Wochen? Er wird lebendiger, seine Haut erholt sich.

Sascha bespitzelt mich, ich weiß, dass sie ihre Chance wittert. Ich mache Michel ein Zeichen, er dreht ab und tanzt mit ihr zum Ende des Wagens. Als Ana und Tabor an mir vorbeikommen, stelle ich mich in den Weg. Sie schrecken auf. »Ana«, sage ich. »Ana.« Sie macht mit der linken Hand eine Bewegung, als würde sie eine lästige Fliege verscheuchen. Ein Stich durchfährt mich. Tabor sieht nicht einmal auf.

***

Michel stellt sich neben mich. Er raucht. Pustet Kringel in die Luft. »So ist sie, nach einer Weile löst sie sich auf«. Er sieht dem Rauch nach. »Oder du.« Er lacht mit einem bitteren Unterton. »Aber sie trägt den Ring.« »Wenn es um Tabor geht, zählt nichts mehr. Tabor steht an erster Stelle.« Ich kann es nicht glauben. Was bleibt dann? Sicher nicht Sascha. »Warum hat sie dann mich gewählt?«, frage ich. Michel zuckt mit den Schultern. »Das war immer schon so und wird immer so bleiben. Wenn Tabor un-

glücklich ist, ist Ana unglücklich. Dann rücken sie zusammen, bis Tabor eine Frau findet.« »Und umgedreht?« »Keine Ahnung, wahrscheinlich genauso. Aber Ana hat noch nie einen Mann ziehen lassen. Wir sind leichter zu beeinflussen.« Ein Schauder durchläuft ihn, als wollte er eine Erinnerung abschütteln. Ich fühle mich leer.*

***

Michel sagt, ich soll abwarten. Wie lange denn noch? Ich werde von Tag zu Tag unruhiger. Ana sieht mich kaum. Tabor und sie erfinden neue Figuren, sie drehen sich in Endlosschleifen auf meiner Brust, bis ich keine Luft mehr habe. Sie gleiten in perfekter Einheit an mir vorbei, ich ertrage es kaum. Ich greife nach der Weinflasche, die mein ständiger Begleiter ist. Sie ist fast voll, wie immer. Der Flaschenhals liegt gut in der Hand. Der Alkohol rinnt meine Kehle herab, ohne dass ich Erleichterung spüre.

Ich stehe wie erstarrt am Rande ihrer Umlaufbahn.

Die Musiker wechseln zu dem langsamen Stück, das wir geliebt haben. Sie strich mit dem Spann an meinem Bein entlang in einer Langsamkeit, die an Folter grenzte. Der Gedanke ätzt wie Salzsäure.

Jetzt nähern sie sich, sind vorbei. Tabor bleibt stehen, mit dem Rücken zu mir. Er führt sie über seinen Fuß zur Seite, sie verharrt und zieht ihren Spann eine Unendlichkeit an seinem Bein entlang, höher und höher. Ein Messer bohrt sich in meinen Bauch.

Ich hole mit der Flasche aus. In diesem Moment öffnet Ana die Augen. Ein Funke flackert in ihrem Blick. Sie zerrt Tabor in eine Drehung. Die Flasche trifft sie.

Sie sinkt zu Boden. Tabor steht da, wie versteinert.

Aus ihrem Kopf sickert Blut. Es kriecht unter ihr hervor, vermischt sich mit dem dunklen Wein, überzieht ihr Haar mit rotem Glanz.

Der Zug legt sich in eine Kurve, das Rinnsal ändert die Richtung und versickert im Türschlitz. Ich falle neben ihr auf die Knie. Sie sieht mich an. Alle Wut ist von mir gewichen, ich fühle nur noch Entsetzen. Sie tastet nach meiner Hand, legt ihre hinein. Die Musiker spielen ohne Pause immer wieder die gleiche Melodie. Ana bewegt die Lippen, ich beuge mich zu ihr. »Tanz mit mir, mein Herz zerreißt.« Sie drückt leicht meine Hand. Ich verstehe. Ich bewege meine Finger, ihre folgen, spielen mit, umschlingen die Handfläche, ich drehe das Gelenk, ihre Hand tanzt um meine, ich ziehe, sie schwebt hinterher, entfernt sich, lockt mich, die Musiker bleiben in der Melodie, variieren sie, mein Daumen findet die Handfläche, ihre Faust umschließt ihn. Wir haben die Augen geschlossen, ihre Finger werden leichter, langsamer, sie bewegen sich so unmerklich, dass ich die kleinste Regung bis in die Fußspitzen fühle. Als ihre Hand fällt, fange ich sie auf.

***

Der Zug fährt bis zur Endstation und hält auf dem Nebengleis. Die Musiker spielen nicht mehr, keiner redet. Totenstille. Ich kauere noch neben Ana. Tabor beugt sich zu uns herunter und nimmt ihre linke Hand. Er zieht den Ring von ihrem Finger. Er gibt ihn mir ohne ein Wort. Ich knie auf dem Boden, den Ring in der Hand, unfähig mich zu bewegen. Plötzlich öffnen sich die Türen. Ich sehe hoch, alle starren mich an. Ich stehe auf und folge Anas Blut, steige aus dem Zug und klettere auf den Bahnsteig. Hinter mir zischen die Türen, der Motor dreht schneller und die M10 fährt in die Dunkelheit.

****

Das alles habe ich aus der Erinnerung geschrieben. Als ich bei Ana war, hatte ich nicht das Bedürfnis, es festzuhalten. Wenn keine Zeit existiert, muss man nichts bewahren.

***

Ich bemerkte erst sehr viel später, dass Michel mir gefolgt war. Ich hatte die Station verlassen und fand mich am Quai. Ich setzte mich ins Gras. Irgendwann begann ich zu frieren und schlang die Arme um mich. »Hier«, sagte Michel und hielt mir einen Mantel hin. Er saß neben mir, selbst dick eingehüllt. »Ich habe ihn aus dem Haufen, der immer auf der letzten Bank liegt.«

Ich zog ihn an, er war etwas zu groß. »Ich habe Ana umgebracht«, sagte ich.

»Vielleicht«, meinte er.

»Wie meinst du das?«

»Ich bin seit einiger Zeit frei. Ich habe mehr gesehen als du. Ich glaube, du hast sie erlöst«, er sprach leise, dann stand er auf. »Ich muss jetzt gehen, Edouard. Sieh zu, dass du den Anschluss wiederfindest, geh nach Hause.«

Ich schüttelte den Kopf. »Wie kann ich das, nach dem, was geschehen ist? Ich habe sie ermordet. Ich habe ihr Blut

fließen sehen. Wie kannst du sagen, ich hätte sie erlöst.«
Ein Weinkrampf überfiel mich, ich war kaum noch Herr
meiner Sinne.

Michel war neben mir stehen geblieben und wartete, bis
ich mich beruhigt hatte. »Ich arbeite mein Leben lang mit
den Toten, Edouard. Vielleicht deshalb.« Er wandte sich
ab.

»Wohin gehst du?«

»Zurück.« Er zuckte auf die ihm typische Art mit den
Schultern und verließ mich.

***

Ich habe es, weiß Gott, versucht. Bin um die Bäckerei
herumgeschlichen. Ich habe den Duft aufgesogen, das war
wunderbar. Habe Claudine beobachtet, wie sie die Tango-
kollektion in die Auslage legt. Ich hatte fast den Türgriff in
der Hand, da hörte ich von innen aus dem Café die Melo-
die unseres letzten Tanzes. Claudine hatte sie gewählt und
wiegte sich allein über die Tanzfläche.

Da wusste ich, dass ich nicht zurück kann. Ob Michel
es geschafft hat? Oder ob sein »zurück« die M10 war? Ich
werde es nicht mehr erfahren, denn auch dieser Weg ist
für mich sinnlos geworden.

Ich lebe wie Hunderte armer Teufel auf der Straße. Für
sie bin ich Johnny, ich will nicht zufällig entdeckt werden.
Aber was heißt arme Teufel? Auf die anderen trifft das
zu, ich hatte Ana und ich hatte den Tango. Mehr, als die
meisten je gehabt haben.

Ich lebe in den Tag hinein und in der Erinnerung. Ich
trage ihren Ring an einem Band um den Hals. Manchmal

fühle ich seine Wärme. Ich trinke zu viel, aber wen interessiert das?

***

Heute fand ich im Gare d'Austerlitz eine Flasche Whisky. Ich war das erste Mal wieder mit der letzten M10 gefahren. Ich habe lange Zeit gebraucht, bis ich mich getraut habe. Würde etwas passieren oder wäre es eine ganz normale Métrofahrt? Ich wusste nicht, wovor ich mehr Angst hatte.

Es wurde eine ganz normale Fahrt. Die an der Endstation endete, wie es sein sollte. Ohne Musik, ohne eine Frau mit einem Ring. Als mir das klar wurde, wusste ich, dass ich gehofft hatte, Ana zu treffen. Entgegen aller Vernunft, entgegen der Gewissheit, dass sie tot ist. Von mir ermordet oder erlöst, wer weiß. Entgegen aller Logik, aber was ist an meiner Geschichte schon logisch?

Es ist zu spät. Der Zug ist abgefahren. Wann hätte dieser Satz je besser gepasst?

Auf dem Bahnsteig stand die Flasche, sie wartete auf mich, umhüllt von einer Geschenktüte. Ich stieg die Treppe hoch und sah eine junge Frau etwas von den Stufen aufheben. Sie hatte in meinem Waggon gesessen, war auf Abstand gegangen, was ich ihr nicht verdenken konnte. Sie hob ein Heft auf, schüttelte den Staub ab und blätterte darin. Ich erkannte es. Ich hatte es auf den Bahnsteig geworfen, als ich die Reise angetreten hatte. Vor so vielen Monaten. Ich weiß, dass ich zweifelte, dass ich Angst hatte verrückt zu sein. Aber widerstehen konnte ich nicht.

Jetzt hat sie es also, es wird sie in Verwirrung stürzen,

so wie mich. War ich verrückt? Bin ich verrückt? Gab es Ana? Oder träume ich und wache gleich auf, wieder der Patissier, der ich einmal war?

Egal, es spielt keine Rolle mehr, wenn der Kreis sich schließt. Ich habe einen schönen Platz gefunden, sehe auf die Seine und werde den Whisky trinken. Schluck für Schluck. Auf Ana.

22. Kapitel

Sie hatten Edouard gefunden.

Fred schloss die Bäckerei, als Sadie und Jacques ihnen die Nachricht überbracht hatten. Jetzt saßen alle, auch die Jungs aus der Backstube, im Café. Maud hatte den zweiten Teil des Tagebuchs vorgelesen. Edouards Kollegen hatten viel Anteil an seinem Schicksal genommen, sie war der Ansicht, sie sollten Bescheid wissen, was mit ihm geschehen war.

Der große Alain räusperte sich. »Aber wisst ihr was? Er war glücklich, jedenfalls die meiste Zeit. Darum, Chef, bin ich dafür, dass wir eine Milonga für ihn geben. Ob er nun verrückt war oder nicht.«

Die Trauerfeier fand auf dem Friedhof Montparnasse statt. Neben den Verwandten, Kollegen und Nachbarn war ein Großteil der Tangogemeinde anwesend. Die Bestattung glich im Ausmaß der von Michel Solange, die Stimmung war jedoch entschieden anders. Während in Lille eine sehr förmliche, konventionelle Feier abgehalten worden war, hatte der letzte Weg Edouards fast etwas Beschwingtes. Neben der Trauer lag Erwartung in der Luft, die Atmosphäre war erfüllt von Schmerz und Leben zugleich. Der Priester begnügte sich mit einer kurzen Ansprache, die sich hauptsächlich um sein Wirken in Familie und Beruf drehte. Danach sprach Claude Bertrand, der Tangolehrer. Ihm folgte ein Sänger und Gitarrenspieler. ›Volver‹ schallte über die Gräber. Die Tänzer wiegten sich leicht zu der bekannten Melodie, Fremde hielten inne, bis das Lied zu Ende war.

Das Tangocafé quoll über, auf den Tischen standen Teller mit Edouards Tangokollektion und den Variationen von Claudine. Es roch nach Kaffee und Parfum, die ersten Paare drehten sich auf der Tanzfläche.

Sadie und Jacques saßen an einem Tisch mit Margot Solange, die aus Amiens angereist war. Arabelle war gekommen und Pierre Lafontaine, Sadies Vater und Yasmin. Claudine lief hin und her und sorgte dafür, dass jeder zu trinken hatte. Fred und Maud hatten sich zu Alain und den Jungs gesellt.

»So hätte es auch für Michel sein sollen«, sagte Margot.

»Das Fest ist auch für Ihren Bruder, Madame Solange«, sagte Jacques. »Sie waren befreundet, das wissen wir jetzt. Michel hat sich um Edouard gekümmert.«

»Und dann ist er zurückgegangen. Er hätte zu mir kommen sollen.«

»Er konnte wahrscheinlich genauso wenig wieder in sein normales Leben wie Edouard.«

»Nein, das konnte er nicht. Er konnte sich nur ermorden lassen, dieser Idiot.« Margot Solange blitzte Jacques an. »Verzeihen Sie, ich bin wütend. Er hat mich so ahnungslos zurückgelassen. Ich muss mich damit abfinden, dass ich nicht mehr wichtig für ihn war. Und das kann ich nicht.«

»Sie waren wichtig, Margot.« Sadie legte ihre Hand auf ihren Arm. »Er wollte Ihnen schreiben, er hat an Sie gedacht. Sogar wieder zu Ihnen zu kommen. Edouard hat das aufgeschrieben, lesen Sie das Tagebuch noch mal. Und ich glaube auch, dass er zum Schluss keine Wahl mehr hatte, er konnte nicht mehr in unserer Welt leben.«

Margot Solange stöhnte. »Ich weiß, Sadie. Aber ich bin so sauer, ich könnte ihn umbringen.« Sie gab ein komisches Geräusch von sich, dann zog sie eine Puderdose aus der Tasche und fuhr mit dem Quast über die Nase. Sadie kannte diese Geste nur aus alten Filmen.

»Ich komme vom Theater, Sie wissen doch. Jacques, bringen Sie mir Tango bei!« Sie stand auf, griff nach seiner Hand und zog ihn auf die Tanzfläche.

Sadie sah sich suchend um, dann stand sie auf und stellte sich zu Claudine. »Sag, mal, ist seine frühere Freundin, diese Fledermaus-Jeanne, eigentlich hier?«

Claudine schüttelte den Kopf. »Nein, ist sie nicht. Sie hat geschrieben. Sie ist gerade wieder in England, irgendwelche Tiere fotografieren. Sie wäre aber auch sonst nicht gekommen, schrieb sie. Sie hat Edouard geliebt. Sie glaubt zwar, er wäre verrückt geworden, aber sie kann ihm trotzdem nicht verzeihen. Sie will ihn nur noch vergessen.«

»Und die anderen? Was glauben die?«, fragte Sadie.

»Fred verbreitet, dass Edouard geistig verwirrt war und im letzten Jahr unerkannt auf der Straße gelebt hat. Die, die von seinem Tagebuch wissen, halten dicht oder glauben, dass er alles erfunden hat. Seine Tangofreunde denken, dass er sich unglücklich verliebt hat. Ist ja auch die Wahrheit, und wo die Liebe hinführen kann, ist bekannt. Und letzten Endes, was sollen sie schon vermuten?«

»Eine Parallelwelt hinter der Métro? Das traut sich keiner, laut zu sagen, und es glaubt kein Mensch. Ich kann es ja selber kaum glauben.« Sadie und Claudine beobachteten die Tänzer. Jacques hatte Margot die Basis gezeigt, das Einzige, was er selber beherrschte. Aber sie schien zufrieden, so wie er sie ruhig über die Tanzfläche führte, und machte das erste Mal an diesem Tag einen entspannten Eindruck.

Margot Solange blieb die ganze Woche in Paris. Sie sortierte Michels Sachen, die er in ihrem Zimmer deponiert hatte, und gönnte sich ein paar neue Kleider. Sie kochte mit ihrem Freund Albert Groll und saß mit Sadie auf ihrem Balkon, um zu ihm hinüberzuwinken.

»Morgen fahre ich zurück nach Amiens.« Sie nippte an der Zitronenlimonade, die es dank Albert jetzt auch bei Sadie immer frisch gab.

»Was machst du mit Michels Sachen?«, fragte Sadie.

»Er hatte hier nicht viel. Nur ein paar Kleider, die ich Albert gegeben habe, sie haben die gleiche Größe. Das Einzige, was ich mitnehme, ist das Foto. Ich stelle es zu den anderen, es passt am besten zu Michels Leben hier in Paris.«

Einige Tage später wurden Sadie und Jacques aus dem Bett geklingelt. Es war zwei Uhr nachts, Jacques meldete sich verschlafen, während er auf dem Weg zum Bad nach seiner Hose angelte. Dann hielt er inne.

»Margot? Du bist das? Was …«, er verstummte.

Sadie saß im Bett und rieb sich die Augen, sie winkte ihn zurück.

Er ließ sich auf die Bettkante sinken. »Nein, ich hab morgen frei, wir kommen.«

23. Kapitel

Katastrophe in der Passage Gourdon.

Am gestrigen Abend drehten sich die Tanzpaare im ›Chez Augustine‹ wie seit 22 Jahren. Doch die Paare tanzten nicht in den Himmel, sondern die Hölle tat sich vor ihnen auf.

Wie jeden Samstag war Tangoabend, die Band ›Los Zapatos Tangos‹ spielte Chansons von Carlos Gardel. Ihr Sänger Sancho Diaz sang gerade ›Mi noche triste‹. Hätte er geahnt, wie wahr sein Lied ist, ob er es gesungen hätte?

Denn kaum, dass er die zweite Strophe begann, erschütterte ein gewaltiges Beben das Haus, und es stürzte viele Meter in den Abgrund. Die weitreichenden Gänge der naheliegenden Katakomben hatten unter dem Druck der Steinmassen nachgegeben.

Die Erde hatte sich aufgetan und drei benachbarte Häuser der Passage Gourdon mit in die Tiefe gerissen. Sancho Diaz, der unter seinem richtigen Namen Pierre Petit bei ›Les Étoiles‹ singt, verschwand, wie sein Orchester, in den Trümmern.

Das gleiche Schicksal ereilte ein berühmtes Tanzpaar, das an diesem Abend im ›Chez Augustine‹ zu Gast war.

Ana und Tabor Larousse zeigten in dieser lauen und sternklaren Mainacht den Gästen ihre Fertigkeit im Tangotanz. Zum letzten Mal schwebten sie in unnachahmlicher Weise über das Parkett.

Das berühmte und gefeierte Geschwisterpaar hatte einen nicht minder berühmten Vater. Jean-Marie Larousse bekleidete einen hohen Dienstgrad in der Armee. Er leitete siegreiche Einsätze in den Kolonien und fiel im Jahre 1926, als er in Marokko erfolgreich einen Aufstand niederschlug. Capitaine Larousse war verheiratet mit Carmen de Sarmel, einer Adligen aus dem schönen Perpignan. Seine Frau lebt seit dem Tod ihres Gatten wieder auf dem elterlichen Landgut. Nun muss sie auch den Tod ihrer begabten Kinder beklagen.

Ana und Tabor sorgten für einen Skandal, als sie fünf Jahre zuvor die Familie verließen, um sich ganz dem Tanzen des Tangos hinzugeben. Ein Zweig des Clans lebt in Buenos Aires, wo die Geschwister den Tanz kennenlernten und nicht mehr davon lassen konnten. Sie wurden enterbt, aber sicher wird ihre untröstliche Mutter ihnen verzeihen, hätte sie doch nichts lieber als tanzende, aber lebende Kinder.

Das Geschwisterpaar sowie drei Orchestermitglieder wurden noch nicht geborgen, da die Situation in der Passage sehr gefährlich ist. Sie zählen zu den Verschütteten, die mit Sicherheit tot unter den Trümmern begraben sind.

Zwanzig Tote fand man bereits, 56 Verletzte befinden sich zum Teil im Hospital.

Wenn das Räumen des Schutts einigermaßen sicher ist, werden die Hilfskräfte versuchen, die Vermissten aufzufinden.

Unser Mitleid gilt allen Leidtragenden.

Der Artikel stammte aus der ›Paris Soir Dimanche‹ vom 10.05.1931. Ein Foto der eingestürzten Häuser stand am Anfang, ein zweites zeigte Ana und Tabor Larousse. Das Bild war identisch mit dem von Sadie und Michel.

Margot Solange hatte das Glas des Fotorahmens säubern wollen und ihn dabei fallen lassen. Er war zersplittert, sie nahm ihn auseinander und entdeckte das Zeitungsblatt zusammengefaltet hinter der Rückwand.

Das Blatt lag auf Margots Esstisch. Sadie, Jacques und sie beugten sich darüber.

»Als ich in der Bibliothek über diesen Einsturz gelesen habe, wurden die gleichen Zahlen genannt und auch, dass die Verschütteten bis heute nicht gefunden worden sind. Man hat damals ein paar Wochen später einen Trauergottesdienst in der Passage abgehalten. Die Toten sind ja mehr oder weniger in den unterirdischen Friedhof gefallen, deshalb hat man es dabei belassen, statt bei den Bergungsarbeiten weitere Menschen in Gefahr zu bringen. Der Aufsatz stand in einer archäologischen Zeitschrift aus den 1990er Jahren.«

Sadie sprach nicht weiter. Auch die anderen beiden blieben still. Zu ungeheuerlich war die Schlussfolgerung. Jacques setzte sich, griff nach der Cognacflasche, die auf dem Tisch stand, und füllte die Gläser. Margot faltete das Blatt zusammen und verwahrte es hinter der Rückwand des neuen Rahmens. Die Fotografie stellte sie zu den anderen auf das Sideboard.

Sie verabredeten ein Treffen in Sadies Wohnung mit den Teilnehmern der Untergrundexpedition, zwei Wochen später.

Alle waren gekommen, keiner hatte mit Neuigkeiten gerechnet. Sadie hatte etwas den Überblick verloren, wer auf welchem Stand war, und erzählte die Geschichte der Fotos. Dass sie ihres in Amiens gefunden hatte und das zweite in Michels Pariser Zimmer gehangen hatte. Dann öffnete sie Margots Rahmen und zog das Zeitungsblatt heraus.

Eine Stunde später hatten sich die Gemüter noch immer nicht beruhigt. Zwischen Arabelle, Pierre und Sadies Vater entspann sich eine lebhafte Diskussion. Während Arabelle ihren karibischen Wurzeln folgte und durchaus Geister gelten ließ, ging Pierre Lafontaine das Problem philosophisch an. Paul Laboire unterbrach die beiden, indem er fragte, wie denn dann Michels Leiche dazu passen würde. Die war schließlich sehr real gewesen. Man kam zu keinem Ergebnis, was Sadie von vornherein klar gewesen war. Claudine und Margot hatten sich schlicht mit dem Unerklärlichen abgefunden. Was sich nicht begreifen ließ, sollte eben unbegreiflich bleiben. Damit näherten sie sich Pierre Lafontaine, der auf verschlungeneren Wegen auch hier gelandet war. Sadie und auch Jacques waren unschlüssig. Sadie wollte warten, worauf wusste sie nicht. Jacques hegte ähnliche Gefühle, jedoch eher vor dem Hintergrund des großen Betruges, der sich vielleicht doch noch abzeichnen würde.

»Wer weiß?« – darin waren sich alle einig. Und auch, dass ihr Wissen die Gruppe nicht verlassen sollte.

Der praktische Paul gab dem Abend Leichtigkeit zurück, indem er jeden auf das Tagebuch schwören ließ. Es war ihm ernst damit, auch wenn sie alle lachten.

Margot hob plötzlich die Hand. »Ich habe eine Idee.

Ich mache ein Theaterstück daraus. Was haltet ihr davon? Das ist fiktiv, und ich kann mich ganz offen damit beschäftigen. Ich würde es nicht aushalten, mit keinem über die merkwürdigen Ereignisse zu reden. Was meint ihr?«

Zustimmung auf der ganzen Linie, hauptsächlich, weil keiner damit rechnete, wie ernst es Margot war.

24. Kapitel

Ein Jahr später.

Geschrieben hatte das Stück schließlich Pierre Lafontaine. Margot Solange übernahm die Regie, Paul Laboire
beriet in allen archäologischen und historischen Fragen,
außerdem spielte er Michel, weil er immer schon mal
Bestatter sein wollte. Arabelle spielte, was sie war, die
Chefin der Untergrundpolizei (ihre gesamte Abteilung
war bei der Premiere anwesend und warf Blumen auf
die Bühne). Claudine, Sadie, Jacques und die Tangotrup-
pe der Tanzschule wirkten als Tänzer mit. Claude und
Marie Bertrand übernahmen die Rollen von Edouard
und Ana. Tabor wurde von Alain gespielt, der ein Jahr
intensiven Unterricht hinter sich hatte, genauso wie all
die anderen. Und Albert Groll sorgte für ein ebenso ein-
faches wie spektakuläres Bühnenbild.

Durch ihre Theaterverbindungen hatten Margot und
Albert für die Proben und die ersten fünf Vorstellungen
eine kleine Bühne am Montmartre mieten können. Die
Kosten teilte sich die Truppe. Das Stück wurde ein voller Erfolg. Alains diverse Schwäger und deren Freunde

machten die Musik und rissen das Publikum vom ersten Moment an mit.

Pierre hatte den Zusammenbruch des Tanzpalastes an den Anfang gestellt und erzählte die eigentliche Story in einer einzigen langen Rückblende. Anas Tod setzte er an den Schluss, ein geschickter Schachzug. Durch das Publikum ging ein Aufstöhnen. Als der Vorhang fiel, war kein Auge trocken, Edouard eine tragische Gestalt, die aus Liebe gemordet hatte und das ganze Mitgefühl der Zuschauer verdiente.

Wozu brauchte man da noch das Phantom der Oper?

Sie hatten ein Jahr lang hart gearbeitet, um die fünf geplanten Vorstellungen geben zu können. Die meisten von ihnen hatten feste Anstellungen, und so fanden Proben und Besprechungen in der Freizeit statt. Die Tänzer gingen zweimal in der Woche in die Schule von Marie und Claude, oft tanzten sie dazu noch im Café. Sie legten Kilometer um Kilometer auf dem Parkett zurück, bis ihre Lehrer zufrieden waren und wohlgefällig nickten. Am Anfang war es ihrem Humor zu verdanken, dass nicht der ein oder andere alles hinschmiss, wenn eine Figur zum vierzigsten Mal danebenging. Später hatte sie alle die Sucht gepackt, und höchstens schmerzende Füße ließen sie pausieren. Alain, der die Rolle des Tabors besonders ernst nahm, wurde von Marie zu einer Woche Ruhe verdonnert, er wurde ihr zu verbissen. Schließlich zog das Argument, das Verbissenheit beim Tango kontraproduktiv sei.

Paul Laboire hatte in der Wohnung seines Freundes Pierre Unterschlupf gefunden. Pierre räumte ein als Abstellkammer benutztes Gästezimmer leer und überließ es seinem alten Studienkameraden. Hier verbrachte Paul die Zeit, in der er gebraucht wurde, und nahm auch an den Kursstunden teil. Zu Hause in Lannion buchten er und Yasmin einen Privatlehrer. Yasmin ließ sich überreden, die Sascha zu spielen. Wenn sie mit nach Paris kam, brachte sie einen Kofferraum voller Kleider mit, die Sadie und Margot begutachten mussten. Die coole Yasmin war aufgeregt wie ein Schulmädchen vor dem Abschlussball.

Sadies Studium verlangte Aufmerksamkeit. Sie versprach ihrem Vater, nicht zu schludern und blieb am Ball. Sie gab ihre Hausarbeiten fristgerecht ab. Wenn sie in Zeitnot geriet, ließ sie die Kursstunden fallen. Sie tanzte dann zu einer passenden Zeit mit Jacques im Café, oft genug am Abend, wenn die Patisserie längst geschlossen war. Alain, der alle neuen Schritte filmte und mit Claudine in der Backstube übte, wie einst Edouard, zeigte ihnen, was sie verpasst hatten.

Claudine war jetzt die Tanzpartnerin Alains, der eine Spur zu groß für sie war. Da sie sich mochten und gut harmonierten, glich sie die fehlenden Zentimeter mit höheren Absätzen aus. Jetzt passten sie perfekt zusammen, und sie hatte endlich die Tanzschuhe, die sie schon immer haben wollte. Sie dachte oft an Edouard, wenn sie die Teigmaschine umrundeten. Es war nicht nötig, schließlich hatten sie ein ganzes Café zur Verfügung, aber der Tanz in der Backstube war ein Ritual, dass beide pflegten, ohne je darüber zu sprechen. Eine Hommage an Edouard, dessen Nähe sie hier fühlten.

Jacques war der unberechenbarste Kandidat der Truppe. Seine Dienste sprangen mit seiner Zeit um, wie sie wollten. Es konnte sein, dass er freihatte und sein Telefon mitten in der Probe läutete, er alles hinschmiss und davoneilte. Er hatte aber solchen Spaß an ihrem Stück gefunden, dass er mit Sadie nach Möglichkeit, und sei es nachts, übte.

Margot Solange lebte auf. Als ›Theaterratte‹ (ihr Ausdruck) war sie wieder in ihrem Element. Sie war streng und lachte viel, eine Kombination, die allen zugutekam. Mit ihrem Freund Albert Groll waren sie die beiden Profis, die um die Fallstricke des Bühnenlebens wussten, die psychischen und physischen Belastungen, die selbst den heitersten Charakter befallen konnten. Sie blieben ruhig und verlässlich und fanden auch dann noch eine Lösung, wenn das ganze Unternehmen zu scheitern drohte. Als ein Wasserrohrbruch das Theater überschwemmte und die Arbeiten vermutlich vier Wochen dauern sollten, sprach Margot mit einem früheren Kollegen. Die Truppe ließ die Köpfe hängen, sie sahen ihre Felle davonschwimmen, im wahrsten Sinne des Wortes. Der Kollege, jetzt als Inspizient an der Opéra beschäftigt, schaffte es, ihr Problem zu lösen. Das Unglück fiel in die spielfreie Zeit, es gelang ihm, eine wöchentliche Probe auf der Bühne des Opernhauses zu organisieren, ein Erlebnis, das keiner von ihnen jemals vergessen würde. Als sie einen Monat später in ihr gewohntes Theater zurückkehrten, kam es ihnen klein und unbedeutend vor, aber auch vertraut, und weniger beängstigend als ihr Ausflug in die große Welt.

Im November, vierzehn Monate nach dem folgenreichen Treffen bei Sadie, war schließlich die Premiere. Das Theater fasste dreihundert Zuschauer, davon mehr als die Hälfte aus dem Umfeld der zahlreichen Mitspieler.

Die Vorstellung war ausverkauft, genau wie die darauf folgenden.

Die Freunde hatten mit Erfolg gerechnet, jedoch nicht mit so großem. Nach drei Wochenenden, an denen die Vorstellungen stattfanden, war der ganze Spuk zu Ende. Margot, die gewusst hatte, dass nach der Euphorie ein Abgrund lauerte, hatte schon Monate zuvor die Truppe gebeten, sich im Anschluss ein langes Wochenende frei-zunehmen. Sie hatte Paul beauftragt, ein großes Haus an der Küste zu mieten, besorgte einen Bus plus Fahrer und fuhr mit dem Ensemble ans Meer.

Ein Tag, bevor es losging, klingelte ihr Telefon. Sie war in Amiens, um ihren Koffer zu packen und hielt ein Paar Socken in der Hand. Nachdem Margot sich gemeldet hatte, sagte sie lange Zeit gar nichts. Sie hörte zu, ließ sich aufs Bett sinken. »Dann also nächste Woche Don-nerstag um 16 Uhr bei mir«, sie räusperte sich und muss-te den Satz wiederholen.

Paul hatte ein Herrenhaus ausfindig gemacht, das Platz für alle bot und über eine riesige Küche verfügte. Er hatte es übernommen, den Proviant zu beschaffen, es bestand wenig Gefahr zu verhungern, die Vorrats-schränke quollen über, der Weinbestand gab keinen Anlass zur Sorge. In der Küche hatte sich ein Team aus-getobt, ein anderes deckte die lange Tafel im Esszimmer. Der Kamin flackerte und qualmte ein wenig – alles war, wie es sein sollte.

Zweiundzwanzig Personen waren anwesend, festlich gekleidet und lebhaft durcheinander schwatzend. Der erste Gang, Pauls berühmter Hummer, war verspeist, die Wangen gerötet vom Champagner, in den Augen funkelte das Licht der Kerzen. Margot beobachtete einen Moment die Runde, dann leerte sie ihr Glas und stellte es zurück auf den Tisch, sie schlug mit dem Dessertlöffel dagegen. Langsam verebbten die Stimmen und sie wurde erwartungsvoll angesehen.

»Ihr glaubt, es kommt jetzt die Rede, die keiner hören will. Keine Angst, ich finde Reden genauso langweilig wie ihr.

Ich will euch erzählen, was gestern passiert ist. Mein Telefon hat geklingelt, ich hatte Socken in der Hand, weil ich beim Kofferpacken war. Monsieur Chatrelle war dran.« Einundzwanzig Augenpaare sahen sie an, einer zog scharf die Luft ein. »Margot…«, Albert Groll war weiß wie Mehl.

»Albert, liebe Freunde, Monsieur Chatrelle will unsere Produktion haben. Er ist ein bekannter, ein sehr bekannter Agent. Er hat das Stück gesehen, es gefällt ihm, es hat ihn überzeugt. Et voila!«

Stille.

Dann rief einer der Tänzer: »Ich bin Arzt, ich kann nicht jeden Abend auftreten.« Plötzlich redeten alle durcheinander, Gläser klirrten, Lachen, Stühle rückten, Küsse, eine Flasche fiel um, das Tischtuch färbte sich rot, Servietten wurden in die Pfütze geworfen. Margot schlug wieder gegen ihr Glas, diesmal lauter und öfter.

»Hört zu! Wenn er sagt, er interessiert sich für die Produktion, dann meint er das Stück, nicht das Ensemble. Ihr seid gut«, warf sie ein, als sich Murren breitmachte, »darum geht es nicht. Und übrigens nur deshalb ist es ihm aufgefallen. Aber wenn die Produktion länger gespielt wird, oder auf Tournee geht, müssen Profis das übernehmen, die nichts anderes machen. Das ist eine Arbeit, die keine Zeit für Nebentätigkeiten lässt, und das wäre dann deine Praxis, George«, wandte sie sich an den Tänzer. »Das Stück würde offiziell in Spielpläne aufgenommen. Wir bekommen Geld und geben einen Teil der Rechte ab.« Wieder Gemurmel. »Es gibt Anwälte für Medienrecht, Musikrecht, Urheberrecht. Wir werden einen guten finden und uns nicht übers Ohr hauen lassen. Seid ihr einverstanden, dass Albert und ich uns darum kümmern?«

Zustimmendes Gemurmel. »Okay. Monsieur Chatrelle besucht mich nächste Woche Donnerstag in Amiens. Albert, Pierre, ich möchte, dass ihr dabei seid.«

Die Verhandlungen zogen sich über drei Monate hin, dann wurden die Verträge unterzeichnet. Jedes Mitglied des Ensembles bekam, entsprechend seinem Einsatz, entweder eine einmalige Zuwendung oder war an den laufenden Einnahmen beteiligt. Die Anwälte hatten ganze Arbeit geleistet. Margot sagte zu Sadie nach dem letzten Treffen, wenn alles gut laufe, hätten sie ihre Altersversorgung in der Tasche.

Es lief alles gut. Für Sadie änderte sich einiges. Sie gab ihren Job bei ›LiBa‹ auf. Sie war jetzt kreditwürdig, kaufte die Nachbarwohnung und riss die Zwischenwand ein. Jacques zog ein. Er kaufte Zitronenbäumchen und wetteiferte mit Albert auf der anderen Seite.

Der enge Zusammenhalt der Truppe fiel im Laufe der Zeit auseinander. Jeder ging wieder seinem Alltag nach. Der innere Kern jedoch, die Teilnehmer der Untergrundexpedition, trafen sich häufig.

Sadie und Jacques tanzten weiter, sie besuchten regelmäßig das Tangocafé. Wenn Claudine und Alain nach Feierabend dazukamen, legte Claudine oft eine der alten Platten auf. Piazzollas ›Oblivion‹, diese langsame, traurige Melodie, hatte Edouard besonders gemocht. Manchmal sprachen sie über ihn, und manchmal tanzte er neben ihnen.

Sadie hatte ihre Masterarbeit begonnen, sie wusste kaum noch, wo ihr der Kopf stand. Die Abende im Café brauchte sie, um wieder klar denken zu können. Jacques meinte, sie würde sich übernehmen. Ein paar Tage in der Bretagne wären besser, aber Sadie wollte nichts davon wissen. Sie befand sich in einem Kreislauf von Schreiben und Tanzen, den sie nicht unterbrechen wollte. Sie befürchtete, dann keinen Anfang mehr zu finden. Sie fühlte sich erschöpft, aber gut, und dank Jacques gab es genug zu essen. Wenn er Dienst hatte, ging sie zu Claudine ins Café und aß sich durch die herzhaften Variationen der Tangokollektion. Danach trank sie mit ihrer Freundin im Bistro gegenüber noch ein Glas Wein und fuhr dann nach Hause.

An einem dieser Abende lud das Wetter nicht zum Fahrradfahren ein. Sie nahm die Métro, es stürmte, ein kühler Mairegen fegte fast waagerecht über die Straßen. Sadie rannte die paar Minuten bis zur Station Cluny-La Sorbonne, der Schirm half wenig, unterhalb der Taille triefte ihre Hose vor Nässe. Sie hatte keinen Blick für die Deckenmosaiken über dem Bahnsteig, es war kalt, sie wollte nur in den Zug und nach Hause. Die Métro fuhr mit dem üblichen Luftzug ein. Der Zug war wenig besetzt, sie setzte sich in die hinterste Ecke und kuschelte sich an die Wand. Vor ihr saß eine Gruppe, die offensichtlich von einer Party heimfuhr. Sie lachten, die Frauen hatten erhitzte Gesichter, die Männer lockerten ihre Krawatten. Sadie schloss die Augen, das Rhabarber der Mitreisenden wirkte einschläfernd.

Ein einzelner Mann saß ihr gegenüber am anderen Ende des Waggons. Er sah auf eine altmodische Art gut aus mit seinen lockigen, schwarzen Haaren und dunklen Augen. Er lächelte sie an. Eine merkwürdige Anziehung ging von ihm aus, eine direkte Verbindung, die nur sie beide betraf.

Mit einem Ruck hielt der Zug im Gare d'Austerlitz. Sie wachte auf und dachte zwei Dinge. Erstens, dass sie jetzt schon anfing wie Edouard, und zweitens, dass es Schlimmeres gab, als von schönen Männern zu träumen. Sie warf einen Blick ans Ende des Waggons, aber der dunkelhaarige Mann, der dort tatsächlich saß, schlief noch immer, den Kopf an die Scheibe gelehnt. Der Schaffner würde gleich »Endstation!« durch den Zug rufen und ihn wecken.

Die Mitreisenden knöpften ihre Mäntel zu, und auch Sadie fror und beeilte sich auszusteigen. Als sie auf dem Bahnsteig stand, wusste sie einen Moment nicht, wohin sie sich wenden sollte. Sie war benommen von der monotonen Bahnfahrt, kniff die Augen zusammen und rollte mit den Schultern. Die Zugtüren schlossen sich mit dem typischen Zischen, und die M10 fuhr an, um auf das Nebengleis zu wechseln. Sadie sah auf, der Mann saß noch auf seinem Platz, öffnete die Augen und sah sie an. Seine Mundwinkel verzogen sich leicht spöttisch. Der Zug fuhr in den Tunnel und verschwand. Das Nebengleis blieb verwaist.

Der Bahnsteig hatte sich geleert. Sadie starrte in die Dunkelheit. In der Luft lag ein Hauch von Sandelholz, und aus der Tiefe der unterirdischen Gänge wehte leise Edouards Lieblingsmelodie herüber.

ENDE

Nachwort

Cirka 300 km Tunnel, Gänge und Hohlräume unterhalb von Paris. Das auf verschiedenen Ebenen, bis zu einer Tiefe von 35 m, aufgelockert durch diverse Kanäle und Wasserreservoirs. Verkehrsweg der Métro, Steinbruch der Römer, seit dem 19. Jh. ein Totenreich in den Katakomben. Der Untergrund von Paris hat mehr zu bieten, als ein paar dunkle Keller.

Die Römer verwendeten vor rund 2000 Jahren den vorhandenen Sandstein für die ersten Gebäude ihrer Stadt Lutetia. Als der Tagebau erschöpft war, begann man aus der Tiefe zu fördern. Die Steinvorkommen waren groß genug, um bis zum Anfang des 19. Jh. aus dem Untergrund die Oberfläche zu gestalten. Paris wurde einmal sozusagen nach oben gestülpt. 1813 wurde der letzte Steinbruch stillgelegt.

1777 wurde die ›Inspection générale des carrières‹, kurz ›L'IGC‹, gegründet. Es hatten sich vermehrt Einstürze und Absenkungen ereignet, die Aushöhlung zeigte gefährliche Folgen. Die Untergrundbehörde ist bis heute für die Sicherheit der durchlöcherten Basis der Stadt verantwortlich.

Zusätzlich zu den Gängen der ›carrières‹ wurden die Tunnel für die Verkehrswege der Métro, die ›RER‹ und ›Eole‹-Linien, gegraben. Sie liegen oft oberhalb der Steinbrüche, häufig werden drei Untergrundstrecken übereinander befahren. Dazwischen schlängeln sich

Gasleitungen, Abwasserkanäle und was eine moderne Stadt sonst so an Eingeweiden benötigt.

300 km – da ist auch noch Platz für eine Champignonzucht, kathedralenartige Säle, illegale Partykeller und das Gold der französischen Nationalbank. Dass Paris auf einem festen Fundament steht, wäre die Übertreibung des Jahrhunderts. Die gegenläufigen Druckverhältnisse und Verzahnungen, die sich im Laufe der Jahrhunderte eher zufällig ergeben haben, bilden jedoch bis heute ein relativ stabiles Gerüst.

Am 09.05.1879 stürzten drei Häuser in der Passage Gourdon, nahe dem Friedhof Montparnasse, im 14. Arrondissement, ein. Zum Glück und unglaublicherweise gab es keine Opfer.

Da der Einsturz sehr gut zu meiner Geschichte passt, habe ich ihn mir ausgeliehen und ein wenig verändert. Er findet im Buch fünfzig Jahre später statt und verläuft leider nicht so glimpflich.

Die Passage Gourdon wurde mehrmals umbenannt, seit 1909 heißt sie Villa Saint-Jacques.

Glossar

Adorno
Verzierung, Verschönerung

Boleo
Schlenker des freien Beins

Colgada
Schräglage des Paares. Von den zusammenstehenden Füßen öffnet sich nach oben ein V.

Gancho
Beinhaken, wobei ein Bein durch die geöffneten Beine des Partners schnellt

Lapiz
mit dem Fuß auf den Boden gezeichneter Kreis

Milonga
Tangotanzabend oder schneller, im 4/4-Takt getanzter Tango

Molinete
Drehung, bei der sich das Paar umrundet

Ocho
vorwärts oder rückwärts getanzte liegende Acht

Astor Pantaleón Piazzolla wurde am 11. März 1921 geboren und starb am 4. Juli 1992 in Buenos Aires. Er war ein berühmter Bandoneon-Spieler und Komponist und gilt als Begründer des Tango Nuevo, der eine Weiterentwicklung des klassischen Tangos ist.

›Oblivion‹, Edouards Lieblingstango, komponierte Astor Piazzolla 1984 für den Film ›Heinrich IV‹ des italienischen Regisseurs Marco Bellocchio.

Julia Sandoval
Tangosängerin und Schauspielerin

Wenn ein Patissier Tango tanzt ...

Edouard hatte im Tangocafé an jedem Mittwochnach-
mittag des letzten Monats ein Arrangement für Nicht-
tänzer angeboten. Es bestand aus den gebackenen Ochos,
Kaffee und Likör. Dazu zeigten Claudine und er die getanzte Variante der süßen Leckerei.

Wer wollte, konnte sein Glück auf dem Parkett selber
versuchen. Edouard und seine Partnerin halfen gerne,
die köstliche Speise in eine ebenso köstliche Bewegung
zu verwandeln. Wenn es nicht klappte, meinte Edouard:
»Kriegen Sie sofort eine Blätterteigrolle hin?« Den Interessierten gab er die Adresse seiner Tangoschule.

Am dritten Mittwoch war das Café bis auf den letzten
Platz besetzt, viel kamen nur, um zuzusehen und die Ge-
bäckproduktion musste verdoppelt werden. Die Ochos
waren ein Versuchsballon gewesen, der höher in die Luft
stieg als gedacht.

Nach diesem Erfolg will er die Tangokollektion er-
weitern. Das neue Motto des Monats sollen die Ganchos
werden.

Edouard denkt über sie nach, über die, die getanzt
werden und die, die er backen will.

So unterschiedlich wie die Tänzerinnen, so verschie-
den fallen sie aus. Manche sind schüchtern, der Fuß wirft
einen zögerlichen Blick nach hinten, zurück geht's umso
schneller. Die Gelangweilten handeln ihn ab wie eine
Aufgabe, die Ängstlichen schleichen zwischen die Bei-

ne, um ja keinen zu verletzen. Edouard liebt die selbst-
bewußten Ganchos, die klaren, die mit Lust getanzt und
vielleicht ein bisschen zu temperamentvoll sind. Der ver-
sehentliche Tritt in den Hintern lässt ihn immer lachen,
Tango soll schließlich Spaß machen.

Jetzt weiß er, wie er sie backen wird.
Eine eingefangene Bewegung, wie ein Blitz, mit Schokolade überzogen und Krokant bestreut, ein köstliches
Knuspern über zartem Teig, und als kleine Überraschung
eine Spur Chili.

Rezepte

GANCHOS

Zutaten für ca. 40 Stück:

Teig: 225 g zimmerwarme Butter, 100 g gesiebter Puderzucker, 2 Eier, 200 g Mehl, 1 gestrichener TL Backpulver, 1 Msp Zimt, 40 g Kakao, 120 g gemahlene Haselnüsse

Krokant: 200 g gehackte Haselnüsse, 30 g Butter, 100 g Zucker

Schokoladenguss: 200 g Zartbitterkuvertüre, 1 TL Kokosfett, 1 TL Chili-Flocken
außerdem: 1 TL Chiliflocken zum Bestreuen

Zubereitung: Ofen auf 200°C vorheizen. Backbleche mit Backpapier auslegen. Für den Teig die Butter mit Puderzucker und Ei cremig schlagen. Die Quirle des Handrührgerätes gegen Knethaken austauschen. Die restlichen Zutaten zugeben und alles gut verkneten. Teig in 3 Portionen in einen Spritzbeutel mit großer Tülle füllen und gleichmäßige, 9 – 10 cm lange Blitze auf die Bleche spritzen. Falls der Teig zu fest sein sollte, einfach den Spritzbeutel mit Inhalt mit den warmen Händen etwas kneten, bis der Teig weicher geworden ist. Im Ofen (Mitte) 8 – 10 Min. backen. Gebäck abkühlen lassen.

Krokant: Die Butter in einem flachen Topf bei mittlerer Hitze zerlassen. Den Zucker zugeben und unter Rühren schmelzen lassen. So lange rühren, bis eine goldbraune, flüssige Masse entstanden ist. Die gehackten Nüsse zugeben und unter Rühren etwa 1 Minute miterhitzen. Topf vom Herd nehmen und die heiße Krokantmasse sofort auf einem großen Stück Backpapier ausbreiten. Nach dem Abkühlen mit den Fingern zerkleinern.

Für den Schokoladenguss die Kuvertüre grob zerkleinern und zusammen mit dem Kokosfett im Wasserbad bei kleiner Hitze schmelzen lassen. Die Chiliflocken unterrühren. Das Gebäck auf Backpapier legen und großzügig damit bepinseln, dann mit dem zerstoßenen Krokant bestreuen. Chiliflocken darüberstreuen. Trocknen lassen.

8CHOS

Zutaten für 15 Stück:

200 g Mehl, 40 g Zucker, 3 Päckchen Vanillezucker, 1 Msp. Backpulver, 60 g gemahlene Haselnüsse, 100 g zimmerwarme Butter, 1 Ei

Zubereitung: Alle Zutaten zu einem Teig kneten und in Folie 2 Stunden im Kühlschrank ruhen lassen.

Die Schablone einer 10 cm langen, schmalen Acht aus dickem Karton schneiden. Sie hat keine Augen!

Ofen auf 200° vorheizen.
1 Ei + 1 EL Milch zum Bestreichen, verquirlen
oder Puderzucker zum Bestreuen

Den Teig auf bemehlter Arbeitsfläche ca. 4 mm dick ausrollen. Schablone auflegen und mit einem scharfen Messer am äußeren Rand herum schneiden. Die Hälfte auf ein Blech legen und im Ofen (Mitte) 8-10 Min. hellbraun backen.
In die zweite Hälfte vorsichtig zwei ovale Löcher schneiden. Plätzchen auf die Bleche legen, mit der Ei-Milch-Mischung bestreichen und ebenfalls 8-10 Minuten backen.
Abkühlen lassen. Dann mit Puderzucker bestreuen, wenn man sie nicht mit der Ei-Milchmischung bestreichen wollte.

100 g Aprikosenmarmelade
100 g Kirschmarmelade

Aprikosen - sowie Kirschmarmelade glatt rühren und die Hälfte der Unterteile mit je einer Sorte bestreichen. Die Achten aufdrücken und fertig sind sie!

L̦IMETTEN-K̦OKOS-A̦DORNOS

Zutaten für 20-25 Stück:

Für die Füllung: 50 g Kokosflocken, 100 g Marzipanrohmasse, 50 g gesiebter Puderzucker, abgeriebene Schale von 1 unbehandelten Limette, 3 EL Limettensaft

Für den Guss: 100 g weiße Kuvertüre, abgeriebene Schale einer Limette oder Pastell Zuckerschrift

Zubereitung: Für die Füllung die Kokosflocken ohne Fett in eine kleine Pfanne geben und bei mittlerer Hitze unter Rühren leicht anrösten. Sie dürfen nicht braun werden!
Das Marzipan klein schneiden und mit den Kokosflocken und den restlichen Zutaten zu einer glatten Masse verkneten. Mit einem Teelöffel möglichst gleichgroße Portionen abstechen und Kugeln daraus rollen. Zugedeckt mehrere Stunden im Kühlschrank ruhen lassen.
Für den Guss die Kuvertüre grob hacken und im Wasserbad langsam schmelzen lassen.
Die Kugeln nacheinander mit Hilfe von zwei Gabeln in der Kuvertüre wälzen, abtropfen lassen und auf Butterbrotpapier setzen. Die Limettenschale darüber streuen und trocknen lassen oder nach dem Trocknen mit Zuckerschrift dekorieren.

PISTAZIEN-LIMONCELLO-ADORNOS

Zutaten für 20-25 Stück:

Für die Füllung: 50 g ganze Pistazien, 100 g Rohmarzipan, 30 g gesiebter Puderzucker, 3 EL Limoncello, abgeriebene Schale von 1 Bio-Zitrone

Für den Guss: 100 g weiße Kuvertüre, abgeriebene Schale von 1 Bio-Zitrone oder Pastellzuckerschrift

Zubereitung: Für die Füllung die Pistazien in einen kleinen Gefrierbeutel geben und mit dem Fleischklopfer sehr fein hacken.
Das Marzipan klein schneiden und mit den Pistazien und den restlichen Zutaten zu einer glatten Masse verkneten. Mit einem Teelöffel möglichst gleichgroße Portionen abstechen und gleichmäßige Kugeln rollen. Zugedeckt mehrere Stunden im Kühlschrank ruhen lassen.
Für den Guss die Kuvertüre grob hacken und im Wasserbad schmelzen lassen.
Die Kugeln mit Hilfe von zwei Gabeln in der Kuvertüre wälzen, abtropfen lassen und auf Butterbrotpapier setzen.
Mit der Zitronenschale bestreuen und trocknen lassen oder mit Zuckerschrift verzieren.

Nougat-Amaretto-Adornos

Zutaten für 20-25 Stück:

<u>Für die Füllung:</u> 250 g Haselnussnugat, 4-5 EL Amaretto, 50 g Haselnusskrokant

<u>Für den Guss:</u> 150 g Zartbitterkuvertüre, 2 TL Kokosfett

<u>Zum Verzieren:</u> 50 g weiße Kuvertüre oder Pastellzuckerschrift

<u>Zubereitung:</u> Für die Füllung das Nougat im Wasserbad geschmeidig rühren, dann den Amaretto untermischen. Den Haselnusskrokant zugeben und alles gut vermischen. Mit einem Teelöffel möglichst gleichgroße Portionen abstechen und Kugeln rollen. Zugedeckt mehrere Stunden im Kühlschrank ruhen lassen.
Für den Guss die Kuvertüre grob hacken und im Wasserbad schmelzen lassen. Die Nougatkugeln mit Hilfe von zwei Gabeln darin wälzen, abtropfen lassen, auf Butterbrot setzen und trocknen lassen.
Die weiße Kuvertüre im Wasserbad schmelzen und damit die Kugeln verzieren oder Zuckerschrift zur Deko nehmen.

VOLCADA

Zutaten für ca. 60 Stück:

Für den Teig: 100 g Walnüsse, 350 g Mehl, 120 g Zucker, abgeriebene Schale von einer Bio-Orange, 1 Msp. Zimt, 200 g zimmerwarme Butter, 2 Eier

Für die Orangen-Buttercreme: 1/2 Pck Sahne-Puddingpulver, 125 ml Milch, 125 ml frisch gepresster Orangensaft, 125 g zimmerwarme Butter, 50 g gesiebten Puderzucker

Für den Guss: 250 g Zartbitterkuvertüre, 2-3 TL Kokosfett

Zubereitung: Für den Teig die Walnüsse in einen Gefrierbeutel geben und mit dem Fleischklopfer fein zerklopfen. Zusammen mit den restlichen Zutaten in eine große Schüssel geben und einen glatten Teig kneten. In Folie gewickelt über Nacht im Kühlschrank ruhen lassen.

Ofen auf 200°C vorheizen (Umluft 180°C, Gas Stufe 3). Bleche mit Backpapier auslegen. Teig auf bemehlter Arbeitsfläche dünn ausrollen, Dreiecke ausstechen und auf die Bleche legen. Im Ofen (Mitte) ca. 8-9 Min. hellbraun backen.

Für die Füllung aus Puddingpulver, Milch und Orangensaft nach Packungsanleitung einen Pudding kochen. Unter mehrmaligem Rühren abkühlen lassen.
Die Butter klein schneiden und in einer Rührschüssel mit dem Quirl cremig rühren. Unter weiterem Rühren löffelweise zuerst den Puderzucker, dann den Pudding zugeben und gründlich unterschlagen. Je 2 Dreiecke mit großzügig Creme zusammensetzen. Im Kühlschrank fest werden lassen.

Für den Guss die Kuvertüre grob hacken und mit dem Kokosfett im Wasserbad schmelzen lassen und gut vermischen. Die Volcadas teilweise eintauchen, auf Butterbrotpapier legen und trocknen lassen. Gebäck in luftdichter Dose im Kühlschrank aufbewahren.
Rezept: Gina Greifenstein

Wenn sie ein paar Tage durchgezogen sind, schmecken sie am besten. Das Gebäck ist ziemlich aufwendig und auch gehaltvoll. Die einzelnen Stücke sollten nicht zu groß werden, sonst sind sie zu mächtig und dann klappt die (echte) Volcada zusammen.